纯真 NAIVE as YOU 如你

晚情
作品

江苏凤凰文艺出版社
JIANGSU PHOENIX LITERATURE AND ART PUBLISHING, LTD

图书在版编目（CIP）数据

纯真如你 / 晚情著. -- 南京 : 江苏凤凰文艺出版
社, 2017
ISBN 978-7-5399-9549-6
Ⅰ. ①纯… Ⅱ. ①晚… Ⅲ. ①长篇小说－中国－当代
Ⅳ. ①I247.5

中国版本图书馆CIP数据核字(2017)第175770号

书　　名	**纯真如你**
作　　者	晚　情
出版统筹	黄小初　侯　开
选题策划	李文峰　崔　悦
责任编辑	姚　丽
文字编辑	崔　悦
责任监制	刘　巍　江伟明
出版发行	江苏凤凰文艺出版社
出版社地址	南京市中央路165号，邮编：210009
出版社网址	http://www.jswenyi.com
印　　刷	三河市航远印刷有限公司
开　　本	32开（880mm×1230mm）
字　　数	160千字
印　　张	9
版　　次	2017年5月第1版，2018年3月第3次印刷
标准书号	ISBN 978-7-5399-9549-6
定　　价	36.00元

影视版权抢订热线　13911704013

《纯真如你》

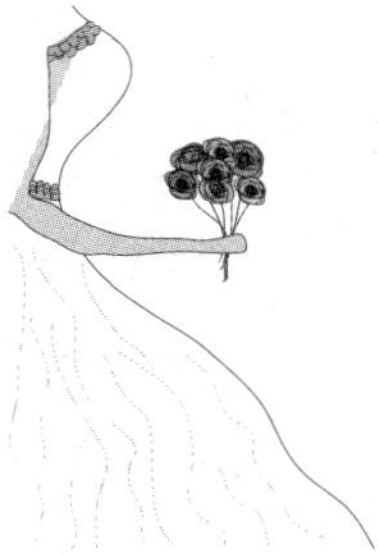

目录

目录

引子

站在会议室外的玻璃窗前，凝视着远处的蓝天白云，我的思绪不知不觉飘向了远方。往事不堪回首，那些刻骨铭心的画面现在回想起来，已经显得那么遥远而陌生。我陷入回忆久久不能自拔，也不知过了多久，身后突然传来一阵清脆的声音，将我的思绪拉回了现实。

“林姐，我好崇拜您呢！我一进公司就听说您了，大家说您简直是个传奇，是我们集团最年轻的高层！”

眼前是一张陌生而充满崇拜的笑脸，我已经习以为常，脸上随即露出淡淡的职业性的微笑，“过奖了。”

“没有，您三十岁还不到就有这样的成就，我们真的很佩服您，有时间您千万多教教我啊！”

这样的话已经听多了，我心里没有产生一丝的波澜，本不想多说，但看见从不远处走来的陆涵，瞬间改变了主意，“我哪里会教什么人啊，如果你想请教的话，陆总是个不错的人选，而且他会很乐意教你的。”

“真的吗？陆总，那以后工作中我有不明白的地方可以请教您吗？”

女孩看见陆涵，立刻转向他。

我一直清楚他受女孩子欢迎，可是看到眼前的一幕，心里还是很不舒服。

陆涵看看她，又看看我。我别过脸不去看他，他便匆匆打发掉那女孩，走到我身边，“真的这么恨我吗？”

他眼神里有祈求，有焦灼，也有深深的无奈。我静静地回望他，心里暗暗研究他有几分是真，几分是作秀，良久，才吐出一句话，“有爱才有恨，我对您无爱亦无恨，您言重了！”

看着被这句话彻底打倒的他，我优雅地踩着高跟鞋，从他身边翩然离去。而心却再次被撕裂，痛得几乎无力呼吸。

时间回到四年前，那一年，我刚刚大学毕业……

第一章 职场中的替死鬼

我正式入职那天适逢一个非常晴好的天气，入职的是本省一家大型集团，公司位于浙江沿海城市。

坐在去公司的车里，我的心情非常激动。以后，我就是一个自食其力的人了。

我旁边坐的是一个三十岁左右的女人，看起来很和蔼。一路上，我拿着手机不断地和同学聊天，汇报我的最新进展。

死党许雪在电话里大叫："亲爱的，你现在可是总裁秘书耶！记得找个总裁把自己嫁了，把秘书两个字换成夫人，知道吗？"

我笑嘻嘻地跟她胡扯，"谁说的？我做这份工作的原因很简单：与其受很多人的气，不如只受一个人的气。"

刚开始找工作的时候，我就明白，工作中难免受气，所以我找的工作都是董事局秘书、总裁秘书这些岗位。虽然我没什么工作经验，但好在教育背景良好，经过三轮面试，终于如愿以偿。

许雪还在电话里乱扯，"你这么想实在是太保守了，你可不能浪费这个资源啊！"

挂了许雪的电话，旁边的女人突然问我："你是去美辰集团入职？"

我点点头，心想估计是自己太得意忘形，没有注意到这是公众场合，于是不好意思地朝她笑笑，"我打电话打得太投入了。"

她笑着摇摇头，看起来很亲切，"没关系，我也在美辰集团工作，那我们以后就是同事了。"

我惊讶地看着她，这也太巧了吧？那我刚才和许雪胡诌的话她不是全听见了吗？唉！真要命啊！她可别以为我是冲着总裁夫人去的啊，面试的时候我根本没有见着总裁的面，只是从 HR 零零散散的话语里得到一个信息：总裁很帅，目前还单身。现在，我才明白老话原来是很多人血泪的总结——祸从口出啊！

我尴尬地看着她，表情很窘迫，"刚才……刚才那个是我大学最好的同学，我们在一起就喜欢胡说，你可别当真啊！"

她善意地笑笑，"别担心，上班久了你就知道了，哪个下属不在背后议论领导啊？"

听她这么一说，我稍微放心了些，但心里还是有些忐忑，她可别把刚才的事告诉其他同事。

像是看出了我的心思，她又安慰似的说道："放心吧，我不会乱说的。"

有了这么一个插曲，一路上也不那么寂寞了。女人叫乔菲，在财务部工作，刚刚出差回来，很巧地碰上我这个新任总裁秘书。而她，也成为我在美辰集团认识的第一个同事，在我今后风起云涌的职业生涯里，一直是我最最亲近和信任的人。

因为是集团型企业，与我同一天入职的有很多人，大家都在相互打听彼此的职位。无疑，我的岗位是最具有优势的，因为今后我接触的是集团的最高领导，所以大家对我的态度也都很和善。这让我的心中忍不住升起一股优越感，但是表面上却不敢轻易流露出来。

去人事部的路上，经过大厅的时候，突然听见有人叫我的名字。我一愣，今天是我第一天上班，怎么会有人认识我呢？难道是同名同姓？路上已经有一个奇遇了，难道老天还要再送我一个吗？

本不打算理会，突然一张热情的笑脸出现在我面前，“林云，你怎么来了？”

眼前的人是我初中同学美嘉，四年前的同学聚会后就再没见过。此时在这里遇见，心中的惊喜实在难以表达。当她知道我也是集团的员工的时候，更加兴奋，“太好了，我们以后就是同事了。”

我随口问了问她的职位，她有些不好意思地说：“前台，我只是大专毕业，和你这个复旦大学的高才生没法比。”当她知道我是总裁秘书的时候，非常高兴，“以后你可要多罩着我哦！”

我笑着吐吐舌头，“我还不知道自己的未来怎么样呢，你比我先进公司，以后你多罩着我才是。”

因为有很多手续要办，没办法和美嘉聊太多。虽然美嘉只是前台，还是引来一同入职的其他同事的羡慕目光。毕竟，以后我在公司不是孤单一人。我心里偷偷一乐：我认识的可不止美嘉一个呢！

办完手续，接下来的便是为期三天的新人培训，内容包括公司的历史、企业文化、各项制度等等。偶尔在走廊上看见公司那些职业经理人干练的作风、自信的笑容，心里就忍不住生出一股羡慕：希望有一天，我也能像他们一样。

三天后，我的职场生涯就正式拉开序幕。

星期一早上，天气依然炙热，我精心挑选了一套白色的韩式职业装，让自己看起来既稳重又不显死板。刚上班的日子对我而言，显然是充满新鲜感的。

美嘉是个很好的指引者，正式工作刚一开始，就把她所知道的大小事情事无巨细地告诉我。哪位领导和善，哪位领导苛刻，哪位领导是本土派，哪位领导是空降派，以及她所知道的为数不多的和总裁有关的消息，统统一丝不漏地讲了出来。她提到最多的人有两个：总裁唐弈和副总裁陆涵。然而，我也知道，美嘉的工作是前台，她可以告诉我很多小道消息，但真正核心机密的事情她不可能知道。

我不知道我的八字是不是跟公司不合，在我正式上班的第一天，公司就出了大事——市场副总助理李永明贪污索贿的事情东窗事发。

“林云，你说公司这次会如何处置李永明？”下班路过大厅，美嘉截住我问。

“我不知道。”我笑笑说。

“你是总裁身边的人，怎么可能一点都不知道？”美嘉不死心地继续问。

“我来公司才多久，我和艾琳才刚开始交接。如果你想知道的话，不妨去问她哦。”我笑着给她指点迷津。

美嘉没好气地白了我一眼，“找她？那老处女眼睛长在头顶上，动不动就拿公司的规章制度压人，我自己去找晦气呀我？”

“艾琳没你说的那么夸张吧？”我不相信地问。

美嘉立刻和我较起真来，“她比我说的夸张多了，上次我的笔不知道被谁拿走了，我就去问她要一支。我当时想，总裁室嘛，物资肯定比较充裕，结果……”美嘉学着艾琳的腔调继续说道：“‘美嘉小姐，公司每个月都给员工发必要的办公用品，一月一次，谁也不多，谁也不少，怎么偏偏就你不够用呀！’哎呀，我的妈呀，没把我给气死，从此以后，就算是一个大头针我都没找她要过。”

我被美嘉逗得忍不住笑了起来，“好了，别这么损艾琳了，不就一支笔嘛。”

美嘉不以为然地说：“是啊，不就一支笔嘛，你说一支笔她都这样，我还敢去问她这种事？到时候她肯定会说：‘美嘉啊，你的工作是前台，随便打听公司的机密对你可没好处哦。我是公司的员工，对公司有保密义务。’”美嘉学完立刻接着说道：“她要是真不知道，我这心里还平衡一点，可是她那副嘴脸就是在说：我就是知道，我就不告诉你！”

我扑哧一声笑出来，“你跟她有深仇大恨啊，这么抹黑她？”

美嘉不理会我的揶揄，继续不甘心地说道：“林云，你就行行好，如果你知道，赶紧告诉我，要不然我心里搁着这事，会吃不好，睡不香的。”

“我是真的不知道，不然有什么必要隐瞒。再说，李永明是市场系统的人，跟你的工作也不太搭界，你怎么那么关心他啊？”

事实上，我确实不知道事情会怎么处理，我甚至连李永明长什么样都不知道，更别提知道什么内幕了，所以只好继续开玩笑，转移她的注意力，“哦，我明白了，你别是暗恋他吧？”

美嘉狠狠一掌拍在我身上，“胡说什么呢你，这李永明可不是我一个人关心，整个集团的人都关心。”

我有些不解道：“就我所知，他只是一个副总助理，怎么会让你们如此关心？”

“这你就不知道了吧？前不久公司还在大肆宣扬他的业绩，又是最佳员工又是升职加薪的，转眼就说他有贪污索贿之嫌，你说是不是风云突变？”

这些事我也听到过一些，但是并不觉得有什么蹊跷，当下便说道：“这很正常啊，以前公司没发现，现在发现了嘛。”

美嘉郁闷地看了我一眼，随即俯身贴近我的耳朵，神秘地说：“公司现在盛传李永明其实只是个替死鬼。你想啊，他只是一个副总助理，他有那么大能耐？其实真正有问题的人是他上司，现在东窗事发，所以就弃车保帅。”

我一愣，会有那么复杂吗？可能因为我学的专业是法律，凡事都喜欢寻找不合理的地方，所以继续分析道："他的上司是常总吧？如果真是常总陷害，李永明不会反抗吗？还有一个疑点，即便是真的弃车保帅，现在公司上上下下都已经知道了这件事，这种情况下常总这么做还能保住自己吗？"

美嘉一愣，显然她只顾着八卦，没深入思考过背后的可能性，"你说的也不是没有道理，但是领导层的事情很多是我们这些下面的人不会知道的，可是你不同，你有大把的机会去接触领导层的核心机密。"

也许我刚进入公司，对很多人和事都不熟悉，不管是李永明还是他的上司常总，对我来说都是陌生人，我不像美嘉那么关注。

第二章 莫名其妙的饭局

第二天下午，公司悄悄召开了如何处置李永明的会议，我作为艾琳的接替者，坐在她身边列席。

“今天我们的会议主要讨论李永明事件的具体处理方案。”HR 总监蒋浩沉重地宣布。

底下一片沉默，我坐在艾琳身边，暗暗观察着在座的每一个人。

“大家可以随意发言。”蒋浩又加了一句。

沉默，依然是沉默。这样的气氛让人感觉非常压抑，我小心地挪动一下身子，生怕动静大了，引起别人的注意。

依然无人发言。我偷偷看了看坐在对面的总裁唐弈，他脸上毫无表情，看不出任何情绪。

“呃，我来说几句吧。”终于有人开口，我循声望去，是李永明的上司常青权。

“李永明是我的直接下属，他犯了错，我这个做上司的难辞其咎。”常青权沉痛地说。可是自从美嘉跟我说过那番话后，我对他不由自主地多了几分怀疑，真相到底是什么呢?

“如果平时我对他多关心些多教导些，也许他就不会犯这种错误了。也怪我平时放权太多，但是我还是想为他求个情，他在公司已经五年，工作一直都很勤恳、踏实，我希望公司这次能宽大处理。”

“常总的心情我们都能体谅。”蒋浩说，“但是公司的规章制度我们也必须遵守，至于最后怎么处理，看大家讨论的意见。”

常青权点点头，表示理解。不知为什么，我对常青权有种天生的排斥。我不知道是因为听了美嘉的话，还是因为他刚才发言时还不忘暗中夸赞自己。总之，我觉得这个人很虚伪。

“李永明刚进公司那一刻我都还记得。”掌管财务的副总裁余秀珍感叹地说，“这五年来，他的确为公司付出了很多，我们的市场品牌发展到现在这个程度，他贡献良多啊。”

常青权再次点点头，“余总说出了我的心声。”

然而不料余秀珍话锋一转，“一个这么勤恳的人，为何会以身试法值得我们细究。如果他真的违反了自己的职业操守，那公司必须给予严惩，如果是被人陷害，也必须还他一个清白。”

常青权的脸色有些不自然，但随即就恢复了平常，“余总说得对，公司不冤枉一个好人，也不纵容一个坏人。关于李永明贪污索贿的事实，基本上已经查明，他本人也供认不讳。”

我心生郁闷，心急地想知道结果，这个会议开得太迂回。好像很多人都发表了意见，可是几乎所有人都没有直接亮出自己的意见，说的都是一些模棱两可的话。我暗暗心想，是不是作为高层，说话都这么迂回？

沉默已久的唐弈终于缓缓开口，这让每个人都精神一振，“李永明的事情公司已经查清，这个已经没有争论的必要，现在大家就如何处理发表意见。”

“我先代表 HR 发表我的意见，我基本倾向于按照公司规章制度处理。”蒋浩说。

果然如其他员工所说的那样老奸巨猾，蒋浩的这番意见，愣是让人挑不出一丝毛病。

“总裁，我的意见是偏向从轻发落，李永明一向尽忠职守，我总觉得他这次犯错太过蹊跷，于理不合。”余秀珍是公司为数不多的女性高管之一。是作为女人心软了，还是她真的知道什么？为何她总要在唐弈面前旁敲侧击？

我觉得自己就跟个傻瓜似的参与了这个会议，觉得这个人说得有道理，那个人说得也有道理。

“余总，我知道李永明是你看着在公司慢慢成长起来的，我又何尝不是呢？”常青权带着一脸无奈的表情说道，“虽然他犯错已经成为事实，不过我还是希望公司能对他网开一面。”

“艾琳，李永明犯的错有多严重？如果按照公司规定处罚，会是什么样的结果？”趁着大家发表意见的时候，我偷偷问艾琳。

艾琳面无表情地看了我一眼，警告道：“这种会议上别随便讲话。”

我讪讪地闭了嘴，不敢多言。

一抬头，发现对面的唐弈正在看我，我愣愣地看着他，不知道他看我干吗，是在警告我开会不准说悄悄话吗？

“林云，你似乎有话想说？”唐弈点名道。其他高管立刻安静下来，不约而同地看向我。我立刻感到局促不安起来，张了张嘴，却又闭上了。

“有话就说，你是新人，也许能从旁观者的角度看待问题，你认为应该怎么处理呢？”唐弈鼓励地看着我。

我为难地看着他。我刚进公司没几天，太希望能让他和其他高管赏识我了，可是我对公司的状况都还没搞清楚，想说也不知道从何说起。这么多高管都没有统一的意见，哪里轮得到我这个刚刚参加工作的新人发表言论。我该怎么回答他呢？如果回答得好，说不定从此唐弈就对我刮目相看，如果回答得不好，也可能影响到我今后的发展。这是个机会，也是个挑战。如果给个模棱两可的答案，从此就会被归为花瓶。他当众问我，我要是一声不吭的话，那就是死路一条。

当下，我心一横，“谢谢总裁给我机会，很抱歉我进公司才不几天，前面的会议我没有参加。刚才总裁说事情基本已经查清，我觉得如果情况属实的话，应该按照公司的规章制度处理。当然，这个大前提是勿枉勿纵。”基本上，大多数高层都这么说，那我这样说应该也没错。

唐弈定定地看着我，“不过李永明服务公司多年，业绩斐然。虽然他现在犯了错，但是过去也为公司立下了汗马功劳，你说这两者之间应该如何平衡？”

我不知道唐弈还有问题问我，当下一愣。看着他的眼神，我突然有一种感觉，他是在考我。如何回答才能让他满意？我现在面对的不止唐弈一个人，如果他在办公室里问我，我大可以畅所欲言，但现在我同时还面对如此多的高层，可不能丢脸。如果我回答得太糟，唐弈脸上也不好看。

我不敢思索太久，却不知道如何回答才好。也许是急中生智，就在我焦急万分之际，脑海中突然灵光一闪，顿时有了主意，“念书的时候，我听过一个故事：古时候有一位将军，打过无数胜仗，可以说功高盖世。君主也是位明君，已经让这位将军封侯拜相，还赐了很多良田府邸。可是有一次这位将军打了败仗，本来胜败乃兵家常事，可是这次的失败是因为将军前夜饮酒过度，延误军机所致，使得几万士兵白白牺牲。最后，将军在几位士兵的掩护下杀出重围，带伤回朝。君主闻听这个消息后勃然大怒，但是很多大臣纷纷求情，希望君主念在将军以往的功劳上网开一面。这时候君主很为难，他想起将军为了保家卫国多次身陷险境，更有一次将军还救过他。于是，君主便问一旁一直沉默不言的丞相，如何才能情义两全。丞相说：‘将军有功时，陛下已经让他封侯拜相，如今有错，如果再以功相抵，那么国将不国。功过不能相抵，有功必赏，有过必究，是明君的处事原则。’君主在思索了一夜后，终于下令斩了将军，并对将军的家属做了妥善的安置，此举不但没有让君主招来骂名，还赢得了天下人的称颂。”

说完后，我偷偷打量着与会的高层。

“林云的故事讲得非常生动。”蒋浩率先说。

唐弈定定地看着我，眼里渐渐有了笑意，“林云的故事是今天的意外收获，蒋浩，你当初招人的时候没看出来吧？”

蒋浩干咳两声，笑着说：“是啊。”

我静静地听着他们的对话，并不全懂，但是我感觉我的表现应该还可以。当下，忍不住有些得意起来。

李永明被开除了！

三天后，看到公司文件下发，我才知道这个结果。公司里到处都在议论这件事，我不知道事情的前因后果，也不知道别人心里的想法。乔菲提醒我身为总裁秘书耳朵要长，嘴巴要短。

于是，我只安静地做分内的工作，不议论也不打探。

“林云，我在营销系统，你要不要也来？”手机里是美嘉急促的声音。

我迟疑地合上手机。美嘉这是怎么了？她不好好待在前台，跑去营销系统干什么？而且还如此迫不及待地要我过去？营销系统是公司非常重要的组成部分，作为总裁身边的新人，必定要对公司的核心系统非常了解才行。美嘉的话勾起了我的兴趣，于是我随即编了个谎给艾琳，匆匆赶了过去。

六楼为营销系统办公场所，由三个部门组成——销售部、市场部、售后部。朝南的一面并排分布着这三个部门。销售部居中，市场部居东，售后部居西。听说如此分布代表着每个部门负责人不同的身份地位。

“你要我下来干吗啊？”我忍不住问美嘉。

美嘉随即给了我一个“好心没好报”的眼神，“上次我不是问你李永明的事吗，今天他过来办理手续。你看，那就是李永明。”美嘉偷偷指给我看，然后又小声说道：“你有没有觉得他很奇怪？”

我也感觉到了，李永明被公司开除，理应垂头丧气，为何他脸上丝毫看不出来。如果不知情的人看到，还以为是一个正常离职的人。我左右看看，很多不是营销系统的同事也在，或者送文件，或者借东西，但是眼睛却时不时地往市场部瞟。我心中暗笑，看来每个人都难掩心中的好奇。

“想什么呢？问你话呢。”美嘉推推我。

“啊？”我茫然地看着她，“你说什么？”

“我说他怎么会是这副表情？好像还有点儿高兴的样子，是不是做给我们看的？还是公司给了他什么补偿？”

我想起会议上讲的故事，公司会给补偿吗？可能吗？

“我真不知道。”我抱歉地说。

美嘉有点恼怒地看着我，“我怎么觉得你像个神仙啊？问你什么你都说不知道。”

我忍不住争辩道：“美嘉，你想想看，我进公司半个月都不到，连公司里的高管我都认不全，更不要说你问的这些。我问你，你刚进公司半个月的时候，你在干吗？”

听我这样说，美嘉便不再追问，只是不好意思地笑了笑。

后来我才知道，职场上确实不应该发表太多的意见。千万不要以为两个人之间随意闲聊就什么都可以说，隔墙有耳，也许这些话第二天就会尽人皆知。管好自己的嘴巴，是最基本的职场生存法则之一，有时候比能力更重要。

回到总裁室，我心中的压抑感就涌了上来。这并不是因为唐弈给了我多大压力，而是因为艾琳。看来美嘉评价的话也有几分道理，这世界上最难打交道的就两种女人：老处女和更年期妇女。碰到这两种女人，非死即伤。

进公司已经半个月了，别说指望艾琳指导我工作，就算聊天也得看她心情好不好。偶尔她心情好的时候，会跟我聊聊公司的事情，可也只是一些鸡毛蒜皮的小事。我根本不关心，也不在意，还得装出很用心倾听的样子，然后在心里鄙视自己千百回。更多的时候，她就坐在电脑前噼里啪啦地打字。我不知道她到底在工作，还是在聊天。如果我偶尔不小心走到她那边，她会迅速切换窗口，然后一脸防备地问我什么事。为了让她安心，我也尽量不去她座位附近。

几天下来，我感觉总裁秘书这个岗位非常清闲，甚至可有可无。辞职这个念头不止一次出现在我脑海中，我堂堂复旦高才生，岂是来这里闲坐的？可是心里还有一个不甘的声音：你怎么这么容易就要放弃呢？你怎么可以因为一点点不如意就撤退呢？最终还是留下的念头占了上风。

几天来，除了开会，艾琳就给我一些公司过去的资料。至于要我做什么，我的工作内容是什么，她只字未提。唐弈在的时候，她还做做样子。唐弈一出差，她索性连样子都懒得做了。

“艾琳，我们聊聊好吗？”我受不了两人共处一室，却每天无声无息。

“你想聊什么？”艾琳脸上带着标准职业的笑容，只是这个笑容给人感觉就像是硬堆上去的。如果美嘉在，她会伸手打掉艾琳的笑容吧？我天马行空地想。

“我也不知道。我刚来公司，任何事情对我来讲都是新奇的，你随便给我讲点什么吧？”我尽量让自己的态度显得虔诚再虔诚。

“我也不知道讲什么。”依然是淡淡的拒绝口吻。

“总裁经常不在公司吗？”我有点不死心地问。

“不经常，公司的业务他交给陆总负责，所以一般他自己不需要出差。”

“那这几天他怎么一直不在啊？”我浮躁起来。如果以后的日子就这么过下去的话，辞职也不失为一种选择。

“他偶尔也会出差，如果特别重要或者非业务上的事情他会亲自处理。”

“那你以前需要替总裁做些什么呢？”

“总裁是个很沉默、很内敛的人，而且相当独立，不需要秘书做些什么，甚至说不用秘书都可以。但是公司这么大，总裁不能没有秘书，你明白了吗？”艾琳突然意味深长地看了我一眼，我不知道这一眼是同情还是嘲笑。

原来我这么向往的岗位居然是一个“鸡肋”岗位！知道了这一切，我的心情顿时变得无比沮丧。

“不过每个人的际遇都不一样，看你自己如何把握了。”艾琳淡淡地说。

转眼，一个星期又过去了。我和艾琳的交接工作缓慢地进行着，好几次我都有一种冲动，我不需要交接，直接让我独当一面吧。

好几次，我都冲乔菲抱怨，可是乔菲每次都提醒我说：“你是新人，来公司没多久就对前任有意见，对艾琳不会有影响，影响的是你自己。”

被乔菲这么一教育，我也不敢随便抱怨了，只好忍了。

可是随后的一件事实在让我气愤不已。那天，艾琳去卫生间，我找荧光笔的时候，无意中看见她的电脑屏幕。一看之下，我顿时气血上涌。难怪我总能感觉到她对我有种明显的敌意，难怪我一直以来都无所事事！屏幕上跳动的消息狠狠地刺激了我的神经。

“艾琳，你跟那女孩子交接得怎么样了？”

“没怎么样，我把她晾在一边。”

“那你怎么跟你们总裁交代？”

“总裁怎么会干涉这种小事，他整天有忙不完的公事要处理，难道还会来过问我们交接的进度？”

“那女孩子就任由你摆布？”

“哈哈，那你觉得她能怎样？我既然敢这么做，当然是有把握了。”

“你不觉得这样做太过分了吗？毕竟她也没惹你啊！”

“她厉害着呢！第一次开会就侃侃而谈，哗众取宠。在这个位置上，我得不到的，她也别想得到。等交接个两个月，总裁对她的能力失去信心的时候，我也转到其他部门去了。”

这一定是天意，回到座位上，我愤愤地想。

“呀，我没锁电脑啊？”从卫生间出来之后，艾琳惊讶地说。

我看了她一眼，没有说话。她又看了我一眼，似乎想从我脸上看出些什么。我面无表情，一声不吭地坐在电脑前，毫不理会她的问话。也许是觉察出了我的异样，也许是怕我接下来质问她，最终她一个人拿了份文件，离开了办公室。

“请问总裁在吗？”一个温柔而磁性的声音响起。

我不禁抬起头来，好温文儒雅的男人。来人穿一身深色西装，系浅黄色领带，戴一副金丝边眼睛。体形修长，浑身上下都散发着儒雅的气息，由于身高原因，更显得玉树临风。午后的阳光从落地窗洒落进来，在眼前形成一幅绝美而温馨的画面。

“请问总裁在吗？”他又说了一遍，没有丝毫不耐烦。

“请问你哪位？”艾琳的刁难惹得我非常不快，说话中竟不自觉带了一丝咄咄逼人的意味。

“您不认识我吗？”他感到微微的惊讶。

我心想，你又不是国家领导人，我为什么一定要认识你？但是这样的话我还是不敢真的说出口，虽然眼前的男人脾气似乎很好，对我居然用“您”这个称呼，可我还是不敢太放肆。我迅速在脑海中搜索了一遍，但是毫无所获。我可以肯定我并未见过他，看他的年龄和打扮，应该不是我们公司的普通员工，但是那天高管会上也没有见过他。他的气质那么儒雅出众，如果我见过，一定会有印象。可他问话的语气又让我感觉是我们自己公司的人，不然不会称总裁，应该叫唐总才是。当下，我摇了摇头。

“我叫陆涵，请问总裁在吗？”

“你有预约过吗？”我记得如果有人过来找总裁，艾琳就是这么问的。

他含笑摇了摇头，“您是新来的总裁秘书吧？”

他居然认得我？！

“陆总，您回来了啊？这次出差了大半个月吧？”说话间艾琳回来了，艾琳难得这么热情地对一个人，原来这个人就是传说中负责整个集团销售模块的副总裁——陆涵。之前处理李永明事件的高管会上，陆涵由于出差没能参加，所以与会的高层中没有他。

可以说，陆涵是我在整个集团所见过的男人中最优秀的，不但外表上远远比其他高管出色，连修养气度也明显高出一大截。不过严格来说，唐弈并不输他，只是唐弈太沉默了。

“是啊，这次出差时间是长了一些，走访了很多市场，这不一回来就先来向总裁汇报了嘛。”

“原来您就是陆总啊？不好意思，我刚来公司，对公司里的人还不熟悉。”我为之前的态度感到抱歉。

“呵呵，是我不好，哪有让您主动认识我的道理。美女嘛，一般应该我先来认识啊。”如果这话从别人口中说出，我会觉得对方有些轻佻。可是从他口中说出，却能让人感觉无比诚恳。

“陆总别取笑我了。”我被他夸得有些不好意思。

“我说的是实话，你有一种很空灵的美。”他直视着我说。

“陆总就是喜欢夸美女。”艾琳半真半假地说。

“哈哈！”陆涵笑得很爽朗。

“陆总，总裁现在不在，要不等他回来了，我通知您？”艾琳说。

“好，那就谢谢了！”他向我们微微点头，临走的时候还深深地看了我一眼。

陆涵刚出门，艾琳就跟我聊了起来，“林云，你觉得陆总怎么样？”艾琳难得有兴趣主动跟我说话。

这一下午，艾琳带着崇拜的神情跟我讲了很多陆涵的事。陆涵为人处世如何得体，陆涵学识如何渊博，陆涵对待下属如何宽厚，把他夸得简直就是“此人只应天上有”。讲到最高兴的时候，她还跟我说了一个非常重要的消息：公司发展越来越快，总裁决定任命一个执行总裁，替他全权处理集团事务。虽然公司里有很多元老，可是她觉得这个人一定是陆涵，只有他具备这个能力。

除了那日与我谈论陆涵的时候，艾琳对我表现出了少有的平易近人外，接下来的日子又恢复到以前的状态。交接工作仍然缓慢地进行着，没有任何实质性的进展。我心里清楚她故意刁难我，并没有真心和我交接，可是也毫无办法。

我把这事跟美嘉说了，美嘉建议我直接告诉总裁。其实，我不是需要美嘉帮我出什么主意，而是心里憋屈得慌，需要找个人倾诉而已。虽然我没有多少社会经验，可我也知道这事不能告诉唐弈。就算唐弈愿意为我主持公道，他肯定也会觉得我像个小学生一样，什么事都不会处理，只会告状。

没有重要事情可做的日子，对我来讲是一种折磨，我感到自己的青春都被消耗在了日复一日的无所事事中，每天都无精打采。

这一天，艾琳又故意发难，临到下班前丢给我一堆任务，要我明天上班前必须做好。所以，无奈之下我只能自行加班。待到忙完手头工作，走出公司的时候，天已经快黑了，不料却在突然间听到有人喊我的名字。

“林云，怎么这么晚才下班？”抬头一看，竟然是陆涵。今天的陆涵没有穿西装，一身休闲打扮。如果论长相，唐弈更胜一筹，但是陆涵更有一种成熟男人的魅力，而这种魅力对女人而言是相当致命的。

“这次认识我了吧？”陆涵笑着说。

“哪敢不认识陆总您呀，我们集团的翘楚。”我俏皮地说。

“不敢当，不敢当，在你这个名牌大学毕业的才女面前，我还是谦虚一点儿比较好。”他笑得无比爽朗。

“陆总真会说话，难怪公司里那么多女孩子迷恋你，呵呵。”我半真半假地说。他知道我毕业于名牌大学，看来也打听过我，我心里忍不住暗暗高兴。

“又拿我开玩笑了不是？我一把年纪了，谁还会迷恋我呢？只要你们这些年轻人不嫌弃我，我就已经很知足了。”陆涵笑得愈加爽朗。

“我可没有骗你，公司大半女孩子都说你好，我也奇怪你怎么能做到让这么多人认可你？”本来想说喜欢的，后来想想这个词不合适，所以改口说认可。

“就算是骗我的，我也被你骗得很开心，晚上有什么安排吗？”他和蔼地问我。

“晚上？我很少在晚上外出。”我说的是实话，同时也侧面告诉他我平时的生活作风。

“嗯，女孩子还是谨慎一点好。不过，如果今天晚上我邀请你，赏不赏这个脸呢？”

“今天晚上？”对于他的突然邀请，我有点吃惊，不明白他为什么会突然邀请我。凭女性的直觉，我感到陆涵对我很有兴趣。不管这个兴趣是什么，从上次他离去时那深深的眼神，我就感到和他会有交集。可是想起艾琳说他离过一次婚，虽然很多人说离过一次婚的男人是宝，但我还是不希望在私人感情上和这样的男人牵扯太多。

“呃。”陆涵清清嗓子，“你来公司这么久了，我都没请你吃过饭，就算欢迎新同事吧。不过还有一位总监一起，你不介意吧？”

我嫣然一笑，单独赴约的话我可能还会犹豫，如果还有其他人，那我还有什么可顾虑的？何况，我也很想了解这位闻名已久的副总裁。

外面天色渐渐暗沉，这样的光线让我有安全感。从来没有这样和男人出去过，尤其还是位高权重的集团副总裁，我感到有些拘束和紧张。

去吃饭的路上，并没有看见陆涵所说的那位总监。他解释说我们先过去，那位总监自己有车，不需要等他。

陆涵选了一家特色海鲜楼，并非金碧辉煌那种，却很有特色，环境也很清幽。这样的地方适合吃饭，也适合聊天。他告诉我，一些并非很正式的聚会，他喜欢安排在这里。老板显然认识他，一见到我们就热情地寒暄，并打量了我几眼。也许是离开了办公环境，我轻松不少，忍不住开起了玩笑，“陆总，那位老板一直看我，是不是你经常带女孩子来？他想，这个我没见过，怎么又换了？”

陆涵一愣，随即开怀笑道：“你真有趣，不过我发誓，你是我第一个带到这里来的女孩子。”

我随口问他为什么偏偏带我过来，陆涵笑着说是因为听了那次我在会议上的发言。

我开心起来，原来我那次的表现竟然这么好。

“你很聪明！”陆涵赞赏道。

听他这样讲，我不禁一愣，忍不住去看他。他说我聪明？别是在说反话吧？

我偷偷地打量他，发现他眼里是真诚的笑意。我愣愣地想，这个其他女孩子口中最平易近人的副总裁，对我真的这么欣赏吗？

“对了，刚才不是说还有一位总监吗？怎么还不来？”我东张西望，并没有发现刚才陆涵所说的总监。

“他刚才发消息给我说他临时有事不来了。”

我疑惑地看着陆涵，是巧合还是刻意？怎么如此凑巧？虽然不知道实情，但心里还是忍不住有些期待这是陆涵的刻意安排。

“你知不知道，你的一个故事就决定了一个人的命运？”陆涵笑着说。

我咬咬下唇，他是在告诉我是我害李永明被开除的吗？我有那么大的影响力吗？

“他离开的那天似乎还很高兴。”我有点赌气地指出。

“那是因为我用私人关系把他介绍到另一家公司，而且职位比现在高。”陆涵云淡风轻地说。

原来如此！一直缠绕在心头的谜题被陆涵的一句话解开，可是随即我又感到有些担忧，“你把公司开除的人介绍到别的公司，不怕总裁知道吗？”后来我才知道，这时候的我是多么稚嫩，这个问题问得就好比“人为什么要吃饭”一样。

陆涵悠闲地品了一口茶，微笑着反问道：“这不是你故事里的结尾吗？成全了公司的仁义，总裁为什么要怪我？”

那是不是说李永明是被冤枉的？这个问题我几乎脱口而出，但最终还是忍住了。我和陆涵几乎没有任何交情，我怎能问他这种问题。其实我心中还有一个更大的疑问，李永明是市场副总的人，和陆涵不是同一派系，陆涵为什么要帮他？是想从李永明那里得到有用的消息吗？只是这些疑问也只能留在心中，或许永远都找不到答案。

“我随口讲的一个小故事，陆总就别取笑我了。”

“我不是取笑你，真的，我觉得你很聪明。以我多年看人的经验，你在公司会有一番际遇。”陆涵认真地说。我却感觉这番说法很玄乎，看见我怀疑的眼神，他立刻说：“我没有别的意思，就是觉得跟你投缘。

我也不知道为什么，很久没有这种感觉了。以后要是遇到什么为难的事，你可以找我。”

他的意思是他准备教我吗？我很清楚，如果在这个集团里能得到陆涵的教导，那绝对前途无量。可是他为什么独独看中了我？我呆呆地看着他，也许……可能……这些高管的心思深不见底，我再聪明也无法看透。

临走时，陆涵再次跟我说，以后无论有什么问题都可以找他，他会帮我。而我一时之间对这番话无法消化。这顿饭来得突然，陆涵的示好来得突然，一切都如此突然。但是我对这个男人并不排斥，甚至喜欢和他接触。

第三章 算不算恩将仇报

转眼到了周末，我舒服地躺在浴缸里，撩拨着水上的泡沫，玩兴大起。

一阵悦耳的音乐响起，手机里有短消息进来。我擦掉手上的泡沫，打开消息，是唐弈发来的，“此次会议资料是谁提供的？”

没头没脑的一句话，我反复看了几遍，还是没有看懂。难道唐弈发错了？他现在应该在上海出差，我试探性地回了一条，“总裁，您是指上海峰会吗？”

“是。”唐弈回过来的消息只有短短的一个字，但是可以肯定他绝没有发错。那他发这样一条短信是什么意思呢？是资料有误吗？不可能啊！公司的资料已经提交过无数回，基本都是不变的内容，不可能有错啊！那会是什么原因？从唐弈的话语里根本看不出他的情绪，我突然想起一个人来，他应该知道。

“陆总，我有事想请你帮忙。”我拨通陆涵的电话，开门见山地说。唐弈等着我的回话，没有时间让我慢慢迂回，何况我那点儿小心思在陆涵面前估计是透明的，还不如直接一点。

“荣幸之至，看来我们的林大小姐遇到麻烦了。”陆涵戏谑地说。

“也算不上麻烦吧，就是问你一个事儿，刚才总裁发了一条消息给我，他问我这次上海峰会的资料是谁提供的，我不明白他这么问是什么意思。”

“哦，这个啊，是你提供的吗？”陆涵轻描淡写地问。

“不是我。”我老实地答道。

“不是你就好。”

我听出了一些苗头，“陆总，你是陪总裁一起参加会议的人，你知道他为什么会这么问吗？”

陆涵清清嗓子说：“虽然总裁没有表露出来，我想他心里肯定很生气。”

到底发生了什么事？能让一贯沉稳大度的唐弈生气？

“问题出在资料上吗？”我开始猜测起来。

“我想应该是。当时在会场的时候我就感觉他似乎不高兴。听你这么一说，我大致可以推断出来，这次会议的级别很高，参加者都是国内有名的集团，每个人桌上都有一份宣传手册，只不过别人都是介绍自己的集团，而我们集团却是介绍总裁个人，甚至还印了总裁的个人照片。这在其他集团领导人眼里是很自恋的行为，显得我们集团档次很低，估计总裁正在为这事生气。”

我明白了，艾琳犯了一个不可饶恕的错误，因为这份资料是她提供的。我脑中灵光一闪，轻易不动气的唐弈如此恼怒，可见这个错误有多严重，那么现在岂不是最好的时机？

“那我该如何回复总裁呢？”我忍不住问陆涵的意见。

陆涵沉默了一会，终于开口说：“你按我教你的做。首先，你要让总裁知道资料不是你提供的，一定要撇清关系。然后你必须让总裁出气，他现在处于愤怒当中，刚才在会场他不好发作，现在估计回酒店去了。最后你要给出一个建议，以后遇到类似情况应该如何处理。我相信你做了以上三步，他必然会对你刮目相看。但是你千万别流露出是我教你的，我相信以你的聪明应该能做到，不要让我帮错人。”

因怕唐弈久等，我谢过陆涵就匆匆挂了电话。

我简单编辑了一条信息，大概交代了事情的原委，问唐弈可否打电话跟他说。不等我打过去，唐弈先打了过来。

“总裁，刚才我已经了解过艾琳提供的资料内容，也粗略了解了一下这个峰会的性质，您是否觉得所提供的资料不合适？”

“没错！你也看得出来？”

我谨慎地回答道：“这个峰会的与会人员全是业内知名集团的老总，主要交流这个行业的发展现状和前景，所以我觉得这样的会议上可以宣传我们企业的发展方向和企业文化，至于总裁您个人，我觉得放到专访上比较合适，所以我认为在这样的场合提供您的个人资料，有些不妥。”

“林云，你工作多久了？”

我一惊，难道唐弈认为以我的年纪不可能说出这番话，认为背后有人教我？陆涵好心帮我，我可不能害了他。

“我工作还不到一个月。”我迟疑着说。

“工作不到一个月就能正确判断问题，你的悟性不错。”

“谢谢总裁鼓励，其实不是什么悟性啦，这个很容易看出来啊。”问题一解决，我忍不住得意起来，“就好比去什么场合穿什么衣服一样。”

唐弈的情绪没有一开始那么沉郁了，“可是有的人却不会穿衣服。”

我心里暗笑，这指的可不就是艾琳嘛！

“总裁，不会穿衣服不要紧，但是千万不能帮别人穿错衣服。”

唐弈从来没有跟我说过这么多话，无论他是因为认可我，还是因为满腔郁闷无处发泄，总之对我来说都是一个好的开始，这时我想起陆涵的第三点嘱咐，“总裁，我有个建议。”

“你说。”唐弈温和地说，语气比刚才缓和了很多。

“今天的事说大不大，说小也不小。我认为以后遇到这样的情况，应该先让市场部把把关，他们对宣传、推广、各大机构以及各种会议背景肯定要比我们了解得多，至于公司资料及总裁您的个人资料应该有一个统一的归出口，不能谁想提供都能提供，这也是防患于未然的做法。”

“好！林云，这件事就交给你去做。”

艾琳，我终于可以摆脱你了。如果不是夜晚，我真想跑到外面去大喊一番。

没过几天，艾琳就离开了总裁室。我清楚地看到了她走之前的眼神，有怀疑，有不甘，也有愤恨。我热情地帮她整理资料，眉间眼底都是忍不住的笑意，终于可以不用那么压抑了。

“林云，艾琳跟你交接了才半个月，她就去HR了？”乔菲问。

“那你觉得应该交接多久？”我笑着问。

“一般的岗位交接为一个月，你这个岗位应该会更久。”乔菲认真地回答。

我心里一动，“艾琳犯了一个不可饶恕的错误，还能去HR，已经不错了。”当下，我把事情经过说了一遍，只是陆涵那段省略了不少。

“她平时可能太严肃，即使别人知道她犯错，也不会提醒她。”乔菲说。

这就叫“得道多助，失道寡助”，我心里说。

“乔菲，我现在的岗位，到底是个什么样的岗位？为什么有时我觉得很重要，有时觉得还不如一个文员？”我苦恼地问。

乔菲叹了口气，“本来像我们这种大集团的总裁秘书，至少相当于一个部门负责人，问题就出在总裁未婚上。”

唐弈未婚和岗位设置有什么关系？我疑惑地看着乔菲。

“总裁今年已经三十三了，可他还是未婚，所以他历任秘书几乎都对他有意，尤其是艾琳的前任安娜。但是总裁对她们一直很冷淡，因为怕她们纠缠，所以很多事情不再放给秘书去做。到后来，总裁秘书这个岗位只相当于一个文员。”

原来如此！我不禁疑惑地想，这些人中就没有一个能抓住唐弈的心吗？

“这样的情况持续多久了？”我好奇地问。

“应该有四年了，越到后来越不受重用。但是你别灰心，上次的事情陆总肯帮你就是一个最好的证明。陆总为人谨慎周到，他对每个人都很好，但是却从来不会插手别人的事情。你要好好把握这个机会。”

原来陆涵对我真的与众不同。他为何会教我呢？我本以为陆涵是因为我这个岗位而拉拢我，可照乔菲这么一说，陆涵根本没有这个必要，他怎么会莫名其妙地来教我？

陆涵是个谜，他的行为更是一个谜。

随着时间的推移，我对工作的新鲜劲儿很快过去了。不过唐弈虽然沉默，但却是个很好相处的领导，我工作以来他没有批评过我一句。而陆涵对我也总是若有若无地维护，所以我的工作还是非常愉悦的。有一次乔菲告诉我，同事对我的印象是，无忧无虑，每天都开开心心地工作。不像其他人，一上班就盼下班。

这天，刚上班，市场部一位同事拿了份报告给我，然后偷偷问我，“林云，你还记不记得两个星期前你拿过一份合同到市场部来？”

两个星期前？我迅速在脑海里搜索起，好像是有这么一回事，“怎么了？”

对方回给我一个高深莫测的笑容，“你仔细想想吧。”

看着她远去的背影，我努力回忆起来。

十几天前。

“林云，你把这份合同给市场部，叫他们寄给对方公司。”

我接过合同就往市场部走去，走到一半才发现，唐弈没告诉我具体交给哪位同事，想回去问唐弈又怕他觉得我做事鲁莽，我太希望给唐弈留个好印象。但不管唐弈本意要我交给哪位同事，我交给市场总监应该不会有错，他肯定知道应该由谁负责，我心里想。

“林云，今天怎么有空到我们部门来啊？”市场总监助理伍媚说。

“你们常总监在吗？”

“他出差了，你找他有事吗？”

“总裁叫我送一份合同过来，可是他没跟我说给谁，所以我想给常总监。”

“哦，我看看。”伍媚接过一看，“这个应该交给陈玉或者林丹，具体是谁负责的，我也不知道，她们的位置在那边。”

“谢谢你，我去找她们。”

“陈玉，你帮我看看这份合同应该给你还是给林丹？”

“哦，是给她的，她现在人不在，我转交给她吧。”

“那就麻烦你了，总裁说要寄给对方公司。”交代清楚后，我便转身离去。

难道是合同出了问题？不容我多想，唐弈一到办公室便把我叫了进去。

“林云，上次让你给市场部的合同给了吗？”

“早就给了啊。”我小心翼翼地回答。

“寄出去了吗？”

我已经意识到这中间某一环节肯定出了问题，不然唐弈不会这样问我。

“应该寄了吧，我也不确定。”我迟疑地回答。

“你给她们之后没有跟进吗？对方方总刚才跟我说他们公司到现在还没收到。”唐弈面无表情地说。这样才让我不安，如果他对我发火，我可能还不至于这么紧张。

什么？到现在还没收到？我意识到问题大了，不知道是哪个环节出了问题。

“对不起，总裁，我先去了解一下情况，回来再跟您解释，好吗？”这是我现在唯一能做的。

“嗯。”唐弈应了一声，便埋头处理桌上的文件。

出了总裁室，我立刻拨通市场部的内线，“喂，请找林丹！”

“我就是，请问你哪位？”

“我是林云，上次总裁给你的合同你寄出去了吗？”我直奔主题。说实话，我现在心里很急，实在没有心情慢慢了解。

“合同？我存档了，没人跟我说要寄啊！”林丹纳闷地说。

“怎么可能，我跟陈玉说了总裁要你寄出去的，她没告诉你吗？”我难以置信地问。

“她只把合同给了我，没说要我寄出去，还说可能是总裁让你交给我存档的。”

“怎么可能，我跟她说得清清楚楚，她说会转告你的。”

“林云，我真的不知道。你想想看，我有什么理由不寄呢？你就是给我十个胆子，我也不敢扣着总裁的合同不寄啊。”

略一思考，我便清楚林丹说的是实情。林丹没有不寄的理由，如果她不寄只能说明她失职，对她没有任何好处，那么剩下的可能就是陈玉在暗中搞鬼了。虽然我知道有办公室斗争这回事，可是还没如此切切实实地遭遇过。即使和艾琳交接的那段日子，也还不能称之为办公室斗争。

“我去问陈玉，她到底是什么意思。”我满脑子都被气愤填满。

“林云，你先别激动。你现在找她，她也不会承认，也怪我当初没有打电话跟你确认，我现在马上就去寄。”

我很清楚，任何糟糕的后果肯定是无数有意或无意的疏忽造成的。今天这件事说到底还是我不够谨慎，我不清楚陈玉为什么想对付我。但是不管她的目的是什么，我已经被牵扯进这件事里了。

我慢慢地放回话筒，努力让自己平静下来。看来一直以来我都过于高估自己，办公室斗争手段层出不穷，我又怎能认为我比其他人聪明？是太多人的夸奖让我失去了戒心吗？

唐弈那边依然在等待我的答复。“总裁，对不起，合同还没寄出去，现在她们马上寄。我没有跟进，是我的疏忽。”我忍住告诉唐弈实情的冲动，决定把责任揽下，也许这是目前最好的做法。

“我知道了，你出去吧。”

我有种想落泪的冲动，因为别人无端的陷害，因为唐弈隐忍的怒气，也许他对我失望了吧？我呆呆地想着。第一次遇到这种工作问题，我不知道该怎么办才好。

邮件提示音将我拉回现实，我一看内容，顿时觉得血液凝固。“林云，工作到现在，我知道你很用心，但是有的时候应该多关注细节，尤其是工作上。要知道你岗位特殊，有的时候一个疏忽会影响整个公司，我希望你能成为我得力的助手。唐弈。”

我忍了半天的泪终于如断线的珍珠般不停滴落。唐弈怪我了，他嫌我办事马虎，也许以后他再也不放心我办任何事，我悲观地想。心中的委屈与伤心如潮水般淹没了我。

我成了这件事情的责任人，虽然觉得自己很委屈，可是我清楚这件事我没有跟进，的确负有不可推卸的责任。而看到事情的主导者没有受到任何影响，我更是气愤不已，可是我却无可奈何。把这件事告诉给乔菲，她很同情我，也很替我生气，可是她说职场新人难免吃亏。如果我非要在唐弈面前算得清清楚楚，可能结果会比现在更糟。所以，有再多的不平，我也只好吃了这个哑巴亏。

“林云，上次合同的事，今天开会的时候又提起了，她们当着总裁的面针锋相对呢！”我去洗手间的时候市场总监助理伍媚跟我说。

“还有吵的必要吗？是我没有跟进，我已经跟总裁承认是我的疏忽了。”我有些负气地说。刚进公司的时候，是市场部出了大事，现在又是市场部的人陷害我。虽然我才进公司不久，对市场部已经有了很大的成见。

“但是林丹心里不服气啊，所以她在会上提了，总裁也没阻止。”伍媚同情地看了我一眼，“其实我知道错不在你，你为什么不告诉总裁呢？”

我不想吗？可是如此一来唐弈会以为我推卸责任，没有担当，也许默默隐忍还能换来他一丝不忍。两害相权取其轻。

“告诉他什么？这件事本来就是我不够谨慎，还能怎么跟他解释？难道说是因为别人钩心斗角殃及我这个池鱼吗？如果这样我相信总裁只会更不高兴，觉得我不好好工作在那钩心斗角。算了，这事就这样过去吧。”

“林云，你太善良了。”

我一愣，我善良？我从来没觉得自己善良，我这样做只是权衡了一下结果而已，并非我天生喜欢宽恕。

“不过总裁并没有给你任何处罚，说明他心里其实是清楚，你觉得呢？”

“可能我刚进公司不久，他认为情有可原吧。再说你们也都说了，他是个宽容的领导，不是吗？”我敷衍地说。

“不过刚才在会上，陆总却为你辩护了。”伍媚凑近我说。

“陆总为我辩护？辩护什么？”这句话引起了我的注意。

“陆总没有说得很明白，但是大家都清楚他的意思。他说，事情已经发生了，也补救回来了，就别再提了，只是委屈了你。”

又是陆涵！我心里起了波澜，我和他的交往并不深，可他却屡次帮我，可能对他来说只是举手之劳，可对于我，好比是雪中送炭。我不是个容易感动的人，可是陆涵让我心里起了涟漪。

我突然有了想了解陆涵的冲动，想知道他到底是个什么样的人。

乔菲当然是我最好的消息来源。

陆涵，今年三十五岁，从唐弈接任集团总裁就辅助他。这几年集团迅速壮大，终于在行业内取得龙头地位。除了唐弈高瞻远瞩的战略眼光，也离不开陆涵的鞠躬尽瘁。集团五大系统有五位副总裁，四位元老，只有陆涵一人是空降派。虽然他资历年纪居中，但是无形中却具有比其他副总裁更高的人气与威望。也许对上，几个副总裁各有千秋。可是对下，陆涵的群众基础远远领先。离过一次婚，在公司受女孩子欢迎的程度却堪比明星，很多女同事明里暗里没少送秋波。

“很受女孩子欢迎？意思就是说他像个大众情人？”我有点不是滋味地问。

“那你可就冤枉他了，他的确是很受女孩子欢迎，但是一个能做到副总裁的男人不会那么肤浅。虽然这么多年他很受女孩子欢迎，可是令人称道的是他从来没闹出过什么绯闻，倒是其他副总裁，偶尔还会有绯闻。”乔菲说。

我默默点了点头，心中有一丝欣喜。

下午陆涵来找唐弈，看见他进来，我向他一笑，充满感激。

他回我浅浅一笑。很奇怪，他的微笑居然驱散了连日来我心中的阴霾，一种很安心的感觉从心底升起。这是以前从来没有过的感觉，我摇摇头，试图甩开这种奇怪的感觉。

陆涵一离去，唐弈就把我叫进了办公室。我惴惴不安地打量他，寻思自己哪里又犯了错误。沉默了一分钟，唐弈还是没有开口，我却按捺不住了。

“总裁，是不是我又做错什么了？”其实会这么问也有点负气的成分，我始终认为唐弈应该对始作俑者有所处理。

“你没有做错什么，上次的事情主要责任不在你。不过职场不比学校，以后一定要仔细。”后面两句与其说是教育，不如说是一种提醒，唐弈温和的语气里，没有一点责备的意思。

“不，总裁，其实我知道我有责任，如果我事后跟进就不会这样了。”这次，我是心悦诚服地说。

唐弈微微一笑，“你这种态度很好，有了事情先找自己的原因，而不是一味推卸责任。我也相信你以后不会再犯这样的错误了。”看来乔菲分析得对，幸亏我采取了隐忍的态度。

“总裁，我以为你已经对我失望了。”我小声说。

“我不会这么片面，只凭一件事就去判断一个人，我从来没有对你失去信心过。”唐弈认真地说。

我看着他，笑容慢慢荡漾开来……

转眼工作已经两个月了，对于公司的情况，我开始熟悉起来。经过之前的两件事，唐弈让我慢慢独立去做一些事情，虽然并不是很重要的事情，但我还是非常高兴。乔菲告诉我，这是以前从来没有过的事情，这让我对未来充满了期待与信心。

这天下午，我接到了一个举报电话，心情便再也不能平静。

告诉总裁？不告诉总裁？告诉总裁？不告诉总裁？这两种声音不停地在我脑海里斗争。

如果不告诉唐弈，似乎辜负了他对我的信任，也违背了职业道德。可是如果告诉唐弈，陆涵会不会生我的气呢？他几次帮我，而我这样岂不是恩将仇报？

直到唐弈开完会，我还没想好应该怎么做。我努力让自己冷静下来，最终我还是决定告诉唐弈，我不敢冒这个险。如果不告诉唐弈，对方肯定不会罢休，势必会想其他办法让唐弈知道，那时候不但帮不了陆涵，还会害了我自己，而且此事未必就会牵扯到陆涵，我这样安慰自己。

“总裁，刚才您去开会的时候我接到一个举报电话，举报分公司经理做假账，这是对方发到我邮箱里的证据。如果情况属实，被举报人就有可能侵占公司一百多万。”我将手中的打印件递给唐弈，心中企求陆涵千万别牵扯进来。只是我心里非常清楚，陆涵掌管整个集团的核心业务，即使他不知晓此事，也有督导不周的责任。

唐弈没有说话，面色凝重地接过打印件，很快扫了一遍。

“好，我知道了。”良久，他说。

我适时退了出来，这样的事情想必他会慎重处理。说实话，如果这事不是正好与陆涵有关，而陆涵于我有过不少关照，我连关注的兴趣都不会有，更不会如此犹豫不决。

正想着，陆涵脸色铁青地匆匆走进办公室。换成是以前，陆涵见到我即使不说几句，也必定会给我一个微笑。我从没见他脸上出现过这样的神色，难道这件事真的和他有关？如果真的和他有关，那我岂不是成了害他的人？我这算不算恩将仇报？我被这种情绪纠缠着，满脑子都是这事会不会牵连陆涵。我安慰自己说，我只是做了我应该做的事情，可是一颗悬着的心却始终不能回落。

陆涵走的时候一样是匆匆而去，甚至没有看我一眼。我心里不由一阵难受，我真的没有害他之心，也许以后他都会选择远离我吧，因为我是如此地忘恩负义。

中午，乔菲约了我一起吃饭，我意兴阑珊地拨弄着饭粒。

“林云，怎么不吃啊？”乔菲关心地看着我，“本来就瘦，不需要减肥吧？”

“乔菲，我今天做了一件事，可是我心里很不安，尤其是下午看到陆总的表情，我想他肯定不会原谅我了。”

乔菲也关注起来，“怎么了，他不是一向都对你很好吗？你能做什么让他不能原谅的事情？”

我犹豫了一下，把事情原原本本地告诉给乔菲。说完后，又担心地问道：“如果你是陆总，你会不会恨死我？”

“不会的，林云，你想多了，你没有陷害他，是不是？在你这个岗位上你必须这样做，如果是别人诬告，正好还对方一个清白。如果真有其事，那也是罪有应得，再说了，对方举报的人不是陆总。”

我急急地打断乔菲，“我现在关心的不是是否真有其事，我只想知道他会不会生我的气，毕竟是我告诉总裁的啊。”

“林云，我知道是因为陆总平时对你好，所以你才觉得对不起他。但是我告诉你，你没有做错。相反，你这样做才对他最好。”

我听乔菲这样一说，稍微宽心了些，听她继续说下去。

“你想想看，既然对方能找到你，难道不会想办法找到总裁？也许他今天想找的就是总裁，只是总裁在开会，而他又不清楚我们内部的号码，所以才打到了你这里。如果你要是隐瞒不报，总裁事后知道了，你想过这会是什么样的后果吗？如果到时候此事与陆总无关，本来他可以置身事外，可是因为你隐瞒了，总裁会以为下面的副总裁拉拢你一起瞒骗他。还有你说今天总裁先找了陆总，说明总裁还是相信他的，否则就会暗地调查他。你别因为陆总今天的表情就一直乱想，陆总是个聪明人，他明白这其中的利害关系。”

听了乔菲的分析，我安心不少。其实她说的我也已经想到，可是我需要别人来告诉我，来印证我的想法。但是对于陆涵以后会如何对我，我实在没有把握，也无法控制。

快下班的时候，陆涵发来一个邮件，“今晚我请你吃饭，就我和你。下班后在大厅等我。”

他没问我有没有空，也没问我愿不愿意，这不像他一贯温柔绅士的作风。他是找我兴师问罪吗？我忍不住瑟缩了一下，但是逃避不是办法，我手指僵硬地回了他一句，“好的。”

忐忑不安地等在大厅里，猜想陆涵会怎么对我，此时的我应该像一头待宰的羔羊吧。

“我去取车。”出乎意料地，陆涵给了我一个无比温暖的微笑。

我愣愣地看着他，他在笑？随即我就自嘲地笑了起来。陆涵是什么人，他会干兴师问罪的事？我继续胡思乱想，难道他想向我打探消息？

一路局促不安地来到吃饭的地方，我紧张得不知道如何开口，倒是陆涵先打破了沉默。

“来，怎么第二次和你吃饭，你却比第一次拘束呢？”陆涵玩味地看着我。

我探究地看着他，不敢动筷，他怎么那么沉得住气？

“因为我不知道陆总为什么要请我吃饭。”

“那你认为我为什么要请你吃饭呢？”陆涵点了根烟，优雅地吸了一口，一个个漂亮的烟圈从他口中缓缓吐出。

我摇摇头。

“上次资料的事情，总裁怎么说？”陆涵和蔼地问。

一听资料，我心里的内疚更深了，他在提醒我他帮过我吗？

“总裁很满意，谢谢陆总的教导。”我真诚地说。

“不用客气，聪明人我才会帮。而你比我想象的还要聪明。”陆涵轻轻弹了弹烟灰。

“陆总何以认定我聪明呢？”我抛开了之前的忐忑不安。

“那你说说我今天为什么请你吃饭？”陆涵好整以暇地问。

我犹豫了一下，笑着说：“陆总想告诉我分公司经理贪污事件，我先告诉总裁明里看着像恩将仇报，但是却规避了之后的风险，是吗？”

陆涵赞赏地点点头道："果然聪明！如果你因为我之前帮过你而把这事作为回报，我压得下还好，万一压不下，你和我都会被牵连。"

陆涵果然清楚个中利害。我如释重负地笑笑，他是集团副总裁，我怎么可以以一般行政员工的水平来衡量他呢？之前的担心似乎有些可笑。既然兴师问罪的可能性已经排除，那他是来找我打探消息的吗？

"昨天，后来……"

陆涵摆手，阻止我继续说下去，"林云，你很聪明，但是毕竟阅历太浅。你要明白，你的上司是总裁，你只需要为总裁负责。我对你再好，你都不能把不应该告诉我的事情跟我说。"

我不解地看着他，原以为他即便不是兴师问罪，也可能是向我打探消息。我也已经准备知无不言、言无不尽。可是，他却告诉我这一番话，这是他的心里话吗？

"你不想知道吗？"我好奇地问道。

陆涵温和地笑笑，"好奇心每个人都有。但是古语有云'非礼勿视，非礼勿听'。我对你好，不是要你回报什么。可能只是投缘而已，不要把我想得太复杂。"

我想问问这件事的具体情况，可是左思右想还是觉得不问为好。这是公司高管才会操心的事，如果我对这件事关注过多，似乎对自己不利。

陆涵的目的真的如此单纯？我怔怔地看着他，他只是笑意盈盈地看着我，并不做进一步的解释。

这一切，让我感到越来越摸不到头脑。

第四章 捉拿幕后黑手

冬天来得很快，南方的冬天非常阴冷，好像所有的寒意都直接渗入人的骨子里一般。很多同事都抱怨自己命苦，大冬天不能窝在家里。而我却非常喜欢上班的日子，虽然我并不知道究竟是什么东西吸引我那么喜欢上班。

不久后，公司开除了那位经理，看来举报内容属实。这件事在营销系统引起了不小的波动，很多人议论纷纷。我曾不止一次观察陆涵的反应，但他似乎已经忘却此事，平时和我吃饭谈笑依然和往常一样。他没有因此疏远我，反而对我比从前更好。也许他真的只是纯粹地对我好吧。

虽然这件事与我无关，可是我却成了直接受益者。唐弈表示他平时需要处理的事情实在太多，所以决定将一些事情的处理权下放给我，也就是间接放权。虽然要处理的并非是集团机密之类的核心内容，但也足以表明他对我的信任。甚至连一些本来都是他亲自安排的机密会议都交给我安排。

想必公司高管也能看出一些苗头，一些本来平时交往不多的高管一下子对我热络起来。高管的态度当然会直接影响其他同事，这些高管管辖部门的同事看见自己的领导对我如此热情，一个个都对我巴结起来。有邀请我吃饭的，有邀请我参加活动的，有时候甚至同一时间有好几个人邀请我。每次，我都会将收到的邀请仔细考量一番，最后只接受极少数的邀请。陆涵告诉我，人在得意的时候最容易松懈，只有一颗平常心才能让自己立于不败之地，我对他向来言听计从。

乔菲经常和我在一起，对我这段时间的变化特别清楚。

“林云，最近工作很舒心吧？”中午吃饭的时候，乔菲很关切地问我。

“是啊，当初我那么担心，现在看来我应该感激那个举报者。不过我真没想到会有这样的变化，你进公司时间比我长，这是怎么回事啊？”我对公司其他人或多或少都有所防备，但是对乔菲却是完全信任。不过对陆涵也一样信任，只是这两种信任又不尽相同。

“其实分公司的经济问题，总裁一直有所察觉，并在会上给大家敲过警钟。可是这个问题并不是警醒一下就能解决的，所以估计总裁也很烦恼。但是苦于没有证据，所以总裁也只能听之任之，而现在你直接把证据放到他面前，他正好借此杀一儆百。”

“难道以前从来没查出来过吗？”我不相信地问。

“以前的确没查出来过，我也不知道怎么回事。反正这件事的意义远不止杀一儆百，同时也是告诉所有知情者这样一个举报渠道。其实对于以前从来没查出来过，我们也觉得奇怪，不知道哪个环节出了问题，总之事情到不了总裁那里。以前公司也不时派人过去审计，但是都毫无收获。而你在这样的情况下，将这一信息报告给总裁，总裁当然高兴了。虽然你只是做了分内的事情，但是足以说明你对他的忠诚，所以加深了他对你的信任。那些公司高管每天忙进忙出，可是绝对不会疏忽权力核心地带，所以对你重视起来也不奇怪。你前任的前任安娜做了三年总裁秘书，都没达到你现在的程度。林云，你还小，我希望你一切都好，但是千万不要迷失自己。”

听到安娜三年都没达到我的程度，我在心里暗暗得意了一番，不过也不敢掉以轻心。

很快临近春节假期，很多同事都找了借口提早回家，偌大的集团里变得冷清起来。除了陆涵管辖的销售部，其他部门都只剩下几名普通员工，个个无心上班，有的在聊天，有的打电话，还有的在数时间。

路过大厅的时候，看见美嘉和一个女孩子正在看手相，“这就是你的爱情线，你会有两段爱情，关键看你怎么把握了。”

对方将信将疑地点点头。

美嘉看见我，连忙说要帮我看相。我一时兴起，把手伸给了她，“那你给我看看，我的爱情怎么样？”

美嘉装模作样地说：“我发现你们都只关心爱情，从来不关心事业啊、寿命啊什么的。你的爱情线显示接下来会有两个很重要的男人出现在你生命里，其中一个还特别有钱。”然后又突然凑近我说，“这个人会不会是总裁啊？”

我抽回自己的手打了她一下，“别胡说，随便给你看看的，你还当真了你。”

身后突然传来一个声音，“说什么呢，这么神秘？”

我转身一看，是陆涵。美嘉兴奋地说：“陆总，我在给林云看手相呢。”

陆涵感兴趣地说：“哦？看得怎样？”

我正想阻止美嘉，她就已迫不及待地说：“她很快就会走桃花运哦。”

我脸红地看了看陆涵，借口说出来太久要回办公室。陆涵正好要找总裁，所以便一起同行。

电梯里，陆涵开玩笑似的对我说：“我以为你有男朋友呢。”

我笑笑说：“那么现在你觉得没有？”

陆涵一副笃定的样子，“美嘉说你很快要走桃花运了，说明你现在没桃花呀。”

我暗暗骂美嘉多嘴，却不得不佩服陆涵的细心和敏锐。

我是总裁秘书，不得不陪唐弈工作到最后一刻。

春节里，陆涵偶尔会发祝福的短消息给我。我和他保持着不远不近的距离。也许是一个人太孤单，我开始怀念上班的日子。终于等到春节假期结束，回到公司的我感到一种久违的亲切。同事们聊得最多的不是去哪里玩，买了多少东西，而是加了多少工资。

我上内部系统查了一下，幅度不大也不小，算是中等吧。然后随即关了窗口，公司有员工薪酬保密制度。

其实这纯粹是自欺欺人的做法，谁还能在每个员工身后装个窃听器？就是不让说，还可以用写的呢。事实上身边的人工资多少，其他人多少都心里有数。

正胡思乱想之际，办公室的门被人重重地推开。

我一惊，大多数同事来总裁室动作和声音都会比平时轻一些，这么冒失并不多见。

“这个给总裁批。”还没等我说话，来人便干脆利落地命令起来。

我惊讶地看着眼前的人——销售部的华东区行政李思萌。只见她一脸寒霜，似乎全天下的人都跟她有仇。

我按下心里的不爽，微笑着问：“这是怎么了？谁惹你了？”

李思萌狠狠地将文件拍到我桌上。我吓了一跳，敢情这是冲着我来的？

“我惹你了？”我小心翼翼地问。

“不是你。”李思萌面无表情地吐出三个字，随即打开了话匣子，“林云，你知道我来公司多久了吗？”

我摇摇头，迟疑地说：“应该挺久了吧。”

李思萌突然四下看了看，我明白她的意思，告诉她唐弈不在。

“我在公司已经八年了。八年，你知道是个什么概念吗？我从中专毕业就开始在这个岗位上干，我这辈子最好的年华都给了公司。但是公司给了我什么？ TMD，加工资就加了我一百块钱。好吧，一百就一百，我也认了。可是你猜来公司才三年的沈蔓现在的工资是多少？”

也不等我回答，她继续自顾自地说下去，“她现在的工资居然比我高两百，是她负责的华南区域比我大，还是她的工作做得比我好？她的学历和我一样，凭什么她来公司才三年，工资就比我高？公司欺负我们这些老人吗？”

我看着她义愤填膺的样子，却不知如何安慰。不咸不淡的话，想来对她也起不了作用。

“或者你可以去找领导谈一谈？”我小心地建议。

“找领导谈？我告诉你吧，为什么会有这样的差距。还不是领导看谁顺眼，谁就升职加薪。如果你是领导，你会给你不喜欢的下属升职加薪吗？我没有沈蔓那么豪放，没有她会拍领导马屁，所以我活该。”

我安慰她，“怎么会呢，我看领导对你比对沈蔓客气多了。”

李思萌在我眼里是个奇怪的人。论职位，她只是一名普通的行政人员，可是似乎很多领导都有些怕她，甚至要看她的脸色。

“你以为那叫客气？”李思萌冷哼一声，“那是因为我在公司八年，知道太多的事情，所以他们不得不对我客气，客气很多时候代表距离。”

这些话，从一名在公司工作八年的行政口中说出，应该是深有感触吧。

“这个世界有时候现实得可怕，你刚入职场可能没有感受过，等你工作久了，你会发现越来越多不公平、不合理的现象，但是你又没有能力改变，这个时候你就会明白什么叫作‘哀莫大于心死’。有的人能力平庸但一路升迁，有的人拍马逢迎因而飞黄腾达，有的人出类拔萃却无人赏识……这就是现实。我见得多了，我这点算什么呀！”李思萌自嘲地鄙视了自己一番。

听到这番话，我的心莫名地沉重起来。

春节的氛围还未完全消失，公司就出了一件大事，年初最大一单生意的标书泄密了！

这个消息像一个重磅炸弹，在高层中炸开了锅。

标书？我想起来了，我也见过。因为非常机密，所以陆涵没有让秘书送来，而是直接送到我手上。可是我还没来得及呈给唐弈，陆涵说有数据需要修改又拿了回去。无缘无故，标书的内容怎么会泄露？

本来标书这种极其机密的文件也不是我能接触的，可能我之前的表现让唐弈非常满意，所以唐弈没有在这方面避讳我。陆涵告诉我，唐弈此举对我既是重用也是考验。

我也深深明白这个道理，所以一直都很小心谨慎。而陆涵更是谨慎周密，他如何会让标书泄密？

下午的营销例会上，陆涵一脸凝重地说："很遗憾地告诉各位，这次竞标我们失败了。对手公司对我们的底价了如指掌，这是我们公司今年最大的一单生意，去年最大的单子也有这样的情况发生。一次是巧合，两次就没那么简单了。现在看来，我们公司出了内奸。"

内奸？这个词我只在电视里听过，是陆涵虚张声势还是确实存在？

陆涵接下去说："公司两次发生泄密事件，我有不可推卸的责任。"

我忍不住看向唐弈，他眉头紧锁，似乎在思考什么。

"这件事应该彻查，知道标书内容的人有多少，我们可以进行排查。"市场副总常青权说。

"对！先把知道的人罗列出来！"掌管研发业务的副总裁侯文林说。

"我觉得公司以后应该到处都安装摄像头。"顾德明愤愤地说。标书泄密直接影响到销售额，最郁闷的应该属销售总监顾德明了。

“公司本来就有摄像头，但是只安装在电梯口和过道上。如果从消防通道上来，摄像头也照不到，这是公司内部众所周知的事情。”常青权说。

“见过标书的只有负责这个单子的大区经理、销售总监，还有我。”

“陆总，标书没有拿给总裁吗？”侯文林问。

我心中一紧，不管我有没有见过标书，只要标书到过唐弈那里，我就会无可避免地成为怀疑对象之一。而唐弈是集团总裁，他怎么可能出卖自身利益？即使每个人都有嫌疑，唐弈也不会有。

“因时间急迫，没有拿给总裁，只在电话里向总裁请示过。”陆涵解释道。

我一愣，忍不住去看陆涵。他是在保护我吗？他为什么不说标书曾经拿给过我？如果之前他对我好，我还有怀疑，那么在这样的紧要关头，他如此对我，可见他是真心真意为我考虑。他此举冒了多大的风险？万一我正好是那个泄密者呢？只要多一个人拿过这份标书，其他人的干系就会少一分，陆涵不会不明白这个道理。

我感激地看了他一眼，他的视线只在我脸上停留了一秒钟，便移开了，可是我的心里再也无法平静。

“这个内奸一定要揪出来，否则这样的事情多了，会让其他同行笑话。”顾德明面色阴沉地说。

“这个事情从长计议吧。”沉默已久的唐弈终于开口。

陆涵微微点了点头。

会议在众人的猜测中结束。出来时，大家依然在低声交谈。我看着陆涵，却没有机会与他说话，只好先回办公室。

好不容易盼到晚上，我估摸陆涵应该已经吃过晚饭，便打电话给他，“陆总，你现在说话方便吗？”

“你说。”他的声音依然温柔好听。

“今天在会上你为什么不把标书曾经给过我说出来，你为什么要隐瞒？”我直奔主题。

“因为如果我说标书给过你，你会第一个成为被怀疑的对象。你在公司的时间最短。”

我又何尝不知道这些，我很想问问他，到底是什么样的原因促使他这么做？他和我无亲无故，值得为我冒这么大的险吗？我心底最柔软的那根弦被拨动了。

“可是如果我真是泄密的人呢？”

“绝对不是你！”陆涵的语气不容置疑。

“你怎么知道不是我？”我为陆涵毫无理由的信任而感动。

“首先这已经不是第一次泄密，那时候你还没进公司呢。”

“那也不能排除我的嫌疑啊。”

“我是给过你标书，但是拿回来后很多数据修改过，而对手公司知道我们最后的数据，所以泄露标书的另有其人。”

原来如此！我终于松了口气。

“但是如果别人知道你替我隐瞒，那会影响你。”

“这事你知我知，你会去告诉别人吗？即使真的会影响我，我也顾不得了。”

“我怎么可能去说？”

“那不就得了？对了，林云，你仔细回忆一下，我给你标书的时候有没有人看见？或者之后有没有人注意？”

我仔细回忆起来，不放过任何一个细节，最终还是很苦恼地说：“没有。因为你交给我的时候，嘱咐我这份文件事关机密，所以我很小心。那天下午总裁去市里开会，我怕放在办公室不安全，还锁进了抽屉里。后来你打电话给我说标书要修改，我是直接送到你手上的，路上也没碰到任何人。”

“你再仔细想想。”

我努力回忆着那天的情景，“还是没有，自从合同事件以后，我做事一直都很小心。你拿给我的东西，我更加仔细。我保证这份标书没有其他人见过，甚至没人知道你曾经给过我。”

“看来问题不是出在这个环节上。”

“你觉得谁最有可能？”我忍不住问。

“事情没有查清楚之前，我不好随便下定论。下午我也去监控室调过录像，但是一无所获，泄密者肯定不是从电梯出来的。”

也许因为是晚上，我突然觉得一阵寒意，忍不住瑟缩了一下，“你刚才说以前也发生过，为什么以前不采取措施？”我提出心中的疑问。

“以前那次不像现在，可以说是泄密，也可以说是正常竞争，我们无法界定是否泄密，所以就拖了下来。现在回忆起来，那次不是巧合，应该也是有人暗中出卖了公司机密。”

“那我们现在怎么办？”我不自觉地站到了陆涵的阵营。

“林云，你可不可以帮我？”

陆涵如此维护我，我岂有不帮之理，“你要我做什么都可以。”

电话那头，陆涵轻笑起来，“真的让你做什么都可以？”

我一时语塞，感到自己把话说得太满了。

陆涵不再开玩笑，“我不要你做什么，我经常出差，公司这边你帮我盯着点，好吗？”

我答应了陆涵，随即又想到一个问题，“陆总，你说总裁会不会怀疑你？”

陆涵温柔地问道：“你在替我担心吗？”

我没有否认，“不知道为什么，我认为绝对不会是你，就像你认为绝对不会是我一样。我没有理由来论证我这个结论，但是我百分百确信。但是，我不知道总裁是怎么想的。”

“放心吧，他很清楚不可能是我。”陆涵的语气非常坚定，给我一种安定的力量。

“可是知道标书内容的就那么几个人而已。”我担忧地说。

“傻瓜，你以为只有知道的才有可能吗？每个人都有嫌疑，只是嫌疑大小而已。”

我沉重地叹了口气，希望尽快找出这个泄密者。

标书泄密的消息很快在公司流传开来。如果调查一下就会发现，除了薪水、职位外，最能引起员工兴趣的就是八卦。以前我很看不起八卦的人，进入公司一段时间后才知道，一个人对什么都不八卦，很难和同事打成一片。所以，必须经常和别人聊聊吃穿，聊聊最新的娱乐新闻，以及公司里的领导和同事，才能打入别人的圈子，否则就会给别人太一本正经的感觉，谁都不待见自己。八卦，其实是职场中人与人交往不可或缺的手段。

从泄密事件之后，吃饭、聊天的时候我都留了心，希望能从同事的对话里找到蛛丝马迹。

“林云，总裁在吗？”

我正在努力分析谁是泄密者，突然被一个声音打断。我抬起头来，是侯文林。

“总裁出差去了。”我如实相告。

“哦，我有份报告要给他。”

“好的，我帮您转交给总裁吧。”我客气地说。

“总裁交代有些报告不能给你过目，我自己进去吧。”

我脑袋嗡的一声炸开了，羞辱、难堪、气愤、伤心各种情绪汇聚而来。我以为唐弈对我有比别人更多的信任，我以为我会和其他人不一样。太多太多的以为，原来只是自以为是。呵，真是讽刺！这种挫败的感觉霎时吞没了我。即使不信任我，也不需要如此直白啊！我脑子里只有一个念头——唐弈不相信我。

曾经我问他既然有分公司贪污事件，为何不派人暗中调查，他温和地笑笑，跟我说："用人不疑，疑人不用。"现在他就是这么给我诠释的，真是太可笑了。我笑着，泪却流了出来。到这时，我才可悲地发现，原来我对他不是下属对领导那么简单。我做了那么多事情，只是为了让他相信我，可是他却用行动告诉我——他不相信我。

"林云，总裁回来了吗？"来者是陆涵，看见我的样子，深深地打量了我一眼。

我摇摇头，希望他尽快离开，我不想让他看见我的狼狈。

陆涵却走近我，仔细地看了看我。我顿时有种无所遁形的难堪，我别过头，不去看他，生怕一个控制不住，眼泪再次泛滥。

陆涵没有说话，轻轻拍了拍我，不等我反应，便已离去。

可是没过一会儿，他又折了回来。我疑惑地看着他，难道是还没看够我伤心的样子？我抬起泪眼，瞪了他一下。

他宠溺地一笑，将我的手拿起。我愣愣地看着他，没有反对。

"开心点，你笑起来最好看。"说完这句话，陆涵再度离去。

我摊开手掌，里面是块带笑脸的巧克力。我不知道他从哪搞来这么一块巧克力，我无法不为他的用心感动。一个是我全心全意对待的总裁，在大是大非面前我选择忠于他而没有隐瞒，可是到头来换来的依然是不信任。另一个是从我进公司就待我极好的副总裁，在我"恩将仇报"之后，不但没有疏远我，反而对我更加关怀备至。相比之下，陆涵在我心中的分量迅速加重起来。

陆涵的举动让我备感温暖，我开始冷静下来。

唐弈怀疑我？难道他知道标书曾到过我手上？因为陆涵刻意隐瞒，

所以我就有了被怀疑的理由？此时，我已分不清之前陆涵的隐瞒到底是帮了我还是害了我。如果唐弈怀疑我，为什么要告诉侯文林？即使要告诉也应该告诉陆涵啊！还是唐弈无意中说了这句话？或者唐弈根本没有说过，是侯文林捏造的？可是我和他无冤无仇，他何必扯谎？再说如果我一时冲动找唐弈对质，那不是让他把自己扯了进去，他会那么傻吗？

这个事情就像一团迷雾，越来越复杂，我感觉所有的事情就像一团乱麻，找不到一丝头绪。

我自顾自地思考着，不小心撞到一个人身上，抬头一看，是侯文林的秘书李雪。

“对不起，李雪。”我急忙蹲下，帮她把掉到地上的衣服捡起来。

她拿着男人的衣服干什么？据我所知，她好像还没有男朋友。也许是看出了我的疑惑，她解释道：“没关系。明天公司有重要客人来访，侯总要我把衣服送去干洗，他这星期没有回家，就两身衣服。”

原来是这样。我笑笑，表示理解。

“你头上的发夹松了，都怪我，走路太冒失。”我抱歉地说道。

“啊？我去卫生间重新别一下，你帮我拿一下好不好？”

我点点头，跟着她来到卫生间。

“好了，谢谢你。”

“这么客气干吗？”我笑着把衣服还给她，“我得去趟HR，下次再聊。”我找了个借口，赶回了办公室。

刚一进门，我就迫不及待地给陆涵打电话，“陆总，跟你求证一个事。”

“什么事？”

“标书你放在办公室里吗？”

“公司的文件，我当然放在办公室里了。是不是有什么发现？”陆涵关心起来。

“我现在还不能肯定，标书确定后，来过你办公室的人多吗？”

“就我秘书进来过，但是那时我人在，走之前我肯定会锁门，所以她没有机会。第二天，我就把标书交给负责这个项目的人了，他们直接拿去竞标，标书应该没有离过他们的手。”

“陆总，你确定没有人来拜访过你？”

陆涵轻轻一笑，“之后我就出差去了，怎么可能有人来拜访我呢？我确定。”

得到陆涵肯定的答案后，我心里有了主意。

随即我去监控室查看了陆涵已经看过的录像。

我看着屏幕上移动的人像，果然如陆涵所说，那天晚上从营销系统那层楼的电梯里出来的人没几个。随即，我又看了一楼大厅的录像。这层出现的人明显要比刚才录像中的多，大家去吃饭，去外面，都要从这里经过。

我将画面定格。六楼营销系统的录像里没有出现他，可是一楼的录像里却出现了两次，难道是巧合？如果不是事先怀疑他，单从录像看，根本看不出什么，况且只凭录像也说明不了什么。

“侯总，今天晚上我想请你吃饭。”我来到侯文林的办公室。他是研发副总裁，本来我和他的级别相差甚远，可是谁都知道唐弈对我的器重和权力下放的程度超过以往任何一任秘书。所以，即使是公司高管，多少也会给我一些面子。

“这怎么好意思呢，应该我请你才是，找我有事吗？”侯文林笑着说。

“我有点小事想请侯总帮忙，不知道侯总肯不肯帮我？”

侯文林的目光在我脸上来回扫了几遍，我真诚地看着他。

“好，只要能帮，我一定帮！”侯文林终于点了点头。

我灿烂一笑，“侯总，你一定能帮我，只有你能帮我。”

侯文林开怀地笑道：“林云，你太抬举我了，看来我是不帮不行了啊。

晚上几点？在哪里？”

我将时间、地点写到一张黄色小便签上递给他。

下班后，我片刻不敢耽误，直接赶往事先约好的地点。

一落座，侯文林就开门见山地问：“林云，你要我帮你什么忙？”

“侯总，我想请问你，总裁为什么会说有些文件不能让我过目？”

侯文林脸上出现了不自然的神色，但随即恢复正常，“林云，你就当我不会说话，随口乱说，你别放在心上啊。”

“我想知道总裁为什么会说这话？是我做了让他不信任的事吗？”我幽幽地问。

侯文林安慰道：“你别乱想，公司最近出了标书泄密一事，大家防备一些也很正常，不是针对你。”

“侯总，我给你看一样东西。”我将手伸到他面前，慢慢摊开。

“你这是什么意思？”侯文林变色道，条件反射似的来抢我手中的物品。

我迅速将手藏到身后，“你猜我从哪里得到这个东西的？”看着他变化不定的神情，我继续说道，“很奇怪，我是在陆总办公室里捡到的。下午我问过陆总，他说他出差去了，那你说你的扣子怎么会在他办公室里？”

侯文林的脸色有些发白，随即笑道：“林云，你可真会开玩笑，你从哪捡到我这扣子的？”

我笑笑，知道他不会这么快承认。

“侯总何必跟我玩这套呢？我手上的证据肯定不只是扣子而已，不然你说我会约你出来谈吗？”

“你想怎么样？”侯文林收敛了笑容。

“那侯总肯告诉我真话了吗？其实大家都只是求利而已，我最近买了套房子，按揭很吃力，否则我早就把我知道的事实告诉总裁和陆总了，你说是吗？”

“你只是想要钱？”侯文林谨慎地问。

“是啊，顺便还想听个故事，虽然我知道标书内容是你泄露的，但是你是怎么做到的呢？”

侯文林沉默不语。我好整以暇地看着他，反正他有把柄在我手上，我就不信他不说，“侯总，下午我还去监控室调了录像。虽然没有拍到你进陆总办公室，但是拍到你在一楼出现了两次，而其他任何一个楼层都没有拍到你。你说你上楼之后去了哪里呢？该不是故意走消防通道，避免被摄像头拍到吧？人做什么事情的时候会怕被拍到呢？”

在我一连串的质问下，侯文林的脸色越来越难看。

“如果你不肯满足我的好奇心，那我可就借助警方的高科技喽？”我继续施加压力，等待侯文林投降。

“我纵横职场二十年，想不到却被你一个小丫头抓住把柄。”侯文林长叹一声，随即得意地从口袋里掏出一个小东西，“刚才你勒索我的话已经录音了，现在告诉你也无妨。那天你去找陆总的时候，我正好在他办公室外。虽然我没有看到你手中拿的是什么，但凭眼力和直觉，我猜测很可能是标书。不过会上陆总没提你，我不知道我猜测的对不对。那份标书对方公司出了大价钱，这次的标的物高达七千万。”

我点点头，“你是如何进入陆总办公室的？”

“曾经有一次陆总喝了很多，我送他回来，就在那一次，我刻了他的钥匙。所以就算不小心被巡夜的保安看到，我也可以说是陆总叫我过来拿点东西，一个小小的保安，还会去找陆总求证吗？”

原来如此，原来他一直可以随意出入陆涵的办公室。

“可是那份标书根本没有被动过，你又是怎么知道标书内容的呢？”

侯文林得意地一笑，我用相机把它拍下来，不是一样吗？只是百密一疏，让你这丫头抓到把柄。说吧，你要多少？”

我站了起来，“游戏结束了，陆总，请出来吧！”

陆涵从隔壁的包厢走了进来，赞赏地对我点点头，我回他一笑。

“你们？你们设计陷害我？”侯文林感到难以置信。

“侯总，如果你没有做过，那才叫陷害。如果你做过，那不叫陷害。应该叫什么呢？哦，叫取证！”我笑着说。

“哼，就算我说了又怎么样？到时候我死不承认，你们能奈我何？凡事讲究证据！”

我从口袋摸出一支录音笔，“侯总，您会录音，我也会啊！”

侯文林无力地倒在沙发上，脸色惨白。我和陆涵相视一笑，转身离去。

“林云，你怎么知道是他呢？你真的在我办公室里捡到他的扣子了？”回去的路上，陆涵问我。

我笑着摇摇头，“怎么可能呢？这扣子是上次他秘书拿他的衣服去干洗，我偷偷从上面扯下来的，目的就是诈诈他。”

“那你怎么会怀疑到他？”陆涵继续问。

“会怀疑他的理由很多，你还记不记得上次你来我办公室？其实那时候我刚哭完，就是侯文林告诉我总裁怀疑我，不相信我，所以我委屈。可是事后想想，觉得疑点很多，但是也没想到这上面去，直到那天碰到李雪拿他的衣服去干洗。”

“你不是说那扣子是你诈他的吗？”

“是，可是你猜我在他衣服上闻到什么？”

陆涵不解地看着我。

“还记不记得我送标书下来的时候，拿了一瓶曼陀罗香水给你？那是我同学去云南旅游时买来寄给我的。我觉得这香水很独特，而你鉴赏水平又很高，所以我把它转送给你。我记得那天下午你打开闻的时候，不小心滴了几滴在文件上。后来我不小心撞到了李雪，帮她捡衣服的时候，我在侯文林的衣服上闻到了这种香味。在公司里我从来没见人用过这种香水，如果是巧合，未免也太巧了。但是我不确定你有没有把他叫到过办公室，后来你说那几天没人去过你办公室，所以我断定他偷偷去过你办公室，而你却不知道，可见与标书有关。”

陆涵赞叹地看着我，“林云，我觉得你像黄蓉，你是我所见过最聪明的女孩！我陆涵这辈子很少佩服什么人，但是你让我心服口服。”

我羞涩地笑笑，“巧合而已，应该叫‘天网恢恢，疏而不漏’。”

“但是你有如此敏锐的观察能力和分析推理能力，假以时日，你的成就绝对会超过我。”

“可是我从来没想过要做女强人。”我想也不想地回答。

“那你想做什么？”

我茫然地摇摇头，“我现在还没想清楚。陆总，我想拜托你一个事儿。”

陆涵毫不犹豫地点点头。

我不禁哑然失笑，“我还没说什么事你就答应了，你不怕我拜托的事很过分？”

陆涵认真地说：“即使很过分，我也答应你。”

我心中一阵感动，“陆总，标书泄密这件事已经水落石出，我知道你肯定要报告总裁，但是我希望你别说这是我查出来的。”

陆涵不明所以地看着我，“林云，如果总裁知道是你揪出了幕后黑手，我再在旁边敲一下边鼓，你会立即受到重用，你愿意放弃这个大好机会？”

我轻轻笑道：“我明白，可是我认为这对我没有好处。我进公司时间尚短，却一下子扳倒了高管。如果因此受到重用，会把自己推到风口浪尖，我不想人人都防备我。”

陆涵笑着摇摇头，“林云，你小小年纪却有这么清醒的头脑，难得，真是难得！你放心，我会保护你。”

这算是承诺吗？我定定地看着陆涵，陆涵回我一个无比坚定的眼神。

“林云，你跟我进来。”第二天一上班，陆涵就让我跟他一起去见唐弈。

“总裁，标书泄密者我已经查出来了。”

唐弈闻言，抬起头来。显然，这么快的速度，他没有料到。在看到我的时候，更是微微一愣。有关如此机密事情的讨论，我在场似乎不合适。但是唐弈也只是疑惑地看了我一眼，没有让我出去。

陆涵大致描述了一下经过，递给唐弈一件物品——之前我使用的录音笔。我不解地看着陆涵，他不是答应过不把我供出来吗？

“这是他在不知情的情况下自己招认的，这次林云帮了我大忙。之前我只是怀疑，没有确凿的证据，所以我请林云帮忙与我演一场戏，事先没告诉您，请总裁原谅。”

“你怎么会想到林云呢？”唐弈挑了挑眉。

陆涵淡淡一笑，“找其他人，我怕泄密。但是林云是您身边的人，您都能相信她，我又什么理由不相信呢？还有一个原因就简单了，林云很聪明，知道随机应变，所以我就自己做主请林云客串了一回。”

我冲陆涵一笑，他此举隐瞒了真相却又不着痕迹地替我说了话，可谓一举两得。

唐弈终于面露笑意，“做得好！林云，你这么有胆色，不怕危险？”

我调皮地说：“不怕啊，我觉得很好玩，所以陆总找我的时候，我二话不说就答应了下来。总裁你没有看见哦，当时侯文林的脸色就像开染坊一样，变化无穷，再说我知道陆总就在隔壁，一点都不怕，就像演电视剧一样。”

唐弈的笑意更深了，“敢情你把这种事当玩来着？”

我狡黠地一笑，“那当什么？”

唐弈深深地看了我一眼，没有说话。

从唐弈办公室出来，我顿时感到松了一口气。

“谢谢你，不但帮我隐瞒，还替我请功。”我真心地对陆涵说。

陆涵不在意地摇摇头，“应该是我谢谢你帮我揪出这个内奸，我想大家都会引以为戒。”

“希望如此。对了，你说侯文林为什么要说总裁交代有些文件不能给我过目呢？是不是总裁……”我还在为这个事情耿耿于怀。

陆涵了然地笑了笑，“他此举可能是想告诉你他是深得总裁信任的人，但是具体他怎么想的，恐怕只有他自己才清楚，我也不好猜测。”

我点点头，不再在这个问题上纠缠。

随即我又想到了另外一个问题，“我刚进公司的时候李永明被开除，听其他人说他是替罪羊，那李永明到底是不是被冤枉的？”

陆涵高深莫测地看了我一眼，“林云，他是否被冤枉已经没有任何意义，很多时候不是每件事都有答案。现在他在新公司发展不错，职场上永远都有棋子和炮灰，这是无法避免的。我相信他经过这件事会明白很多，这对他而言，不失为一种收获。”

我不由自主地点点头，觉得陆涵所说的的确很有道理。

侯文林被依法处置，这是公司从来没有过的事。唐弈一向以宽厚出名，无论下属犯多大的错，最重的处罚就是开除，比如李永明。

对于这次唐弈下狠手，公司到处都在议论。

有人说侯文林在对方公司占有股份，所以才会出卖公司。

有人说侯文林是对方老总的亲戚，为了帮亲戚才会出卖公司。

有人说侯文林从一开始就是对方派到我们公司的奸细，潜伏了好几年，伺机而动。

又有人说侯文林与对方的交易出了问题，所以对方一怒之下把他出卖给了陆总。

熟知内幕的我听到这些内容迥异的版本，忍不住暗暗佩服中国人的想象力。

但是听得更多的是其他人对陆涵的欣赏和佩服。在他们眼里，陆涵无疑就是福尔摩斯的化身——睿智、沉稳，一举将这个幕后黑手揪了出来。

后来陆涵告诉我，他从警局的朋友那里得知，侯文林之所以会这么做是因为他在外面有个情妇，对方逼他离婚，侯文林不愿意，只好花大笔的钱安抚情妇，结果使自己栽了跟头。

但凡八卦都有一个周期，过了最热的那个时期，自然而然开始销声匿迹，如果中间有新的八卦替代，这个周期就会更短。

第五章 公司来了绝世美女

半年后，侯文林这个名字似乎从大家的记忆中消失了。然而，今年对公司而言似乎注定是个多事之秋。

这天早上一上班，就看见公司大门口摆着一排花圈，还有很多头缠白布的人，所有保安都在努力维持秩序。如此壮观的景象引得路人纷纷驻足观看。

我惊讶地看着这一幕，这是怎么回事？摆花圈代表死人了，谁死了？

一名保安跑过来跟我说：“林小姐，这里危险，快进去。公司死了一位员工，现在家属来示威。”保安简单地对我解释道。

我简单了解了一下，原来对方以公司工作量大，导致员工过劳死为由，向公司索取赔偿。

我对此感到不能理解，我们公司的工作量大？员工几乎天天准时下班怎么解释？如果死者家属了解外企的工作量，就应该知道我们集团的工作量大不大。我想，死者家属只不过是以此为借口，想要获得一些赔偿罢了。

事情在第一时间就传到了唐弈那里，公司的行政总监和其他相关高层被召集到了会议室。

“外面怎么回事？”唐弈面无表情地问。

“总裁，死者是我们物流部门的一位员工，今年 39 岁，前天晚上死在自己家里，死因是脑溢血，他家属向公司索赔 200 万。这么苛刻的条件公司当然不可能答应，所以没有谈拢，今天来示威。”蒋浩小心翼翼地解释道。

行政总监黄国华接着说：“公司一向以人为本，听到这个噩耗，我们第一时间就派人过去慰问，同时送上公司的心意。但是对这种无理要求，我们不能答应。”

“这个到时再讨论，现在当务之急是解决下面的事，公司门口摆成这样，成何体统？”唐弈冷冷地说。

“是，总裁。我们立刻想办法解决！”蒋浩和黄国华立刻保证道。

“好，尽快疏散，不要再让我看到这种场面。”

我默默地跟在唐弈身后，不敢说一句话。公司门口闹成这样，又有记者采访，现在通讯如此发达，这件事很快就会众所周知，难怪唐弈恼怒。

半小时后，美嘉打电话上来告诉我：“人群散了！”

我松了一口气，看来蒋浩和黄国华还真有点水平。

然而到了第二天，刚上班没多久，电话就响了起来。我顺手接起，“你好，总裁室。”

“还好什么啊？林云，你快下来看，那帮人又来了。”话筒里传出美嘉大呼小叫的声音。

“什么人？”我立刻紧张地问。

“就是昨天那帮人，死者家属。这次来的人更多，而且手上拿着家伙，说不定还会冲进总裁室呢，你快下来看看吧，别傻坐在办公室里。”

我迅速锁定电脑。

没等我出门，美嘉的电话又打了过来，“林云，你快点，陆总都已经下来了。”

陆涵？这样的事情应该由行政中心和HR处理，陆涵是营销系统副总裁，他下去干什么？他不是喜欢凑热闹的人啊？

我疑惑地问道：“陆总下去干什么？”

“双方剑拔弩张，黄总监和蒋总监都先回去了，对方根本不愿意和他们谈，所以他们请陆总出面，陆总是出了名的沟通高手呀。哎呀，我不站在这里了，太危险了。总之，你快下来。”

不等我再问，美嘉就把电话挂了。

“林云，总裁在办公室吗？”安全主管跑进我办公室。

我摇摇头，对方舒了一口气，“好在他不在，对方现在想冲进总裁室，公司保安在下面拦着，一般情况不可能让他们冲上来，但是也不排除意外，因为我们不能伤了他们的人。你锁上门，到别的办公室待一会儿，千万不能去下面。”

我锁好办公室，但是却没听安全主管的话。陆涵在下面，我要去看看。

“林云，你下来了？”刚到一楼，美嘉就把我拉了过去。

“嗯，现在外面怎么样？”

“现在最好别出去，对方可能会动手。”

我观察了一下，却趁美嘉不注意跑了出去。

外面的门被砸了，地面一片狼藉，一堆人围在那里，却没有陆涵的身影。我拨开外围的人群，四处寻找，但还是没有找到。

“陆总！”我试着喊他。但是在纷乱的人群中，我的声音很快就被淹没。

我又往里挤了挤，大家看见我的打扮，知道我是这个公司的员工，便主动让开一条缝让我进去。

陆涵！前面那个可不就是他吗？他正在努力地跟对方说些什么，可是声音太吵，我一句也听不到。

“陆总。”我再次叫了一声，可是他没有听见。陆涵所处位置的空间稍微大了一些，公司的保安正努力向外推着人群，以便保证他的安全。

不知什么原因，人群突然乱了起来，本就狭小的空间瞬间变得更加拥挤。有些人拿起了棍子，我担心陆涵的安全，借着身材娇小的优势，努力挤到他的身边，“陆总，这里危险，你快回去。”我扯住他的手臂。

“你来干什么？知道危险你还不回办公室？”陆涵难得一见地对我大声喊道。如果此时他不这么大声说话，我根本听不到他在说什么。

“小心！”话刚说完，陆涵突然抱住我。我回头一看，一根水管狠狠地打在陆涵背上。

我惊呆了，这一下该有多痛？陆涵痛苦的表情足以说明这一棍子有多厉害。

对方一见真的伤了人，也愣住了。毕竟他们只是求财，不是想来打架。

“警察到了！”保安喊道。

闹事者看见几辆警车呼啸而至，立刻扔掉手中的家伙四散乱逃。

五分钟后，场面得到了控制。

“陆总受伤了！”我对保安队长说道。

此时陆涵脸色苍白，额头上都是冷汗。我忍不住鼻子一阵发酸，如果不是我添乱，陆涵怎么会受伤。

其他人立刻七手八脚地过来扶陆涵，我呆呆地看着陆涵被扶进车里，看着车子驶向医院，却不得不先回办公室。

虽然现在场面混乱，别人无暇顾及我是否对陆涵过于关心，可是如果我跟着同去，事后别人会怎么看？到时候会给陆涵带来更多的麻烦，所以我只能看着他远去，祈祷他平安无事。

回到办公室，为了避免自己继续胡思乱想，更主要的是想打探一下陆涵的情况，我抱了一堆文件去营销系统。

“林云，你来得正好，我们正在商量下午去医院看望陆总，你去不去？”沈蔓问。

“陆总在哪个医院？他怎么样了？”我掩饰住自己的关心，尽量轻描淡写地问。

“市二院，陆总这次伤得可不轻！”

我忍不住担心起来，有多严重？”

“其实还好啦。”李思萌忍不住插嘴道，“没有骨折。不过，估计要休养几天，陆总是副总裁，哪里禁得起这个？我估计他从出生到现在都没受过这个罪，那帮人太可恶了。”

听李思萌这样一说，我深有同感。这些家属借死者敲诈勒索，陆涵现在还在医院，情况未明，我怎能不气愤？

“林云，下午一点我们去看陆总，要不要算上你？”沈蔓再次问。

“下午我还有会要开，你们去吧。”

沈蔓不解地看了我一眼，“谁没工作呢？你不能请假吗？平时陆总对你可不差，现在他进了医院，你连看都不去看他一下？”

“我真的有事。”我不好意思地笑笑。

沈蔓撇了撇嘴，不再邀请。但是从她的表情里，我可以看出她对我的不屑。现在的我在她眼里就是一个冷血动物，随她怎么想吧。

翘班去超市选了上好的排骨，又去药房买了不少药材。

晚上八点，我悄悄来到市二院。这个时间不是探病时间，医院显得有点冷清，我慢慢推开病房的门，出现在眼前的是一片花的海洋。

陆涵听见声音，抬起头来，“林云，这个时间你怎么进来的？”

“我有同学在这里上班。”

我把床头柜上的东西移了移，终于腾出点地方。

“不好意思，东西太多了。”陆涵抱歉地笑笑。

“可见你受伤有多少人关心啊。”不知道如果今天受伤的人是我，别人会不会也这样关心，我呆呆地想。

“下午她们来看我时说本来邀请了你，但是你工作忙，我还有些失落呢。”

“那你有没有觉得我是个很冷血的人？有没有后悔替我挨了这一下？”我用嬉笑的语气掩饰心中的感动。

“挨都挨了，还怎么后悔？”陆涵佯装无奈地叹了口气。

“你为什么会这么做？你当时怎么想的？”我忍不住问。

“我当时根本来不及想，就觉得你这么娇弱，哪里禁得起这一棍，鬼使神差地就替你挨了这一棍。”陆涵说得云淡风轻。可是他玩笑的话语后面，我能感受到那种浓浓的关心。

“这是我特地为你做的，你尝尝我的手艺。”我将汤倒到碗里，递给他。

“别是让我难以下咽吧？我好歹救了你一命。”陆涵继续开我玩笑，我没好气地瞪了他一眼。

“还有没有？”陆涵很快喝完了汤，笑着问。

我嗔怪地白了他一眼，“现在知道我手艺好了？”

“真的看不出来，你不但才貌双全，连厨艺也这么好。”

我羞涩地笑笑，又替他盛了一碗。

陆涵仍在医院，公司这边严阵以待。蒋浩和黄国华已经私下多次商量解决办法，现在终于召开高管会议，商量最后的决定。

“总裁，很抱歉，这次的事情闹得这么大。”蒋浩沉重地说。

“现在不是说这些的时候。”唐弈淡淡地说，“情况怎么样了？”

“经过这次事件，他们已把200万降到50万，事实上他们自己也清楚公司不可能给他们200万，开高价钱只是为了谈判。”

“为了避免再有人员受伤，所以我们是在警察局谈的。对方虽然还是很强硬，但他们内心也希望私了。”黄国华补充道。

“为什么不诉诸法律？”我忍不住插嘴道。

蒋浩看了我一眼，“是可以通过法律手段，但是怕这些人继续闹，影响公司形象。”

我见公司有给钱的意思，又惊讶又生气，“难道就屈服于这些所谓的死者家属吗？他们死了亲人，公司已经第一时间表达了心意，为何还要继续索赔？我们公司又不是慈善机构，公司的钱也是合法经营所得，怎么能任由他们敲诈勒索？这些人打着死者家属的幌子，其实就是在勒索。我建议一分钱都不给，要给也给那些真正可怜、真正需要钱的人。”

我一口气说完，不理会这些愣愣看着我的高管。

蒋浩干咳一声，“林云不愧是法律系毕业的高才生，口齿伶俐。”

我的情绪还处于气愤中难以平复。这个气是哪来的？好像自从陆涵受伤以来，我对这件事就失去了客观的态度。

唐弈看着我，眼里突然闪现一抹笑意，“林云说的很对，只是这样的话说完出出气就好了，现实问题还是需要现实手段解决。”

我呆呆地看着唐弈，难道他也赞成给钱吗？唐弈在我眼里向来都是是非分明的人，他会服软吗？不等我多想，唐弈就给了我答案。

“蒋浩，黄国华，你去告诉他们，公司不可能给他们50万，最多30万。再闹下去，激怒了我们，他们一分钱也拿不到，要真打起官司来，他们占不了便宜。到时候诉讼费、误工费看他们承不承受得起。30万是上限，尽量往下谈，市场部那边辛苦一点，想办法消除之前的负面影响。”

几位总监纷纷点头。

我忍不住说：“我不明白明明不是公司的责任，为什么还要给他们钱？”

唐弈威严地说："林云，这事件到此为止，这是最后决定。"

我不情愿地闭上嘴，心里却非常生气，默不作声地跟着唐弈出了会议室。

刚回到办公室，唐弈就放柔了语气，"林云，你不服气？"

我毫不畏惧地看了唐弈一眼，"当然不服气，为什么要给他们钱？跟他们打官司好了，难道我们会怕吗？"

"你肯定没有学过成本核算。"唐弈笑着说。

"我的专业是法律。"我生硬地说，"所以黑就是黑，白就是白。"

"我们是可以不给钱，但是你想过这个后果吗？你要他们天天来闹？不但影响其他员工正常工作，也会造成很大的负面影响，这个不是钱能买来的。"

我讷讷地说："为什么不请政府出面？"

唐弈摇摇头，"你以为请政府出面事情就能很快解决吗？既然这样，我们为什么不在最短时间里解决这个事情？你还小，等你接触多了，你自然会明白我今天这样做是对的。毕竟，他们也死了亲人。"

我还是有些不服气，所以忍不住嘟囔了一句，"你那么仁慈，怎么不专门去做慈善事业？"

我说得极小声，不知道唐弈有没有听到。

"林云，听说陆涵受伤那天，你也在场？"唐弈话锋一转。

我一惊，是蒋浩和黄国华告诉唐弈的吗？我立刻稳了稳心神，委屈地说："是啊，那天安全主管过来通知我说他们可能会闯进总裁室，叫我别待在自己办公室里，说下面很危险。那天你去市里开会了，我打你手机关机，我又不知道市里的会议什么时候结束，我怕你突然回来碰上，所以想提早下去拦住你嘛。"

"很危险你还下去干吗？我回来保安也会通知我。"唐弈貌似不经心地说。

“我当时哪想那么多啊，就怕你回来碰上嘛。”我委屈地说，只要他不联想到其他的就好。

“你真是添乱。”唐弈的语气中，一丝责怪的意味都没有。

我可怜兮兮地看着唐弈，唐弈眼里有一种柔柔的光在闪动。

几天后，陆涵出院，受到整个部门前所未有的欢迎。陆涵因公受伤，有这么勇敢的领导，销售系统的同事都觉得与有荣焉。暗地里这些人不只一次地骂黄国华和蒋浩是缩头乌龟，这无形中又让陆涵的声望高了几分。

看到他康复，我心头的大石也终于放下。

这天早上去别的办公室，听见好几个人都在议论着什么。本以为大家是在讨论陆涵，于是便凑上去听，结果发现大家的言辞中不乏漂亮、性感之类的形容词。

“你们在说什么呢？”其实我并不太关心除陆涵之外的事情，只是随口一问。我想她们无非就是在说些明星的八卦，而我从小就不追星，明星的生活离我太遥远，我没有兴趣知道。

“销售部来了一个超级大美女，林云，跟你有得一拼。”

跟我是否有得一拼，我并不关心。但是听到销售部这三个字，我却不由自主地关注起来。

“既然是超级大美女，肯定是比我漂亮啊！”我笑着说，心里却不以为意。

“林云，你也别太过谦。我说句实话，你可别不高兴啊。论长相呢，你们两个都漂亮，可是她的五官比你更精致。但是论气质，她没法和你比。”

还没等我说话，另一个同事又突然凑到我耳边，接着道：“她的气质有点那个，让人感觉不太正经。”然后又冲我暧昧地笑笑，“可是男人不都喜欢那样的嘛。”

最后一句话给我的冲击最大，男人都喜欢那样的？陆涵是销售系统最大的领导，我感觉心像被什么堵上了，透不过气来。从什么时候开始，我对他已经有了不一样的感觉？连我自己都没发现吗？

“那她负责什么？”我尽量平静地问。

“她是业务部长的直接下属，业务主管。”

我惊讶于这些人消息如此灵通，但是从别人那里听得再多，也不如自己亲眼见识来得更加可靠。

我打算随便找一份有疑问的文件拿给陆涵，顺便见识一下这位大家口中的大美女。

很意外地在陆涵办公室看见一个非常漂亮的女孩子。年龄看上去比我大一些，一米七左右的个子，高挑清瘦，睫毛很长很弯，乍一看，有几分像当红明星范冰冰。直觉告诉我，这就是她们在谈论的主角。我疑惑地看了陆涵一眼，陆涵是副总裁，下面还有销售总监、总监助理、大区经理、小区经理、业务部长、业务经理，他和这个女孩子级别相去甚远，他们有必要在一个办公室里吗？一种不舒服的感觉在心里蔓延开来。

“林云，这是新招来的业务主管，朱莉。”陆涵一见我进来，立刻条件反射似的拉开与她的距离。这在我看来却是欲盖弥彰，我看了陆涵一眼，心里忍不住猜测起来。

“陆总先别介绍，让我猜猜，想必这位就是集团第一才女，总裁秘书林云？”她用的全是赞美之词，但是我却在她眼里看到一抹轻蔑之色。

我冷冷地看了她一眼，论外貌，她的确比我漂亮，但是我不相信其他东西她会比我强。

“朱莉好眼力。”陆涵笑着说，“林云，你来是不是总裁对我有什么指示啊？”看着我一声不吭的样子又说，“朱莉，你先出去吧。”

朱莉依言应了一声，从我身边经过的时候，居然给了我一个挑衅的眼神。

我一惊，她这是什么意思？向我挑战？问题是我和她似乎并无交集。

“看来我打扰陆总谈公事了？”我的语气中不自觉地多了嘲讽。

陆涵惊讶地看了我一眼，温和地笑笑，“没有，没有，她刚入职，过来拜访自己系统的领导而已。”

我一听，稍微放心了些，但仍嘴硬地说：“跟我又没关系，你跟我说这个干吗？”

“是，是，跟我有关系。”陆涵赔笑着说。自从他受伤住院后，我们亲近了很多，说话不再像以前那么公式化。

“什么？她跟你有关系？”我故意曲解他的意思，虽然我知道陆涵不是这个意思。

“林云，我得罪你了？”陆涵无奈地说道。

“哪敢？”看着陆涵磊落的表情，我稍稍解气了些，开始跟他说文件上的问题。

出来的时候不经意地再次看到朱莉，发现她也正在观察我。公司有个不成文的惯例，所有领导为了显示自己的磊落，上班时间除非谈机密工作，一般都不关门。看来我和陆涵的表情完全落在她的眼里，好在她听不到我们说什么，我也并不担心。

第六章 女人间的钩心斗角

陆涵出院后，我就不再熬汤给他喝，他也没有提起，我心里感到淡淡的失落。但是我告诉自己，不给别人熬也可以慰劳一下自己嘛，女人就该善待自己，否则容易变老。所以下班后，我又来到超市。

从超市买完东西出来，我瞥见一个熟悉的人，好像是公司里的同事。我走近一看，果然没认错，是市场部的丽娜。

丽娜转过身，也看见了我。可是她的表情很奇怪，好像很惊讶。

我不明所以地看着她，在超市里看见我很奇怪吗？她看我的神情似乎非常紧张，好像我发现了她什么秘密。

“林云，你都看到了？”丽娜不自然地问。

看到什么？难道她以为我看到了不该看的事情？她做了什么？我仔细打量了她一番，她手上空空的，不像来逛超市的人，那她在这里干吗呢？我没有点头，也没有摇头。

“我们找个地方去喝点东西吧，我慢慢跟你说。”

我顺从地跟着丽娜进了“一茶一坐”。

我机械地搅着奶茶里的珍珠，静静地等她开口，我不知道我这样的行为是不是很不磊落。

“我知道爱上一个有妇之夫不是一件光彩的事，我不在乎你怎么看我，我只希望你能为我保密，我们平时交往不多，彼此也不是太了解，可是我相信你不是一个喜欢传播是非的人。”

原来她爱上了有妇之夫，那她刚才的表情是否以为我看见了她和那个男人在一起，所以才会如此紧张不自然？

“我不是一个口无遮拦的人。”我赶紧表态道，我想起电视里死得难看的人往往就是知道得太多的人。

丽娜沉默了一会，长长叹了口气，开始述说：“我们是两年前的春天认识的，当时我刚进公司，离家千里。我的家境不太好，所以我工作很努力。每天晚上都在办公室加班，每次我都是最后一个走的人。我走的时候都会把办公室恢复原样，把灯关好，把门锁上。直到有一天，我刚把灯关上，忽然在黑暗中听到一个声音‘你已经连续好几晚上把我的灯关了’。我急忙把灯打开，原来营销系统的开关有些是交错的，而我的和他的正好被同一个开关控制着。”

营销系统？她爱的男人是我们公司的？本来并没有很上心的我，立刻关注起来。我小心地问：“后来呢？”

“后来他就请我去吃宵夜，我们就这样认识了，他很温柔，脾气很好，会包容我的任何错误。”她又跟我说了很多相处的细节，大到他们认识的纪念日，小到那个男人说的每一句话。在回忆这些的时候，她脸上的表情是甜蜜而满足的，我想她是真的很爱很爱那个男人吧？

“那你准备怎么办呢？”

“我也不知道，走一步算一步吧。”丽娜叹了口气说。

我想了想，说：“当男人有了事业地位，很少会离婚，你明白吗？”

“这个我很清楚，他有今天的成就也不容易，我不想破坏。我知道他不会离婚，为了孩子他也不会离婚，可是我真的很爱他，我不知道怎么办。”

我很能理解她的心情，“唉，丽娜，我也不知道该说什么，我只能说感情的事身不由己，别太勉强自己，也别伤了自己。”

“林云，你真好。以前我跟我的朋友说过，可是她们一点也不理解我，不是说我太傻就是叫我赶快离开他。其实如果能离开，我早就离开了，但是真的离不开啊。她们中没有一个人像你这样理解我。”

她大有把我引为知己的意思，我摇摇头，心里暗想，叫你离开的人是真心为你好啊，像我这样跟你不熟的人才会说些无关紧要不痛不痒的话来安慰你。

“虽然我自己没有经历过你这样的感情，但是我尊重任何一段感情。”

“所以我说你和其他人是不一样的，我喜欢和你聊天的感觉。其实我自己也知道这样的感情不应该，但是我割舍不下，又不能像普通人恋爱那样可以昭告天下，所以我憋得很难受。”

我理解地点点头，“你不怕被人发现吗？”

“他是销售总监，我是市场行政，平时没什么接触，别人一般想不到。”

我脑海中迅速闪出一个矮小的身影，怎么会是他呢？陆涵无论外表、职位都高出他不少，她放着陆涵不喜欢却喜欢又矮又瘦的顾德明？难怪有句话叫“情人眼里出西施”，她应该是情人眼里出潘安。我是怎么都没看出顾德明有什么吸引人的地方，要论睿智风趣肯定陆涵更胜一筹，从公司那些女孩子的偏好上就可以证明。

“你们发展到哪一步了？”我并非喜欢刺探的人，可是既然都是一个公司的，我也做不到完全不关心。

“该发生的都发生了，不该发生的也发生了。”她倒是毫无保留。我暗暗摇头，不晓得顾德明知道她把他们之间的事全部告诉我会是什么样的反应。

时间过得很快，转眼间夏天就快过去了。这大半年，我和陆涵一同经历了很多事，我总觉得我和他之间有一种欲语还休的感觉。每次他看我的眼神都让我心跳加速，这让我感到羞涩、甜蜜，甚至还夹杂着一丝期待。我很想找个人倾诉，可是又担心说出来后会被传开。正在我犹豫要不要告诉乔菲的时候，她却告诉我一个意外的消息。

“林云，我已经跟领导提出辞职了，只要交接的人一到，我就会离开公司。”

“你要走？为什么要走？怎么之前一点都没听你提过？”我激动地问，这个消息对我来说太过突然。

“之前还在犹豫不决，所以就没告诉你。早上我跟余总提出了辞职，现在想来跟你说一声，怕你知道晚了不高兴。”

“我现在知道也不高兴啊。”眼中的雾气迅速凝聚，我有一种想哭的冲动，“好好的为什么要走？”

“很多事情我都没有告诉你，其实早在五年前我就离婚了，儿子跟他父亲，偶尔才会回来，因为怕公司里的人用异样的眼光看我，所以我没让任何人知道。”乔菲平静地说，似乎在说别人的事。

离婚？难怪我从来没见过她老公。和她认识以来，虽然经常听她提起她老公，也经常当着我的面和她老公打电话，甚至还在电话里吵架。但是我认为夫妻间有摩擦很正常，从没和离婚联系起来。

“我嫁给他的时候，他刚大学毕业，我们两个可以说是家徒四壁。后来他从研究所辞职下海经商，我边工作边照顾儿子。他很有经商天赋，短短两年时间就把一间只有几个人的小公司经营到上百人，我们家也从两居室搬到复式楼，就是我现在住的地方。”

“那后来呢？他变心了是吗？”我小心翼翼地问。这种故事似乎一直在发生，只是主角一直在变。

“你猜得没错，男人有钱就变坏，这是千古不变的真理，也许还有几个特例，可是大多数女人没有那么好的运气，也没有那么好的命会碰上这样的男人。”

我不由为乔菲难过起来，“所以他就要跟你离婚是吗？”

“不是，他不想跟我离婚，离婚是我提出来的，他不同意。”

“那你为什么还要离婚？这说明他还是爱你的，他到底做了什么让你非离不可？”

“他有了别的女人。”乔菲摇摇头，面色平静。我不知道她是怎么度过那段最揪心的日子的。

这个答案一点也不意外，女人非离婚不可的原因只有几个，而这个又是最普遍的原因。

“你又是怎么知道的呢？”

“家里的床上出现了红色的长发，而我从不染这种颜色。如果是你，你怎么想？”乔菲一直平静的脸上出现了恨意。

“也许是巧合呢，比如你老公不小心粘上带回了家？”我的假设显得苍白无力。

“一次是巧合，那么两次三次呢？不只床上，卫生间里也有。他在外面玩女人我可以当不知道，可是他还带回家，在我们的床上。”乔菲突然激动起来。

我看着乔菲，莫名地觉得一种悲哀。

“可是他不愿跟你离婚，说明他心里还是有你的，只是一时糊涂，你一次机会都不肯给他吗？”

“林云，你太天真了。机会我给过，哭过也闹过，哀莫大于心死。我不想再因为儿子委屈自己跟这样的男人共处一室，他不肯离婚不是因为心里还有我，而是他不想分割财产。”乔菲又恢复了平静。

“这会不会是你偏激的想法？”

“林云，你还小，我提醒你一句话‘永远别把男人想得太好，永远不要爱男人超过爱自己，否则受伤的人肯定是你自己’。”

“那你以后有什么打算？”

“他要把儿子送出国，好专心跟那些女人鬼混。我不能让我的儿子在国外孤苦无依，我要过去照顾他，他才念小学，别人照顾我不放心。”

此时，我不得不感叹母爱的伟大。乔菲，我进公司以来最好的朋友，到现在我却发现自己对她一无所知。现在我只能在心里默默祝福她，也许以后，再也不会有人如此对我了。

乔菲辞职的消息让我好几天都提不起神，陆涵最先看出我的异样。

“林云，最近工作怎么样？”晚上的时候，陆涵打电话给我。

“还可以。”我郁郁寡欢地回答。

“那过得还开心吗？”

开心？我现在开心得起来吗？我最要好的朋友马上就要走了，再见面还不知道何年何月。虽然我认识她才一年时间，但是彼此之间结下了很深的友谊。现在回想起去年车上初次相遇的情景，仿佛就在昨天。

见我不说话，陆涵又问：“这几天看你一直闷闷不乐的，是不是遇到什么麻烦了？”

见陆涵摆出不问出个子丑寅卯不罢休的架势，我只好说：“我在公司里最要好的同事乔菲要离职了，我心里难过。”

电话那头的陆涵笑了起来，“我当是什么事呢，原来是同事离职啊？”

我对他的薄情感到有些恼怒，“相处这么久的人要走，如果是你，难道你一点感觉都没有？”

陆涵收起了玩笑的语气，“林云，你要明白，同事就是同事，职场上你不该相信任何人，也不该依赖任何人，不然你会后悔。”

我一时缓不过神来。陆涵是在告诉我，我不该相信他，也不该依赖他吗？

“你的任何人也包括你自己吗？”我幽幽地问。

陆涵沉默了一会，终于说：“对！也包括我。至少，你不能完全相信我，这也是为了你好。”

心里像被压了块石头，沉甸甸的，好难受。我讨厌陆涵用这种残酷的语气跟我说话，我宁愿他告诉我这个世界无限美妙，全是好人。

“所以你也不会去相信任何人是吗？”

“是。人首先要学会的是保护自己，其次才是别的。同事离职只不过是件小事，以后你会碰到无数次离别，到最后你会麻木。你现在应该做的事情不是伤感，是抓住一切机会，形成自己的人际关系网。当你需要时，有无数人心甘情愿来帮你排忧解难，这时候你才算成功。”

“既然你说不该相信任何人，那你为什么还要跟我说这些？”我尖锐地问。他跟我说这些交浅言深的话不怕我出卖他吗？还是他有绝对的自信？

陆涵沉默了很久，“因为道理很容易明白，却不容易做到。人，总有不理智的时候。”

“既然连你都做不到，你认为我能做到吗？”

“林云，你只需要明白一件事，我是为了你好，我不会害你。”

我迷茫起来，可能我需要时间消化陆涵的话。

“财务部除了乔菲，你最信任的人是谁？”

“什么意思？”我一时跟不上陆涵的思路。

“林云，如果我是你，既然知道乔菲必然会走，我就不会把时间浪费在伤感上。我会在她临走之前，让她推荐一个我最信任的人接替她的岗位，你懂吗？别让我失望。”

我听出了陆涵的言外之意，他是要我组建自己的关系网吗？陆涵对我抱了很大的期望吗？可是他的期望是什么？我的一切和他有关系吗？为什么他比我还在意自己的处境？他想培植我？可是为什么偏偏是我？

自从我不小心知道丽娜的秘密后，她就将我当做倾诉对象。可能办公室婚外情已经让她心力交瘁，她便将我当做了最后的那块浮木。

其实我心里并不愿意被当成精神垃圾桶，可是婚外情已经使丽娜的内心变得非常阴郁，如果我拒绝她的话，她会把我当成敌人，甚至因为我知道她的秘密而做出什么事来。

而另外一个原因就是陆涵，丽娜的情人顾德明是陆涵的直接下属。听丽娜说顾德明从唐弈还没接管公司的时候就跟着董事长了。以前他家里很穷，但是他很能吃苦，凭着踏实肯干，从业务员干到业务经理，然后又做了部长，直到做到现在的销售总监。如果不是因为他学历不高，说不定现在销售系统的副总裁不是陆涵而是顾德明。

其实我明白，这怎么可能只是因为学历，销售副总裁要的不仅仅是业务能力，也需要管理能力和对整个集团业务的前瞻性分析能力，更需要在对整个市场了如指掌的基础上制定出整体营销计划。

从丽娜的话语中得知，顾德明还是心有不平的。那他和陆涵之间的上下级关系是如何处理的呢？不知为何，我对顾德明总是带有一种莫名其妙的反感，可能是因为丽娜的感情吧。说实话，如果我是一个领导，绝不会找丽娜发展婚外情，她能把事情告诉我就最好地说明了这个问题。所以，顾德明的能力至少应该按照丽娜的描述打个对折。

乔菲还是走了，很长一段时间我都不能适应。那天我没有去送她，因为我不喜欢生离死别的场面。临上飞机前，她在机场里给我发了一条短信，“林云，我走了，你好好照顾自己。记住，别轻信别人，有些话、有些事情永远只能自己知道，好好保护自己。”

我看着短信，大哭一场。此后一个多月，我才渐渐习惯乔菲不在身边的日子。

乔菲走前，我让她推荐吴君泽接替她的岗位。吴君泽从我进公司后就对我特别关心，但是这种关心又不是那么显而易见。他是个脾气温和、个性宽容的男人，总像一阵清风一样若有若无地环绕在人的身边。他总会在你有需要的时候第一个出现，尽心竭力地帮助你，事后却丝毫不居功。既然陆涵要我组建自己的关系网，于公于私，君泽都是不二人选。

在乔菲走后，君泽经常陪我聊天。我想如果不是他陪着我，我恐怕没这么快适应。

就在我刚刚从乔菲离职的郁闷情绪中摆脱出来不久，公司的工作又变得异常忙碌起来。

美辰集团作为东道主召开的行业峰会进入了筹备阶段，这终于让我有机会再度活跃起来。这次的筹备工作，销售部和行政中心是主要负责部门，我作为总裁秘书也要跟他们进行对接，随时传达唐弈的指示，也随时向唐弈汇报工作进展。

“蓓蓓，你把公司这个月的销售任务给我一份。”平时在顶楼待得无聊，很多时候只需要打电话就可以完成的工作，我还是会亲自跑到各个部门，这样也便于和同事打成一片。

“好，等我把这些邀请函寄出去，马上给你啊。”销售部是一番热火朝天的景象。

“微微，酒店你记得提前订好啊。”是朱莉的声音，此时她俨然成了众人的领导。我有一刹那的愣神，这局势变化好快，快得我都有些跟不上了。

“看到了吗？”李思萌把我拉到一边，“有人拿自己当领导呢！”

我心想，确实够刺眼的，可是嘴上还得说：“朱莉的确是挺有领导才能的。”

李思萌不以为然地看了我一眼，“越俎代庖和领导才能一样吗？陆总的助理死了？销售部的行政经理死了？她算哪根葱？这里有她什么事？”

朱莉一路小跑到我们跟前，“思萌，公司资料好像份数不够，麻烦你再去打印一些好吗？”

李思萌没好气地看了她一眼，“我忙得很！”

我一愣，李思萌也太不加掩饰了。如此不留情面，难怪公司里的领导和同事都怕她。只是怕她的同时，大家也都不愿意去支持她。如此算来，到底是得是失？

朱莉脸色非常难看，其他人虽然都在做手头上的事，眼睛却时不时地往这边瞟，但是也没表现出惊讶的神情，看来也是了解李思萌的脾气。

可是李思萌却没有罢休的意思，不冷不热地又加了一句，“有多大的能耐就揽多大的事，没有金刚钻就别揽那瓷器活。在领导面前揽了活儿叫别人来做，回头又去领导那邀功，天下哪有这么好的事？”

朱莉的脸一阵青一阵白，呼吸急促。所有人都不着痕迹地观察这两个人会不会吵起来。

朱莉深呼吸了几次，看得出来，她现在非常愤怒，而李思萌则是一脸无所谓地翻着桌上的宣传资料。

这样的气氛我有些不习惯，但我不是营销系统的人，如果我来劝，会让别人觉得虚伪。从其他人幸灾乐祸等着看戏的架势来看，估计她们两个平时在部门里人缘也不怎么样。可是我这样站在她们中间也很尴尬，所以看见朱莉手里拿着一份名单，就没话找话地问：“这是客户邀请名单吗？”

“是。”她从牙缝里蹦出一个字。

“这里怎么还有总裁的名字？”我不解地问。

“这是到时候的座次。”说着，她立刻夺回那份名单，白了我一眼，“你也别看了，反正不会有你的名字。”

正在各自做事的其他同事闻言，立刻惊讶地看向我。

我一时之间没反应过来，她是说我没资格参加吗？我有没有资格还轮不到她来指派，别说她们的总监顾德明，就是陆涵他都不能这样说，羞辱我就等于羞辱唐弈，从进公司到现在我还没受过如此羞辱。我突然莞尔一笑，“是吗？那到时候你可要看好了。”

说完，我不再看她一眼，优雅地走了，心中的怒气却无以复加。看来我不应该过于忍耐，否则连其他同事都会看扁我。

回到办公室，心中的怒气还未消退，她是存心挑衅还是受了李思萌的气拿我发泄？无论是哪种原因我都不会允许。

打开电脑，李微微的消息不停地闪烁。

“林云，你别生气，朱莉可能是不敢跟思萌吵，所以才会冲你。也不知道她今天吃错什么药了，你别跟她一般见识啊，气坏了自己划不来。”

我冷哼一声，李微微，与朱莉同一级别。可是朱莉高调耀眼，在其他人眼中朱莉俨然是李微微的领导。李思萌曾告诉我，李微微表面对朱莉低眉顺眼，其实心里憋着一口气呢。

我对着屏幕冷冷地一笑，到底是劝我还是火上浇油？她是想挑起我对朱莉的不满吗？我对朱莉本来就无好感，有没有今天的事，我的感觉都一样，只是我没料到朱莉竟敢当众羞辱我。

第七章 得罪直接上司

峰会在本市五星级酒店希尔顿召开。营销系统、支持系统的同事全部到齐，扮作礼仪小姐的同事面带微笑站在门口迎宾，见我进来，立刻标准地鞠了一躬，“欢迎光临！”

平时的同事突然冲我这么一本正经地行礼，我觉得好玩，故意去摸她们的脸。她们终于忍耐不住，笑成一团。

“糟了，糟了，胸花没有买，嘉宾来了怎么办？”一进酒店就听见沈蔓的尖叫声。我不由皱皱眉头，这样大呼小叫，让嘉宾听到，有失公司形象。

“那赶紧打电话预定呀，时间不多了。”李思萌没好气地说。

沈蔓也不计较，立刻去打电话。半晌，垮着脸回来，“对方说没有这么多存货，要现做，可是现在哪有时间等啊？”突然，她又想起了什么似的，“这个事情本来是谁负责的？”

我忍不住再度皱了皱眉，当务之急是如何解决，现在即便追究了责任也于事无补。但是我一不是领导，二不是他们部门里的人，这些话无论如何也不好说。

“是不是多打几家花店问问？”我建议道。

沈蔓无奈地说：“打过好几家了，每一家都有一些，可都不够，不一样的我们又不能用，现在怎么办呢？”

“别急，我去想办法。正好总裁的司机也跟着过来，他熟悉市里的情况，我让他直接带我去花店，我不相信全市都没有。”这是陆涵管辖部门的事，我不能让他脸上无光，如果出了什么纰漏，最没面子的人就是他。

“现在只能这么办了，可是林云，等下总裁来了，你得陪着他，你去买好吗？”

“现在管不了那么多了，你们按照原定分工继续。”我看了看时间问，“我有多少时间去买胸花？”

“半个小时，晚了怕嘉宾先到。”

我点点头，“我会在半小时之内赶回来，你们告诉行政中心的同事，让去酒店接嘉宾的车子尽量开慢些。”

说话间，沈蔓的手机响了起来，里面传出朱莉气急败坏的声音。

沈蔓小心地点点头，我更纳闷了，李微微对朱莉低眉顺眼我可以理解，沈蔓又不是那一模块的人，她怎么对朱莉这么迁就？

大概看出我的疑惑，李思萌不屑地哼了一声，怪里怪气地小声说：“看见没有？人家想跟着朱莉做业务呢，业务怎么做？先学习做跟班。”

我淡淡一笑，没有言语。沈蔓挂了电话，走到李微微跟前，“微微，朱莉说买胸花这事她交给你了。”

李微微吃惊地瞪大眼，随即说：“她什么时候说的啊？她是说起过胸花，但是没有具体落实到谁身上啊。”

我没时间听她们相互扯皮，当下就说：“我先去买，电话随时联系，一买到我会先打电话过来。”

“林云，那就拜托你了。”李微微期望地说，本来我能否买到她可能并不是太在意，但是现在朱莉把这件事算到她头上，她就不能不关心了。

我直接吩咐司机带我去市里最大的花店，陆涵告诉过我，必要时刻钱能解决很多问题，沈蔓打电话人家告诉她没有，那是因为她是在电话里询问的，如果人去现场又会不同。

“小姐，请问你们这里有没有胸花，我要500个。”

对方抱歉地说：“不好意思，如果要这么多需要提前预订。”

我环视了一下店里，看见里面有不少现成的胸花，我指着那些花问：“这里不是有吗？”

她看了看那些花说：“这些是别人预订的，客人下午来取。”

我当机立断地说：“马上叫你们老板来一下，我有事跟他商量。”

店员犹豫地看了看我，还是进去了。不一会儿，一个打扮时髦的中年妇女出来了，“我是这里的老板，美女你找我？”

我笑着点点头，直接对她说明目的，“我想买这些胸花。”

她露出为难的神色，“可是这些是客人订的……”

“我听刚才那小姐说客人下午才来取，你可以再做。”

“可是这么多胸花做起来也要时间啊。”

我了然地笑笑，“我多出20%的价钱，你先把这些胸花卖给我，回头你再现做，就算来不及，你还可以叫旁边的花店一起做。美辰集团的外事活动比较多，以后少不得在你这里订胸花，你就当帮我一次忙，可以吗？”

对方犹豫了一下，然后豪爽地说：“美女你真会说话，好，这些胸花你拿去，以后可要多来照顾我的生意。”

我灿烂地一笑，“那是当然。”

一上车，我先打电话告诉她们胸花已经买到，那边明显松了一口气。

回到酒店，我还来不及喝口水，就见朱莉踩着高跟鞋“噔噔噔”地走了过来，“您可真是大人物，总裁已经到了，你才刚刚过来。”朱莉看见我，甩给我这么一句话。

我气不打一处来，好心替她擦屁股，她还在这里讽刺我。不跟她一般见识，她真当我是病猫。

“既然总裁已经来了，他都还没说话，你着哪门子急啊？或者你去告诉总裁，让他好好教育我如何树立时间观念？”我一顶顶高帽子扣下去，当场噎得她哑口无言。

其他同事则是一副看好戏的表情，虽然我不愿意让别人看戏，但是这个朱莉太不知分寸，如果我继续隐忍，怕是她会更加嚣张。

“林云，你来了啊？”正说着，陆涵过来了。

“是啊。”我看到陆涵，忍不住想挫挫朱莉的锐气，“陆总，我是不是迟到了？”

陆涵莫名其妙地看着我说：“没有啊，会议还有半小时才开始，现在是签到时间。”

“我以为我迟到了呢！”其他人偷偷看了看朱莉的反应。

“没有，到了怎么不进去呢？”

“没有我的位置啊，我进去干吗？”我半真半假地说。

“你是集团总裁秘书，怎么会没有你的位置？”陆涵在人前表现出对我的尊重，“总裁要上台发言，你就坐在我旁边的位置上，如果总裁有什么需要，你也好及时跟进。”

这个理由可谓天衣无缝，虽然陆涵如此安排绝对已经掺杂了私心。

“可是如果别人有异议呢？”我笑着问，“名单上没有我的名字呀！”

“谁敢有异议？叫他来找我。”陆涵突然脸色一寒，领导的架势在此刻展露无疑，“对了，你昨天不是说今天七点半就过来吗，怎么这时候才来？”

“陆总，林云其实早就来了，她去给我们买胸花了。”李思萌说。

“胸花现在才买？”陆涵挑眉道。

我阻止陆涵继续问下去，“早就买好了，我顺便去拿而已。”同时给了李思萌一个阻止的眼神。

“跟我进去吧。”

我跟着陆涵进了会场，同时挑衅地看了朱莉一眼。朱莉此刻的脸色一阵青一阵白，极其有趣。

回头的时候，看见身后朱莉阴沉的眼神，我心里一惊，以后必须小心朱莉了，她必然不会忘记今日之辱。

几天后，陆涵提醒我气度决定成就，不应该和办公室里的人针锋相对。如果斤斤计较，虽然一时爽快，却白白降低了自己的格调。我想他可能知道我和朱莉的矛盾。

峰会圆满落幕，集团销售业绩再创历史新高。基于这两个原因，在我的提议下，唐弈打算宴请整个营销系统。

这种宴请是第一次，以前虽然也有过类似的宴请，但是向来由陆涵代表总裁，唐弈亲自出席还是第一次。这对营销系统而言，乃是殊荣。

集团有五位副总裁，陆涵从来没跟我说过他们之间是如何平衡的。但是李思萌告诉我，这些副总裁之间其实也是面和心不和，只是更加隐蔽而已。我暗暗观察，发现他们平时相处得很融洽，但是隐约间都极在意唐弈的态度，都在极力争取唐弈对自己管辖系统的重视，因为唐弈的重视就代表了这个部门在公司的地位。

除了市里一些重要场合，唐弈一般不会轻易出席宴会。我如此提议有两个目的。一来自从上次死者家属闹事后，唐弈对我极为亲近，我想借此看看我的提议他到底会不会接受。没想到唐弈只是沉默了片刻，就点头答应。二来就是为了回报陆涵，因为如此一来，销售系统的地位必然在无形中远高于其他系统。

“总裁这次亲自参加我们的庆功宴，是我们莫大的荣幸。我提议，我们大家先敬总裁一杯！”陆涵高举酒杯说。

“好！”下面立刻响起一阵热烈的回应声。

唐弈举起酒杯，微笑着跟大家干杯。

“总裁，其实我觉得你应该多参加这样的宴会嘛，你看你一来大家多兴奋啊！”我被大家的喜悦感染，也活跃起来，小声在唐弈耳边说。

“你喜欢热闹？”唐弈笑着问。

“当然喜欢了，我们这么大的办公室就你跟我两个人，你天天对着我不烦吗？我希望你天天出来，这样我就可以天天跟着你出来了。”我笑着说。

不知不觉间，我对唐弈已经不再用“您”这个称呼。

陆涵已经去各桌敬酒，唐弈生性沉默，尤其是面对不熟悉的女性，更不会主动交谈。这点比在女人堆里应付自如的陆涵可爱多了，我忍不住想。

等陆涵回来坐定，各桌的员工立即轮番而至，准备向唐弈敬酒。我知道唐弈酒量不好，便立刻体贴地替他兑好比例，让他不至于喝醉。

敬酒也有讲究，先是级别高的来敬，依次类推，最后是新员工过来敬。

首先过来的是李微微，“总裁，我是销售部的李微微. 我不太会说话，所以只能敬您一杯。”

唐弈立刻起身，唐弈虽然沉默，喜怒不形于色，但是礼节上却极为周到。

之后是朱莉，说的话也差不多，但是朱莉敬完酒并没有回自己的席位。主桌除了我以外，坐的都是核心领导。这次总裁亲自出席，陆涵也邀请了其他几位副总裁，这几位副总裁心里再不是滋味，也不好如此没有器量。现在他们正在各桌“亲民”，一时半会也不可能回来，所以朱莉就找了个离我近的位置坐下。李微微一见，也借着跟我说话坐到我对面的位置。

我看着她们两个，暗暗好笑。

“总裁，您难得跟我们吃饭，我们大家都很兴奋。”李微微说。

唐弈笑笑，没有说话。我知道他肯定是这个反应。

“总裁，平时看见您我们都不敢说话，今天也好紧张。”朱莉说。

“总裁，看来你平时很可怕哦。”我笑着打趣唐弈，换来朱莉的一个白眼。

“那你好像也没怕过我嘛。”唐弈玩笑似的说。

“我又没做什么对不起公司的事，为什么要怕你？”我理直气壮地说。

“平时你们做销售很辛苦吧？”唐弈是总裁，关心下属是他的职责。

“其实辛苦还是其次，只要能签单，再辛苦也是值得的。”朱莉说。

“我看你每年的销售额都完成得那么好，以为很轻松容易呢。”我跟陆涵说。陆涵回给我一个“你真天真”的眼神。

“没有做过的人肯定会以为很简单，只有做过的人才知道个中困难。”朱莉看了我一眼。

“总裁，我想去体验一下销售。”我突然跟唐弈要求道。

“不行！”唐弈和陆涵异口同声地说。

“你听总裁的。”陆涵赶紧加了一句。

“为什么不行啊？以前你说过只要是我想去学习，你都不会阻拦我。”我不满地跟唐弈抗议。我在唐弈和陆涵面前还是有所不同，在唐弈面前更多的是保留了我这个年纪的女孩子的天性。唐弈虽然沉默，可是再沉默，相处久了也会渐渐熟悉，而且我发现我越不怕他，他对我越是亲近，陆涵说我这是“仆人眼里无将军”。

“那是指其他的，比如你要参加战略研讨会，我会给你机会去学习。但是你去体验销售干什么？销售太辛苦。”

“就因为苦我才要去。”

“你不适合。”唐弈耐着性子说。

“她们可以，为什么我不可以？”其实我也并非一定要去。

“你跟她们不一样。”唐弈脱口而出。

“哪里不一样？”我继续问。其实我很清楚唐弈指什么，就是需要他来满足一下我小小的虚荣心。

“好了，林云，总裁脾气好，你也别太过分了。”陆涵用眼神示意我，我不情不愿地闭上嘴。

“总裁，林云跟我们哪里不一样？”朱莉继续问。我突然觉得这个女人很愚蠢，其实在场的人都清楚，何必再问唐弈。

“林云性格和你们不一样，她脾气直，不适合做销售。”唐弈说。

酒席结束后，我仍然不甘心，唐弈越是不想让我去做销售，我就越是想去。回去的路上，我不死心地对唐弈说：“总裁，我不是永远都做销售，只是想体验一下嘛。”

“这个以后再说。”唐弈也学会了敷衍，“你还有其他很多东西要学呢。”

“你为什么不让我去体验一下嘛？”

“我不是说了嘛，你和她们不一样。”唐弈很固执。

“到底哪里不一样？”其实我很清楚唐弈的意思，但是我要他自己说出来。

“你知道销售的内幕吗？女孩子做销售不适合。”

“那她们不是女孩子吗？为什么她们就可以？”

唐弈突然转过头来，认真地跟我说：“中国的销售体制现在还很不健全，很多单子都是凭手段或者是别的什么才能签下来，女孩子做销售可能因此吃亏。”

“那她们也没说吃亏啊。”

唐弈看着我，宠溺地一笑，“吃亏这种事，谁会到处嚷嚷？所以才说你天真。”

“如果真的这样，她们早就辞职不干了，没有辞职说明也许没有吃亏呢。”

“林云，人的价值观不一样。但是在中国女孩子做销售很少有可以出淤泥而不染的，因为面对的客户素质不一样。即使没有很过分的事情发生，有的时候也会借酒占些便宜，而她们肯忍，可是你不一样，总之我不想让你接触。”

我看着唐弈，他的眉间眼底都是真诚。我知道他是真心为我考虑，不禁感到动容，“总裁，我知道你对我好，可是我不是想去做，我只是想见识一下而已。如果真的那么糟，我自己也死心了，是吧？”

“既然你这么想了解，以后有合适的机会，我让陆涵带你去了解。”

让陆涵带我去？既避免了危险又能学到最核心的东西。这可真是天上掉馅饼，我开心地想。

“走吧，我送你回去。”唐弈若有若无地挽了我一下。

我一惊，唐弈不是一个轻佻的人，如果他做出这样的动作，说明……还是他今天喝多了？

自从胸花事件后，李微微找我就勤了些。我也泰然自若地应对，不近不远。

可是李思萌看到李微微频频找我，忍不住心急起来，终于按捺不住主动约我去买衣服。

“林云，李微微最近经常找你是吧？”

我笑着点点头。

“你说她为什么突然跟你走得近了？”

“也许是朱莉说胸花交给她负责，而我终于买到了胸花，帮她解了围，所以她感激我吧。”我淡淡地说。

“这是一个原因，但是更重要的原因是，李微微被朱莉压制，心里不服气，她要跟朱莉斗，必须要借助别人的力量。而现在朱莉公然针对你，你是总裁秘书，你随便在总裁和陆总面前说两句，就抵我们说一百句，这才是她亲近你的目的。”

我脸上摆出一副无辜的表情，看了看李思萌，“有这么复杂吗？”

李思萌给了我一个“恨铁不成钢”的眼神，“我也不瞒你，放眼整个集团，没有哪个部门的人际关系比销售部还复杂。朱莉这种人还好对付，因为她就是一个典型的势利小人，领导来了她就凑上去巴结，对其他同事除非有利用价值，否则你别想她给你好脸色。”

我忍不住笑了起来，“照你这么说，我好歹也是总裁秘书，她为什么这么不给我留面子？”

李思萌愣了一下，“也许她认为自己很漂亮，但是公司高管关注你却比她多，横竖看你不顺眼呗！”

“我是总裁秘书，她是业务主管，她认识的领导肯定没我多啊，这有什么好不顺眼的？”

“那就是因为你是总裁身边的人，她目前的岗位还接触不了这么高的领导，你对她来说没有利用价值，所以她不理你。”

我笑着摇摇头，“女孩子说话怎么可以这么粗鲁？”

她不以为然地看了我一眼，“屁股决定脑袋，岗位决定言谈，这是陆总说的。”

我忍不住轻笑起来，“不是我说你们，你们就把工作做好，用业绩说话，何必天天钩心斗角，不累吗？”

她长长叹了口气，“这是整个氛围造成的，不是一两个人想改变就能改变的。生存在这样一个环境里，你不去斗，别人就会把你踩下来。你不去争，属于你的利益就会被别人拿走，你没有在大办公室里工作的经验，所以你不会明白。”

“既然如此，怎么不考虑换个环境？”

她奇怪地看了我一眼，“你以为这是我们公司的特色？你去哪个公司都一样，只是你看不到而已，说不定人家还在羡慕我们每天都其乐融融呢！”

见我不说话，李思萌又说：“别怪我没有提醒你，李微微来接近你，你自己小心，别一个不小心被她利用了。我可以告诉你，我们部门除了负责华北区域的关婷婷比较老实，其他没一个是省油的灯，你知道别人怎么评价李微微吗？”

我摇摇头，等她自己说下去，“人家说看李微微的背影像 90 后，转身一看就是 70 后。”

我“扑哧”一声笑了出来，“你们也太刻薄了，她应该是 80 后吧，你们就算说她老也别这么损她啊。”

李思萌无所谓地说：“这就算损吗？真正损的话你还没听过呢。你刚才只猜对了一层意思，说她像 70 后意思是说她有心机，说她背影像 90 后意思是会装，明白不？”

我恍然大悟地点点头，心里暗暗佩服她们的骂人水平，真是里外不带一个脏字，却入骨三分。

我暗暗告诫自己，她们的钩心斗角与我无关，我犯不着掺和进去。就在李微微和李思萌每日不厌其烦地对我说这说那的时候，前一段时间传得沸沸扬扬的公司搬迁事宜终于提上了日程，而我的职场生涯也开始进入真正的质变期。

我们公司目前处于经济开发区，行政与生产都在一起。几年前唐弈就产生了行政与生产分开的念头，决定把行政系统搬迁到繁华的商业地段，为此还特意投资了几亿元兴建美辰大厦。这座大厦经过一年多的施工，终于在上个月建成。为此很多同事都开心不已，谁也不愿意窝在这个鸟不拉屎的地方。

在公司首次搬迁会议上，唐弈成立了搬迁项目小组，行政总监黄国华任项目组总负责人。让所有人出乎意料的是，唐弈还钦点我为项目组成员。这连我自己都觉得意外。

也许开会的时候，陆涵就看出了我的疑惑，散会后他便在走廊上等我，“林云，接下来你的工作强度会非常大，但是如果你完成得好，也会有很多收获。”

“你说总裁为什么会提出叫我负责协助呢？协助什么？”在陆涵面前，我便不再伪装，毫不掩饰我的迷茫。

“其实我也感觉到总裁对你不是一般的重视，我想他此举也是为你积累资本，如果这事做得不好，主要责任在黄国华，不会拿你怎么样。如果做成功了，会有你一份功劳。你明白了吗？还有总裁这个举动也充分说明他对你的信任，搬迁是个大事情，其间会涉及很多问题，甚至是很多金钱上的问题。派你过去，也可以说是个监督作用。”陆涵意味深长地说。

“可是我什么都不懂，能监督什么呢？”

“傻瓜，如果总裁派我去，那就明显带监督意味了。就因为你什么都不懂，所以才可以说是让你去锻炼去学习，别人什么话都说不出来，明白吗？”

我苦恼地说：“怎么这么复杂啊？”

陆涵宠溺地笑笑，“其实不复杂，你还年轻，多学习学习对你来说有利无害，这件事做好了，你可能就升职了。这是别人争都争不来的事情，你应该高兴。林云，你要在这个集团生存得好，不能靠总裁对你的偏爱，你必须找到自己的位置，你要别人服你，你必须拿出成绩来。当然，总裁信任你，别人也不敢把你怎么样，可是你总不能一生都靠他的偏爱吧。”

提起一生，我忍不住烦躁起来，“你今天怎么回事，跟我说这么沉重的话题？”

“我是为你好，现在你不明白，以后你会明白我今天的用心。听我的话，好好把这件事做好，但是记住一点，不要得罪黄国华。”陆涵严肃地说。

“为什么，你和黄总监关系不是很好的吗？”我不解地问。

“唉，要不怎么说你天真呢？我在公司里能跟谁关系不好呢？”陆涵有些无奈地感叹。不等我反应过来，他又叮嘱道，“还有一点，我平时和他开开玩笑不要紧，因为我比他大一级，可是你现在还不可以。虽然总裁对你很器重，但是他毕竟是总监，你要好好处理各方面的人际关系。毕竟我经常出差，也不能时时替你关注这些细节，所以你要学会自己保护自己，知道吗？在协助他的时候，尽量多听他的意见，我知道你是个主见极强的人，千万不可硬碰硬，知道吗？真有不同意见，你也要巧妙地提出，如果有什么自己不会处理的事情，你先来问我。”

“我很佩服你，明明和对方关系没那么好，却能表现得那么密切，那你和我是不是……”我忍不住多心起来。

“林云，你怎么老是不相信我呢？你认为我跟你有什么利益冲突吗？”陆涵头痛地说。

“那你不怕有一天我出卖你吗？”我认真地问。

“不怕！如果你真要出卖我，我也没办法。但是我相信你不会的，我相信你。”

我心里为他对我的那份信任感动起来，“我不会辜负你的信任，可是我对这个项目一点头绪都没有，我不知道我要做些什么，更不知道怎么做才能做好。”原来骨子里我竟是如此依赖陆涵。

“这个不怕，到时候我会暗中帮你，你是总裁钦点，别人多少都会顾忌，你只管放手去做就是了。”

陆涵一会要我多听黄国华意见，一会要我放手去做，我糊涂起来，不知如何把握这当中的关系。

因为时间紧迫，项目启动会第二天就召开了。开完这个会我才知道，原来要做的事情居然有那么多、那么杂，一时间我竟毫无头绪。

“林云，有什么不懂的你尽管来问我。”会后，黄国华和蔼地说。虽然他是我的直接上司，可是因为有唐弈这层关系，他对我比对部门里的其他同事明显要亲切很多。举个最简单的例子，黄国华为人爱摆领导架子，尤其是有其他高管在的时候，他特别喜欢训人，但是从来不训我。

“谢谢黄总监，我会的。”我知道黄国华最喜欢的就是下属尊敬他，即使我有唐弈的偏爱和陆涵的保护，也不想随便替自己树敌。挑战自己直接上司的威严是种很愚蠢的行为，这话在我第一次和陆涵吃饭的时候他就告诉我了。似乎从和我接触开始，陆涵便开始教我职场上应该注意的事宜。只是我一直不明白他为何处处帮我，是喜欢我吗？可是认识两年多，他却从来没有过任何表示，偶尔闪现的温柔，等我想捕捉的时候，早已消失不见。

“林云，我们现在的工作主要分这么几块——装修、采购办公家具、规划搬迁计划日期，现在最关键的是装修问题。”

可能我真如陆涵所说的那样有一定的悟性，虽然我从未接触过搬迁方面的工作，但是没过多久，我已经能够摸出一些门道。可也正是因为我渐渐开始了解，我和黄国华之间的矛盾也慢慢显露了出来。

首先，我和他年纪相差很多，眼光自然完全不同。我认为他看中的装修风格过于陈旧，他认为我看中的装修风格华而不实，而他更是动不动就拿资历、阅历压我，让我郁闷无比。

“林云，我知道你们年轻人都喜欢新潮、时尚，但是办公环境可不比小两口在家里的环境，要考虑到大众的喜好。”

我在心里狂翻白眼，什么叫大众的喜好？估计也就你们这几个五十岁以上的老头子喜欢，但是公司里现在可是年轻人更多一些。

“黄总监说得很有道理，我们的确是要考虑到大众的喜好，可是我认为上述两种风格显现不出我们大集团的特色，反而显得我们像暴发户。”我针锋相对。

黄国华的脸色很难看，我说他看中的风格显得我们像暴发户，明显就是置疑他的品位。陆涵交代我千万不可和黄国华正面冲突，可唐弈既然叫我协助，我又怎么可能让公司未来的办公环境变成这种风格？

我看黄国华脸色不好看，赶紧补救说：“其实我也不是坚持我看中的风格，我阅历有限，眼光也未必准，我觉得我们应该召开一个会议，请总裁和几位副总裁最后定夺。”

黄国华面无表情地说：“装修方案最后肯定会提交给总裁批示。”

具体工作还没开展，就闹得如此不愉快。我心中很是挫败，忍不住打电话给陆涵，陆涵听我说完，便好像预料到了似的，“唉，我就知道你会弄成这样，平时你在其他高管面前是很乖巧，但是一遇原则问题，你绝不肯退让。我估计总裁就是看中了你这点。我知道黄国华的品位肯定不如你，但是你也不应该当众指出来。”

“人家已经很郁闷了，你就别说我了。你是没看见他选中的那两种风格啦，用一个字形容就是俗，用两个字形容就是老土，用三个字形容就是暴发户，用四个字形容就是俗不可耐。”我一口气说完，心里舒服不少。

陆涵在电话那头哈哈大笑，“你要是在会上这么提出来，我估计他直接就被你气得吐血了。那你说现在怎么办呢？你把他得罪了，以后的工作怎么开展呢？”

我郁闷地说：“现在是我在问你我该怎么办，怎么反倒你问我了？

其实我已经给他留面子了啊，我说交给总裁和你们这些副总裁决定嘛。”

“你这话在他听来可是拿总裁在压他哦。”陆涵提醒道。

我一愣，没有料到还有这层忌讳，“我真没拿总裁压他，我只是觉得总裁和你们的眼光应该比他好吧？再说了，这么大的事情，总裁肯定要最后定夺的嘛。”我无辜地说。

“你放心，总裁肯定不会同意他的眼光，这点我有信心，估计黄国华自己都清楚。可是总裁可以反对，那是因为他是总裁。你是他直接下属，你怎么可以这么直接反对他呢？好了，别郁闷了，我明天就回来了，等我回来再告诉你怎么做。”

我不情不愿地挂上电话，看着电脑里的效果图，越来越觉得自己的眼光远远好过黄国华。

第八章 又遭陷害

陆涵回来没有对我面授机宜，反而邀请我和黄国华吃饭。

坐在车里，我忍不住问道："你搞什么鬼啊？"因为陆涵对我极好，相处久了，我对他也开始随便起来，很多时候都没把他当副总裁。

陆涵玩味地看了看我，"我能搞什么鬼，还不是为了你。你把他得罪了，我总得替你缓和一下吧？"

我担心地说："缓和得了吗？"

陆涵自信地一笑，"我和他同事这么多年，他的脾气我还会不了解吗？他这个人就是容不得别人的不同意见，这也制约了他自己的发展。但是他这人不坏，你肯放低姿态，他就不会再介意了。"

"可是由你出面，会不会影响到你啊？"我担心地看着他。

陆涵突然看了我一眼，"为了你，也顾不得那么多了。"

我闻言脸一红，不知该如何回答，车里的气氛顿时暧昧起来。

黄国华几乎和我们同时到达酒店，彼此一起停车、下车、进包厢。他用探究的眼神看了看走在陆涵身边的我，"陆总，今天怎么有空请我吃饭啊？"

“你看看你，说的哪里话？为了公司搬迁大计，我们黄总监忙里忙外，我请你吃顿饭还不应该吗？林云，替你们黄总监倒酒。”陆涵把黄国华按进主位。

“林云是总裁的秘书，我哪里敢让总裁秘书替我倒酒？”

我忍不住有些生气，这么酸溜溜的话，哪里是总监该说的。陆涵给我使了个眼色，我不情愿地换上笑脸，“黄总监这不是寒碜我吗？虽然我是总裁秘书，可是您是我的直接领导，给您倒酒还不是天经地义的吗？我工作经验少，少不得您经常费心教导。所以今天呀，您可一定要给我这个机会。”

陆涵对我赞许地一笑，我却不置可否地撅撅嘴。当然，黄国华根本看不见身后的我是什么表情。

“林云不喝吗？”

我一愣，忍不住怒气往上涌，这黄国华还蹬鼻子上脸了。

陆涵端着酒杯绕到黄国华面前，“黄总监，林云明天一大早要跟随总裁去剪彩，她从没喝过酒，根本不知道酒量如何。万一喝了得睡上几天几夜，总裁追究起来，一说是我提议的，你这不是让我在总裁前面挨训吗？以后有机会，让她好好敬咱俩。”

黄国华终于不再说什么，一口喝干了自己杯中的酒，口里却说：“林云，你不跟我喝没关系，可是陆总这么用心良苦，你要是不敬他，那可说不过去了。”

我和陆涵对看一眼，尴尬无比。随即陆涵又倒上一杯，跟我说：“黄总监，我陆涵向来爱惜女孩子，你不是不知道。我用酒，林云就用果汁吧。”

“林云，陆总对你可是心疼得紧，还不谢谢陆总？”

我有些反感地喝完杯中的果汁，同时也有些不解，陆涵是副总裁，黄国华只是总监，陆涵何必要如此低姿态地对他？

几杯酒下肚，黄国华终于热情起来，“其实总裁这么多秘书里，要属林云最聪明。”

“黄总监夸得我都不好意思了，我怎么可能是最聪明的呢？我老惹总裁和陆总生气，说不定也老惹您生气，只是您大量，没来告诉我。如果我有什么地方做得不好，您要及时给我指出来哦。”我再度适时地替黄国华倒上酒。

陆涵满意地对我点点头，我已经抛开之前别扭的感觉，说好话嘛，说多了就觉得自然了。

结束后，陆涵替醉意蒙眬的黄国华叫好车，冲他挥挥手。

“刚才他老说我跟你怎么怎么样，你说他是不是误会了？”我担心地问。

陆涵笑着摇摇头，替我拨开吹到脸上的发丝，“傻瓜，放心吧，他这人就这样，就是嘴巴不饶人，心眼一点儿也不坏，在高管里他可是属于单纯的那类了，而且我这样光明正大地带你出来跟他讲和，他反而不会多想。”

我呆呆地看着陆涵的举动，随即想可能刚才陪黄国华喝了不少酒，有点酒意，所以行为上才比较随意吧。

“今天委屈你了，可是我不明白，你明明级别比他高，为什么还要这么低姿态？”我很替陆涵不平。

“林云，与人交往，千万别老在意自己的身份地位，拿身份地位去压人不会成功很久，要让别人心悦诚服，不能光靠级别去压人。”陆涵认真地说。

我赞同地点点头，陆涵的胸襟和智慧让我心悦诚服。

自从陆涵替我缓解了和黄国华的关系之后，我自己也注意了很多，总不能老是让陆涵替我善后。黄国华可能也知道我身后有多重力量支持，所以对我也客气了不少，至少在意见方面没那么坚持己见了。其实不管是我的意见还是他的意见，最后还是需要提交总裁和陆涵他们决策，所以我们实在没必要在事前就闹得不可开交。

装修风格很快就定了下来，没用黄国华的方案，而我主动提出我所选中的方案有点过于奢华，不符合我们公司务实严谨的风格，所以最后定的风格便是另一种，这也是陆涵暗中所指导的。唐弈近来都喜欢听我的意见，虽然在装修风格这种大事上他不会让我做主，可是我和陆涵就怕万一，之前我和黄国华为风格争执的事项目小组其他成员都知道，如果唐弈采用了我的意见，黄国华必然会觉得很没面子，所以选择非他非我的风格是上上之选。现在所定的这个风格基本上是根据陆涵的建议来设计的，他的品位我一向欣赏，平时他的意见也会被大多数人所赞同，后来唐弈又在陆涵的方案上提了几点意见，最后就按照这个方向执行了。

风格定下来后，我松了口气，结果更多的麻烦事还在后面。我的正式工作是唐弈的秘书，所以我不方便长时间外出，因此监工这事基本都是交给其他成员。

“林云，那边的事情怎么样了？”唐弈问我，我知道他指的是搬迁的事。

“现在在装修，装修时间预计三个月，然后买家具，到我们搬进去，大概得半年。”我胸有成竹地回答。

“你不去看看吗？”唐弈笑着问。

“可是你怎么办？”我看着他问。

唐弈笑了起来，“装修你得去盯，难道我你也要盯啊？”

我眼珠一转，笑着说：“写字楼不会跑，你可是活的，当然更要盯了。”

唐弈的笑意更深了，“你安心去吧，有事我打电话给你。”

新的办公大楼位于最繁华的商业区，一共有十八层，正面“美辰集团”四个大字金碧辉煌，据说这栋楼已经考虑了公司未来十年的发展需要。

正在装修的大厅很乱，而且噪音很大，我有点受不了这样的环境，忍不住皱了皱眉头，“总裁室在哪里？”我大声问。听黄国华说其他部门的办公室都还没分，但是已经把总裁室和财务部定了下来，而且经过多位风水师看过。

一位工头模样的人马上跑了过来，恭敬地问：“您是总裁夫人吧？”

我看了看自己的打扮，失声笑道：“总裁还没结婚呢，再说我看着像结婚的人吗？我有那么老吗？”说完我四处张望了起来。

“就因为年轻所以看着像总裁夫人啊，老了就不像了。”对方嘟囔了一句。

我忍俊不禁，想不到这人还挺幽默的。在他的带领下，我来到了顶楼的总裁室。

虽然还在装修阶段，但已经可以看出和其他办公室的不同。面积上至少大了三倍，休息室、贮藏室、卫生间、会议室一应俱全。我满意地点点头，我此次来的最大的目的其实是看看我和唐弈以后的办公场所，其次才是看装修进度，在这点上，我表现出了十足的孩子心性。

在唐弈的允许下，我时不时地跑去新办公楼监工。也是在监工这段时间，我才知道我生性有多么挑剔，我几乎不能忍受一点点瑕疵。但是在我这种吹毛求疵的挑剔下，到工程验收时，几位高管啧啧称赞，连一向要求严格的唐弈也忍不住点头。

“总裁，你不知道林云有多挑剔，比自己家装修都来得严格。”黄国华笑着说。这几个月接触下来，我和他不但冰释前嫌，还建立了很深厚的情谊，当然这也离不开陆涵暗中的教导和斡旋，所以他才会在唐弈面前如此夸我。

唐弈笑着点点头，“可见我当初没有选错人。”

“总裁向来慧眼独具。”陆涵笑着说，“林云经过这几个月也学到了不少东西吧？看着人都瘦了一圈。”

只有我明白陆涵调侃的语调里包含了多少关心，唐弈深深地看了我一眼，“是瘦了。”

“就当减肥了。”我笑着说，此时邀功是断断不可的。

“你那么瘦，不需要减肥。”唐弈说，“林云，你从来没有做过这些事，都懂吗？”

“我不得不说林云好学，她虽然从来没有做过这些事情，但是她查资料，请教别人，上论坛交流，甚至和工人聊天，愣是把这些事情都弄懂了。”黄国华又说。

黄国华虽然在夸奖我，但是他说的也是事实，这段时间是我工作以来最辛苦的几个月，因为唐弈的信任和自身追求完美的性格，连休息日我都放弃了，陆涵都开玩笑说其实我有女强人的潜质。

唐弈笑笑，眼里已经有掩饰不住的自豪。也是，我是唐弈钦点的人，我做得出色就是唐弈慧眼独具。唐弈虽然心里高兴，但是说话还是保持一贯的风格，“林云，接下来采办办公家具规划搬迁事宜，事情会更多，你可不能松懈哦。”

我点点头，表示同意。

新办公大楼让各位副总裁和各位部门总监感到很满意，大家都忍不住先去自己的部门办公室看一看。而陆涵却在这个时候把我拉到一边，“林云，总裁的意思很明白，采购家具要你也参与。但是我不得不提醒你，你把握大方向就够了，别什么都去干涉。办公家具的采办不同于自己家里家具的采办，如果你让其他人无利可图，会对你自己不利，总裁自己心里也清楚这个道理，所以他根本不会怪你，甚至会觉得你不懂采购所以没有发现问题。参与这个项目的很多人都老奸巨猾，如果他们联合起来对付你，在制度面前，总裁和我都保不住你，你明白吗？”

我愣愣地看着陆涵，一时难以消化这些话，“你的意思是说随便别人拿好处？”

陆涵严肃地摇摇头，“当然不是，我的意思是如果是些小的好处，你就不要干涉，总裁要你参与其实只是为了镇住他们而已，只是个监督作用，他们自己心里也明白。”

“总裁利用我？他就忍心别人对付我？”我不高兴地问。

“不是，总裁绝对不是利用你，你不能要求总裁一辈子把你藏在身边保护啊，他这是锻炼你的能力，对你来说是件好事，你不能这么想，总裁绝对是真心为你好。”

我看着陆涵，研究着他的话，正色问道：“你希望总裁对我好？”

陆涵直视着我，“对，我希望他对你好。”

我垂下眼帘，心里有淡淡的失落，“可是如果我放任他们，总裁会不会很失望？”

陆涵摇摇头，“不会。但是有一个前提，就是不能有出格的事情发生。如果只是些小恩小惠，他根本不会计较。你要记住一句话，‘水至清，则无鱼’。”

我点点头，陆涵说的我并非不明白，我也知道他身为副总裁跟我说这些话本身就是一种冒险，如果不是因为我跟他之间的情谊，他根本不会来跟我说这番话，他是真的担心我。

因为陆涵嘱咐过我，我便一直很警觉，可是并没有之前我们担心的事情出现，也许本来就没人这么大胆，又或者我真的没看出来。总之，办公家具的采办非常顺利，我与其他人也相处得非常融洽。可是，在工程快结束时，黄国华居然明示我替他去唐弈那里请功，难道这就是陆涵所说的他很单纯？

“林云，这里所有的工作都快结束了。”

我环视着四周，感叹地回答道："是啊，这里可是我们近半年的心血哦。"

"是啊，这半年来我们做了多少事情啊。你看你都瘦了，结束之后可要好好补回来。"

我谦虚地笑笑，"黄总监说笑了，这半年来最忙的人是你，我只是打打下手而已。"在陆涵的指导下，如今我与黄国华已经相处得非常和睦。我知道怎么才能博得他的好感，也知道怎么才能取得他的支持。

黄国华叹了口气，"林云你是看到了，可是总裁看不到啊。"

我一愣，言下之意很明显，就是希望通过我的口让唐弈知道。

我看着他，他一脸的坦然，倒是我有些尴尬，不知应该如何回应他。

晚上和陆涵吃饭的时候，我忍不住跟他说起此事。陆涵笑着说："这么点事，就让我们的林大小姐纠结了？"

"讨厌，你说我怎么做？真的去跟总裁说？"

陆涵定定地看着我，"林云，可能黄国华这人比较直接，所以才会这么跟你说。马上就到年终评定了，黄国华的意思非常明显。我们先不说这个，就说这次搬迁你们的确做了很多事情，而且很多领导也非常满意，这本来就是功劳，所以一个聪明的人不能吝啬自己的赞美，而且要在对方的领导面前赞美，这是一门艺术，你明白吗？"

陆涵一点拨，我立刻明白了，但是还有另外一层担忧，"你说我要是真这么做了，总裁会不会很不高兴啊？"

陆涵笑着摇摇头，"他只会觉得你成熟了，你很聪明，但是阅历和处事上毕竟欠缺火候。据我分析，总裁也是想历练你，你这么做只能说明你为这个团队负责，你与这个团队相处得融洽，总裁只会高兴。当然，最根本的原因是他的确看到了你们的成绩。"

我依陆涵所言，在后面的搬迁计划会议上很巧妙地向唐弈请功。黄国华是负责人，唐弈首先要嘉奖的人便是他。但是我对自己所付出的心血只字未提，甚至在唐弈主动提的时候，我告诉他能得到这个锻炼的机会，能学到这些东西，我已经心满意足。

会议结束后，我没有马上走，陆涵笑着走了过来，“林云，你真是一通百通，比我想象的还聪明。”

我嫣然一笑，“那还不是师傅教得好？”

陆涵与我相视而笑。

搬迁定于一个月后，准备工作都在有条不紊地进行。而我也终于抽出身，开始和唐弈整理我们自己的办公室。经过这些事情，我觉得唐弈对我非常满意，我们之间的默契非言语所能形容。

“总裁，这是什么啊？”我帮唐弈整理他办公室的物品。

唐弈回头一看，微微一笑，“这是我以前比赛时得的奖。”

我反复研究了一番，笑着说：“你念书时这么厉害啊？”

“还好吧。”唐弈虽然嘴上这样说，脸上却隐隐有得意之色，甚至放下他手上正在整理的书籍，开始和我一起整理这些零碎物品。

“总裁，这是什么啊？”我拿起一本比较陈旧的笔记本。

唐弈抬头看了一眼，脸色迅速暗了下去，从我手中拿过笔记本，顺手扔向箱里，“没什么，以前的笔记。”

我看了看唐弈的脸色，没再说什么。也许……也许这是他的过去吧，我知道此时不是我发挥好奇心的时候，所以当下拿起另一个奖杯问他，“这个是什么奖啊？”

唐弈也随即恢复了神色，笑着作答。

搬迁这几日，我充分发挥了女性好问的特点，竟和唐弈回顾了一遍他的过去。凭借女性的敏感，我感到唐弈对我已经越来越无保留，甚至喜欢和我相处。其中一日，我偷偷和陆涵去采办东西，虽然已经提前告知唐弈我会晚点回去，但是才出门没多久，唐弈便发消息问我何时回去。

“看来总裁很喜欢你在身边啊。”陆涵状似无心地问。

我偏着头，笑着揶揄他，“别告诉我你吃醋了？”

陆涵讪讪地笑笑，“既然他催你了，我早点送你回去。如果他知道你现在跟我在一起，估计我就是欺君之罪了。”

我忍不住笑起来，“那你说我是宫女还是嫔妃？”

“你是老佛爷。”陆涵笑着说。

我笑着去拍陆涵，一路打打闹闹地回去了。

在搬迁公司的帮助下，我们很快就搬进了新的办公楼。所有同事都充满新鲜感，一时间到处都是串门拜访的同事，比过年还热闹。

我看着这一切，一种极大的满足感充盈在心间，这里的一切都包含了我的心血，唐弈也示意我去各部门看看，但是这种感觉很快被朱莉破坏，也让我和她的关系更加恶劣。

“我的椅子怎么是坏的？”本来想和陆涵互道一声乔迁之喜，结果一到销售部，我就听见朱莉不满的声音。其他人看看她，没有搭腔。

“林云，你来得正好，这椅子是新买的吧？听说我们这幢楼里用的办公家具都是名牌是吧？怎么我的椅子是坏的？到底是特意给我安排坏的，还是采购家具的时候好处拿多了，鱼目混珠？”朱莉见没人理她，挑衅地看着我。

其他人立刻看着我，我不确定朱莉的椅子是真的坏了，还是她故意找茬。我看了看周围，顾德明和陆涵都不在，难怪她敢小题大做，即便是真的有问题，她只要提出来，肯定会帮她解决。她如此大声嚷嚷就因为我是项目小组的成员，她要给我下马威。

我深呼吸几次，告诫自己千万要沉住气，然后忍耐地问：“你的椅子有什么毛病？”

“这椅子不能调节高度，我人高，这椅子这么高我怎么坐？你们人矮是没关系，但是我这样坐着累。”

“既然你这么高，干脆直接坐地上好了。”李思萌是销售部里最矮的女孩子，又是资历最老的行政，听朱莉这样一说，立刻没好气地顶撞她，而其他女孩子已经忍不住在座位上笑开了。的确，销售部的女孩子都不高，只有朱莉一个人拥有一米七的身高。

听李思萌这样一说，朱莉为之气结。我强忍住笑意，赞许地看了李思萌一眼，但却不得不作出一种姿态，“你稍等一下，我立刻叫人过来检查。”

两分钟后，家具公司暂时派驻在我们集团的维修工人赶到。如此速度，怕朱莉也不能从中挑剔什么了。

“我的椅子不能调高度，是不是坏了？”朱莉颐指气使地问。

“你帮朱小姐好好看一看，如果有问题，赶紧给我们换一把。”我吩咐道。

一分钟后，维修工人站起身说：“林小姐，椅子没有坏，之前我们已经把贵公司的椅子调成男女两种高度，朱小姐人高，可能不适合这种普遍高度。我们公司生产的家具是众所周知的名牌产品，向来注重品质，为了美观，椅子调节高度的按钮在这里。”说着，工人指了指那个隐蔽的按钮。

我点点头，示意工人可以离开。

“什么破家具，按钮在这里，谁看得见？”朱莉不满地嘟囔着。

我笑笑，忍不住揶揄她，“那是当然，毕竟名牌不是谁都用得惯的。”

看着朱莉气极又无处发泄的样子，我忍不住暗爽起来。

搬迁结束后很快就到了年底。年终评定时，黄国华如愿以偿，部门里的同事都在说恭喜的话，我也不例外，只是比其他同事更加小心、更加谦虚，而绝口没有提我在中间起过的任何作用。黄国华心情大好，当晚便宴请整个部门。席间一位同事偷偷告诉我，黄国华在公司这些年，第一次被这么高度认可，这背后隐含的是比往年更多的年终奖，所以他才会如此大方。

喝到半醉时，黄国华端着杯子走到我面前，“林云，这半年来你也辛苦了，这杯酒是我敬你的，谢谢你对我的支持。”

我急忙拿起杯子，嘴里谦虚道：“黄总监，配合领导工作是我本来就应该做的。”

黄国华放低声音在我耳边说：“林云，你做总裁秘书也不短了，你的能力和工作态度我都清楚，我打算这次评模范员工就推荐你了。”

我愣愣地看着他，随即笑着喝完杯中的饮料，就当他在说醉话。但是一回来，我就忍不住打电话给陆涵，想听他的看法。

“我早就说过，黄国华这个人不错。你帮了他，他心里会记得，所以他也会回报你，人在职场，能帮别人的千万不要吝啬，即使你不能多一个朋友，至少也不会树一个敌人，当然帮人的前提，你也得有自己的原则，大是大非面前不能妥协。”陆涵娓娓道来。

我忍不住撒娇道：“你老是喜欢教育我。”

陆涵轻轻叹了口气，“因为我无法天天跟在你身边，很多事情还是需要你自己处理，我是不希望你走弯路，更不希望看到你吃亏，我多想把我这些年来的经验都告诉你。”

我心下感动，嘴上却说：“你这么跟我分析公司里的高管，不怕我出卖你？”

“你真要出卖我，我也没办法。”

我笑笑，转移话题，心里却不平静。

转眼就到了新年，新年过后，黄国华在 HR 例会上提出升我为总裁助理，我以为他只是推荐我为模范员工，想不到他还会提议给我升职，我对他的好感不禁增加几分。

唐弈听完没有立即表态，我心里惴惴不安起来。如果唐弈不同意，那么我岂不是很没面子？于是我赶紧表明自己资历尚浅，还在学习阶段。

唐弈看了我一眼，“林云这段时间进步的确很大，工作也很出色，不过还应该再锻炼锻炼。”

我面上没有流露出任何情绪，心里却禁不住一阵失落。我以为唐弈对我很满意，看来我还是高估了自己。陆涵何其敏感，立刻洞悉我心中所想，散会后就安慰我，“没有升总裁助理，不高兴了？”

我立刻否认道：“没有，我根本不在乎，可是我本来以为总裁对我很满意，现在发现我好像错了！”

陆涵笑着摇摇头，“你天天在他身边，你都不知道他心中所想？他比谁都希望升你，可是他是总裁，你必须做得让任何人都没有理由反对你，他才能名正言顺地升你。”

我愣愣地看着陆涵，怎么陆涵对唐弈的心思那么了解？难道真的是我太不了解他们了？还是因为我当局者迷？

坐在宽敞气派的新办公室里，我少了之前的忙碌，突然感到一种莫名的空虚。想起这半年来一直在忙搬迁的事情，和其他同事的交流接触少了不少。陆涵跟我说人需要经常走动，关系需要经常运用，否则就会渐渐生疏。于是，不忙的时候，我经常去各部门转转。也许是因为陆涵的缘故，我最喜欢去的是销售部，几乎每天都去转一圈。

这一天，我又像往常一样来到销售部。

刚一进门就看到一番热闹的景象，不过不是工作场面热闹，而是大家正在兴高采烈地聊天。我转头一看，果然陆涵和顾德明都不在，难怪这些人这么自在。

“林云，这是我出差带回来的特产，补血养颜，对女人特别好，送你两袋。前段时间我脾气暴躁，怎么也控制不住，吃了一阵，好了不少。”

我愣愣地看着手上的礼物，无论销售部哪个女孩子送我这个，我都不会惊讶，可是居然会是朱莉，她在玩什么把戏？

“这……不太好意思吧。”伸手不打笑脸人，我也不能表现得太小气。

“大家同事一场，这点算什么啊？如果喜欢的话，再问我要啊。”朱莉也不管我要不要，直接塞到我怀里，走了出去。

李思萌冲我招招手。

我不解地问：“朱莉这是怎么了？”

李思萌从鼻子里哼了一声，“这都没看明白？无端示好，必有所图。”

我笑了起来，“你不是说我对她而言没有利用价值，所以她不鸟我吗？”

李思萌笑着拍到我身上，“你也说脏话？这可不符合你的淑女形象。”

我开怀一笑，“还不是你这个师傅带得好？”

李思萌扑过来掐我的脖子，直到我大声求饶才放开我。

“好了，看在你求饶的分上，这次就算了。”然后又拉了拉我，小声在我耳边说，“你还不知道吧？朱莉和李微微最近斗得可厉害了呢，都在争经理这个位置。”

“那跟我有什么关系？”我不解地问。

“怎么会没关系？谁不知道总裁器重你？陆总跟你走得又比较近，她要是再这么针对你，你一不高兴，去陆总那里埋怨一句呢？她这人最大的优点就是识时务，所以今天来巴结你了呗。”

我不置可否地笑笑，“还真不习惯，如果是我，前不久才跟人冲突过，转眼就示好，我做不出来。”

李思萌轻蔑地笑笑，“那当然了，一般要脸的人都做不出来，不过听过一句话没？‘人至贱则无敌’，所以人家可以升职加薪喽。”

见我不说话，李思萌又扔给我一句风凉话，“不过你可别指望她真的对你好，到时候可别怪我没有提醒你。”

我笑笑，不再听她闲扯。

刚回到办公室，李微微就上来找我，怀里还抱着东西，“林云，你喜欢吃咖喱牛肉干，这个是最正宗的，我特意买回来给你的，拎得我累死了。”

我心里暗暗好笑，她跟朱莉比赛送东西给我吗？而且送的全是吃的，难道我在公司给人的感觉就是特别好吃吗？我似乎也没这样表现过吧？既然收了朱莉的，那李微微的也不好拒绝，当下我收了下来。

李微微的眼光落到我手上的销售数据上，我不着痕迹地想放回去，但是她却不问自取地从我手上拿了过去，我有些不爽。她惊讶地说：“林云，我们这个月的销售数据不是这样的，你手里的数据有问题。”

我疑惑地又看了一遍数据，没看出什么问题来。要问我有什么弱点，财务数据报表这些就是我致命的弱点，很多东西我根本看不懂。

“什么问题？”

“这些数据失真了，我凑巧刚看过这个月的销售数据，不是这个结果，你是不是拿错了？”

她凑巧看过？这些数据是她可以看的吗？看来李微微野心不小，时刻在关注本不该她关注的内容。

拿错就更不可能了，这是陆涵给我的数据，陆涵不可能给我假数据吧？他这么辛苦栽培我，现在却给我假数据？而且这对他一点好处都没有，所以绝对不是陆涵。

“是我拿错了，这是没核实过的数据，所以和正确数据有差别。”我不动声色地打发走了李微微。

李微微刚一走，我就立刻打电话给陆涵，“你给我的数据有问题。”

陆涵一听我严肃的语气，也意识到了什么，立刻嘱咐我说：“你先别声张，等我回来，我下午就到公司。”

下午，陆涵拿着一份数据匆匆来到我办公室，跟我手上的数据一核对，果然不同。

“哪里出了问题？”我问。

“刚才我已经查过原始数据和我电脑里的记录，我给你的应该没错。”

“是销售部的人？”我看着陆涵，试探地问道。

陆涵严肃地摇摇头，“林云，别随便怀疑什么人，事情还没弄清楚。首先我们要搞清楚对方的目的，这份错误的数据对你有什么影响？”

“这是要递交给总裁的数据，这个月的业绩不太好，这份报表里的数据夸大了，因为你们那有原始数据，所以对公司不会造成实际影响，但是总裁会认为我刻意隐瞒他。”我叹了口气说，“第二次了。”

陆涵盯了我好长一会儿，“两次你都仔细想一想，看看能不能发现什么破绽？”

我苦笑一声，“我已经想过无数遍了，我不知道是销售部给你的电子版和纸质版不一样，还是有人故意用假的数据换掉你给我的数据，这次如果我没发现的话，三个月后的季度会议销售部要是没有完成数据上的销售额，我轻则失去总裁的信任，重则……我不敢想象！除非销售部接下来的两个月销售非常好，三个月后弥补了这个差额。”

“但是过年后的三个月是淡季，一般不会出现销售非常好的局面。”陆涵告诉我。

我冷笑一声，“所以很明显啊，有人想害我。”

“这份数据你应该还没给总裁吧？你先把真实数据给他，这段时间里你自己要小心，工作多留个心眼。”陆涵叮嘱道。

我突然敛去笑意，“我不要小心，也不要去防人，因为——防不胜防。

你放心，我会把这个人找出来。”

陆涵看着我点了点头，继续嘱咐我道：“今天你会知道纯属意外，就当我们没有发现。”

很快，又到了月底，我下去找陆涵要了这个月的数据。刚回来，陆涵的秘书刘菲菲就过来了，我以为陆涵又给错数据了。

“林云，我们那马上有重要客人过来，茶叶正好用完了，麻烦你支援一下，再顺便帮我拿几包咖啡吧。快点哦，这么多资料我快拿不动了。”

一听是陆涵那边的事，我立刻去储藏室拿了雨前龙井给她。以前陆涵告诫过我，千万别因为他而对他身边的人特殊，可是我依然不听，笑着告诉他，“你有见过谁的心是长在正中间的？人本来就会偏心嘛。”陆涵笑笑也就由着我了。

因为客人重要，连唐弈也出席了。我跟在唐弈身后，见到陆涵，小声说：“下午什么时候有空，我去找你。”

陆涵深深地看了我一眼，“一点以后有空。”

送走客人，我就去了陆涵的办公室，顺手把门关上。他定定地看着我，“是不是有消息？”

我面无表情地点点头，“我已经知道是谁了，只是我不知道你会如何处理。”

“先告诉我是谁。”陆涵沉声说。

我一字一顿地说：“你的秘书刘菲菲。”

陆涵下意识地摇摇头说：“怎么可能？数据是我直接给你的，跟菲菲有什么关系？”

“没错，数据是你给我的，但是她趁我不注意把你给我的数据调换了。”

陆涵直视着我说：“你确定？确定没有弄错？”

我用探究的眼神看着陆涵，想看出他的想法，他不愿意接受是他身边的人干的这个事实吗？

“菲菲跟了我五年了，这五年来工作一直是尽心尽力，人也淡泊不好斗，会是她吗？”陆涵喃喃地说。

我把今天刘菲菲去我办公室要茶叶的经过，仔仔细细给陆涵讲了一遍。

听完后，陆涵颓然地看着我，“你想怎么做？”

我笑笑，“她是你的秘书，应该问你想怎么做？还有，我一直不明白，我和她从无过节，所以我也从来没把她列为怀疑对象，我不明白她为什么要这么做。”

陆涵按了一下桌上的按钮，刘菲菲推门进来，“菲菲，给你看样东西。”陆涵起身把那份假数据递给了她。

刘菲菲低头看了一眼，脸色立即变得惨白，喃喃地说：“你们是怎么查出来的？”

我淡淡一笑，“若要人不知，除非己莫为。”

“菲菲，你为什么要这么做？”陆涵痛心地问。

“我好像没得罪过你吧？”我平静地问。

“菲菲，你这么做让我怎么面对林云？”

刘菲菲面色苍白，泫然欲泣，“陆总，你不知道我为什么这么做吗？”

我一愣，她这话什么意思？弄得好像是陆涵指使她似的。

陆涵也感觉到了，立刻撇清关系，“菲菲，我怎么会知道？你说，为什么？”

刘菲菲摇摇头，一脸绝望，“陆总，你一直看不出来吗？我在你身边五年了，本来你最偏爱的人是我，可是自从她来了之后就不一样了。其他同事都说，你现在最亲近的人是她。”

女人间的嫉妒？陆涵不自在地看了我一眼，“我对任何同事都一样，你工作出色，所以我信任你，平时和林云接触多，所以走得近。”

“那你知道为什么我工作出色吗？因为我希望为你做好每一件事，因为我希望得到你的认可，因为……我喜欢你，可是我不敢告诉你，我怕你知道后会把我调走。”说到后来，刘菲菲已经泪流满面。

我和陆涵都吃了一惊，陆涵尴尬地看着我，对刘菲菲说：“菲菲，你这又何必？我不值得。”

“不，你值得。”刘菲菲固执地说，“你是我见过的男人里最让我心动的一个，我知道公司不允许上下级谈恋爱，否则一定要走一个。我只是想陪在你身边而已。”

“可是那你干吗要陷害我呢？我又没惹你。”我忍不住说。

“因为你夺去了陆总大部分注意力，其他人或许没看出来，但是我知道陆总和你私交很好，甚至多次冒险帮你，所以我希望你走。”

我叹息一声，心里却不怪她。她如此深爱陆涵，自然不会容我。现在看来，陆涵对我的好也给我造成了困扰。

“菲菲，我不赞成你这样做，用陷害别人的方法，不够磊落。”

刘菲菲淡然地看了他一眼说：“当爱一个人的时候，自我都没了，还要磊落干吗？”

一句话说得我和陆涵张口结舌。

陆涵对她挥挥手道：“你出去吧。”

刘菲菲幽怨地看了陆涵一眼，“陆总，别讨厌我。”

陆涵沉默，不发一言。刘菲菲一走，我故意用轻松的语气说：“陆总，魅力无法挡啊。”

陆涵苦笑一声，“你就别取笑我了。”沉默了一会，他又说，“林云，给她一个机会。”

我怔怔地看着陆涵，他还是心有不忍的吧？对一个暗恋自己几年的女人，如何也狠不下心吧。我不是滋味地说：“她是你的秘书，我哪有权发表意见？”

“林云，我会让她自动辞职，但是这件事希望你别抖出去，不然她没法做人。”

我叹了口气，陆涵也算情深义重，“你喜欢她吗？”

陆涵神情认真地回答道：“我对她只是上司对下属的关爱，绝无其他。”

我扑哧一笑，“好了，不用跟我这么严肃，你跟她有没有其他的我不管。她也不是奸恶之人，出了这样的事，我想她在公司也待不下去了，你人脉广，替她介绍份其他工作吧。”

陆涵笑了起来，“林云，其实你挺善良的。”

我不高兴地看着陆涵，“以前我很恶毒？”

陆涵知道自己说错话了，连连求饶。

“看来我又得招秘书了。”陆涵开始恢复了以往的幽默。

“如果招个男秘书也许就不会出这样的事了。”我笑着调侃他。

“说不定更糟，如果那男秘书一来就看上了你，见我跟你走得近，还不知道对我干出什么事来呢。”

我也被陆涵一本正经的样子逗乐了，却刻意回避了我和他之间的问题，连刘菲菲都嫉妒得要除掉我，是否真的意味着我和陆涵走得太近了？

第九章 平步青云

刘菲菲走后，我的生活平静了很长一段时间。转眼，进入这个公司快三年了，回首这一路走过的历程，似乎只是一眨眼的事。而我虚岁也到了二十六，身边的人开始有意无意地询问我感情方面的事。我深知自己在感情上是极被动的人，所以一时也不想考虑太多。毕竟我所处的是个发达城市，男女结婚都比较晚。

五月的时候，负责制造业务的副总裁丁志飞过五十岁生日，很意外地邀请了我。按照公司不成文的惯例，高管生日如果“逢十”便会在酒店摆几桌宴请其他高管，之后或唱歌或足浴或去棋牌室，这便看各自爱好哪个圈子了。这些也是以前听乔菲所说，但是一般参加的人都是部门负责人及副总裁级别的高管。如此他邀请我不能不说是一种抬举，我则不能拒绝。宴席设在香格里拉，下班后，我搭了陆涵的车同去。

宴席非常热闹，公司所有的高层都来了。而我虽非高层，但由于职位特殊，席间也受到了厚待。

“林云，来，我敬你！谢谢你给我这个糟老头子面子。”入席不久，丁志飞就过来向我敬酒。我也丝毫不敢怠慢，立即拿起饮料，与他对饮。

旁边的IT总监陈思明端详了陆涵一会儿，直说他瘦了。我看了陆涵一眼，正碰上他投过来的目光，陆涵笑笑，对陈思明说："经常应酬又缺少锻炼，只好靠节食来维持体型了。"

难怪最近和他吃饭他都吃得那么少，他平时工作忙，饮食一直不太有规律。我有些不忍，嘴上却说："你又不是明星，体形有那么重要吗？"

"当然重要了。"说完，意味深长地看了我一眼。我转转眼珠，不发一词。

"陆总，这减肥最重要的就是毅力。"蒋浩说。

"对，要的就是坚持，所以我房间里那堆零食得先处理掉，林云，你瘦又是女孩子，回去我把那些零食都送给你，你替我解决掉好不好？"

"不好，你那里不是鸡爪就是鸭脯，我不爱吃。"我想也不想地说。

"林云对陆总房间里有什么吃的都那么了解啊？"常青权笑着说，其他人听了立刻会意地笑了起来。

陆涵无奈地瞪了我一眼，我也明白过来，知道他们暗指什么。我清楚陆涵房间里的零食只因为上次搬迁时和他一起去购置物品，所以知道而已。而我不爱吃鸡爪、鸭脯也是事实，当下不服气地回瞪了他一眼。

"陆总，我们都知道你对林云好，什么时候帮她物色一位白马王子呢？"常青权开玩笑地说。

我和陆涵脸色都极为不自然，又不能发作。这顿饭突然间变得索然无味起来。

常青权绕过来，替我倒上一杯酒，又替陆涵斟满，"林云，还不先谢谢陆总？"

我愣愣地看着眼前的酒，这些高管清楚我不喝酒，这个就连唐弈也清楚，甚至他也默许。以前唐弈在场的时候，没有任何一个高管会为难我，可是现在，我该怎么做？

"陆总，你的沟通能力是我们大家有目共睹的，林云平时不喝酒，但是她没说永远不喝，今天就看陆总你的了，可不要给我们丢脸哦！”丁志飞半醉半醒地说。

我警惕地看着这突变的局势，什么时候矛头指向我了？

陆涵被迫端起酒杯，“林云，我干杯，你随意。”

我看着眼前的酒，心里翻滚起来，这酒我喝不喝都是错，如果我喝了陆涵的酒，那以前那些副总裁敬酒我却从来没喝过，如此一来得罪了其他所有副总裁。如果我坚持不喝，那会让陆涵在所有人面前面子扫地，我不愿意得罪所有人，也不愿意让陆涵没面子。我求救地看着陆涵，希望他能化解这一两难的局面。

可是陆涵对我的眼神视而不见，“林云，你就给我点面子吧！”陆涵把酒杯递到我手里。

我用眼神求助地看着陆涵，希望他能再一次发挥他的机智。见我迟迟不喝，其他人已经开始起哄。

“林云，陆总都这样说了，你再不喝是不是太不给陆总面子了？你不喝我们敬的酒没关系，可是陆总这么照顾你，你不喝不好吧？”常青权说。

“林云，你就喝一点点吧。”黄国华是我的直接领导，我多希望他能阻止，可是他的意思也是要我喝。如此一来，我更加不能喝。如果我喝了，那么就说明我跟陆涵交情匪浅，为了他甚至可以破例喝酒。可是如果我当众驳了陆涵的面子，陆涵以后如何面对这些高管？

陆涵拿过我杯中的酒，喝掉一半，“林云，我先替你喝一半，你就勉为其难吧。”

陆涵什么意思？他要我喝？他有没有想过如果我喝了，我就得罪了在场的所有的人。这个时候，他只考虑他自己的面子吗？我不禁生气起来，“陆总，你知道我不喝酒的。”

陆涵看着我说：“我知道，不要你多喝，你就意思意思。”

我心里开始反感，这不是喝多喝少的问题，关键时刻陆涵只顾他自己，他一点都没考虑我的处境和难处，我一直以为我在他心里不仅仅是同事或者下属而已。

“这是原则问题。”我的语气硬了起来。

“林云，这就是你不对了，陆总都这样说了，你怎么还能不喝呢？平时都是别人敬陆总，你多少要给陆总一点面子吧？”常青权说。

我有些厌恶地看着这些人，他们争权夺利为何要拖我下水，我是他们的工具吗？是他们的棋子吗？就因为他们是领导，所以就可以随便拿别人寻开心吗？

“原则也不是一成不变的。”陆涵说。我看着他，心里冰冷起来。我高估了他对我的好，在这样的场合，他只想要顾全自己，丝毫没有理会我的处境。

我泫然欲泣地看着这些所谓的高管，一个个因酒精的刺激，脸色微微泛红，兴奋地看着即将到来的好戏。我突然觉得有些悲哀，难怪其他同事一个个希望往上爬，因为在高处可以摆布人，在低处则必须被人摆布。两者之间，任何人都知道该如何选择，我第一次体会到了级别的重要性。

手机在这时突然响了起来，我一看来电显示，是唐弈！我从来没有哪一刻接到电话像现在这么激动，唐弈这个电话几乎是救命的。

我要去接电话，但是这些高管拦着不放，“林云，不可以这么跑掉啊！”

我拿出手机给他们看，他们一看是唐弈，马上不再阻拦。

“总裁！”我强忍住满腹委屈。

“林云，你现在可否去办公室一趟？省里的邵部长要一些资料，你方便马上整理出来给她吗？”

此时我怎么可能不愿意？我立刻答应，转身去里面拿包，“对不起，各位领导，总裁现在要我立刻回去整理资料。”

这些人都奇怪地看着我，“总裁要你现在回去整理资料？”

不怪他们奇怪，我自己都觉得不解，唐弈从来不会要求下属下班后还回办公室工作，当然高管不在此列。即使是高管，唐弈也会事先通知，不会这么突然。但是电话里的声音明明是唐弈，作为下属我只需要执行，不需要问为什么，“总裁就是这么跟我说的，领导们不信，明天问总裁就知道了。”

其他人马上表示，“哦，我们没有不相信的意思，既然是总裁的意思，那你赶快回去吧，别耽误了总裁的正事。”

“林云，我送你。”陆涵站起来说。

我面无表情地看了他一眼，“不用了，陆总，我自己打车就行，你们尽兴。”

陆涵还要坚持，我冷冷地看了他一眼。他终于不再说话，只是担忧地看了我一眼。

回到办公室，我看到唐弈发给我的邮件，只是一个评选而已，唐弈从来不热衷这些，怎么会晚上叫我过来整理这些呢？但是不管怎么说，唐弈的电话替我解了围，我不再多想，马上把他交代的事情做好。

离开办公室时，我环视着四周的夜色，莫名地悲哀起来。

第二天刚上班，几个高管陆续来我办公室跟我道歉，说昨晚酒喝多了，玩笑开过了头。我笑笑表示不会介意，心里却生出厌恶，打一棒子给一甜枣大概就是这种感觉。这天见到陆涵，我再也没有以前那种亲近感，可能心里生了排斥吧。对于其他来道歉的高管，我或许能当做什么都没发生过，可是陆涵，这近三年来给我的教导与关心，使得他在我心里与其他领导不同。就因为这种不同，让我无法云淡风轻，甚至无法不表露在脸上。毕竟我还年轻，我没有那么深的伪装功力。

晚上是公司的例会，领导们先走了，我默默整理完会议室，检查一遍才下楼。

黑暗中闪出一个人影，我吓了一跳。

“是我。”是陆涵的声音。我随即淡淡地问：“陆总还没走吗？”

“我在等你。”

“有什么事，明天上班再说吧。”我拒绝道。

“跟我来，我有话跟你说。”陆涵拉住我。

我挣扎起来，“放开我，我现在不想跟你说话。”

“你这样会引来保安，跟我走。”陆涵一句话就让我停止了挣扎。这其实有些可笑，我为何要怕保安过来？他身为副总裁，不是应该比我更担心吗？我为何要受他威胁？

不情不愿地跟着他上了车，车子驶到一个僻静处，我们都下了车，“林云，昨天晚上的事……”

我冷冷地打断他，“你想跟我说对不起吗？如果我没记错的话，你是第五个跟我道歉的领导。我只是一个秘书而已，受不起你们这么多领导的道歉。”

陆涵苦笑一声：“看来他们已经来安抚过你了。”

“那么陆总你呢？你把我拉出来不也是安抚吗？”

“林云，你在怪我？”暗淡的光线使他的脸若隐若现。

我看着他，坚定地说：“不，我应该谢谢你，你让我认清了自己的角色，你用实际行动给我上了生动的一课，我应该感激你。”

陆涵继续用祈求的口气说道：“你这么说，还说没有怪我？昨天晚上我是逼不得已。”

“你完全可以不跟他们一起起哄，可是你没有，你和他们一起为难我。我几次跟你使眼色，你都视而不见。如果不是总裁凑巧打电话给我，我不知道局面会怎么发展。”说到后来，我越来越愤怒，所有的委屈都喷薄而出。

“你没在我这个位置上，很多事情你无法体会，昨天这样的局面，我能怎么样？”陆涵无奈地说。

我哀伤地看着他，“你怕我影响了你的领导形象，你怕别人觉得你跟我过往甚密，所以你就用这种方式告诉他们——事实不是他们想的那样，是吗？”

“林云，昨天这样的场合，我没有第二种选择！”

“我只问你两个问题，你可否老实回答我？”我定定地看着他。

陆涵点点头。

“昨天你那么做的时候，你有考虑过我的感受吗？”

陆涵痛苦地摇摇头，“我考虑过，可是我想你那么聪明，一定会轻松化解。”

我冷哼一声，“我没你以为的那么聪明，是你自己把我想得太聪明。”

“林云，我知道这次是我不好，你一走我就知道我错了，我不是想把你牵扯进来，我一直都努力让你不要牵扯进来。昨天你也看到了，我也是被逼的，为什么你可以原谅他们这些挑起事端的人，而不肯原谅我呢？”

我在心里说，因为你和他们在我心里的位置不一样。

“我再问你第二个问题，你一定要老实回答我。事实上，你说的是不是实话，我感觉得出来，所以你不要试图骗我。”

陆涵郑重地点点头，“我从来都不曾骗过你。”

“从我进公司到现在，你一直都对我很好，至少我自己这样感觉。我想知道，你有真心对我好过吗？是不是因为我位置特殊，所以你才对我教导有加？”

陆涵难以置信地看着我，“在你眼中我是这种人吗？我从来没理会过你的位置，如果因为位置，我怎么不对艾琳好？怎么不对安娜好？”

“你有没有对她们好，我又不知道。”我嘴硬地说，心里却渐渐柔软起来，“那你告诉我，你有真心对我好过吗？”

“我怎么可能不是真心对你好？因为……我喜欢你啊！”陆涵突然抓住我的手。

我吓了一跳，下意识地想抽回自己的手，“我没问你这个。”

陆涵不理会我的挣扎，紧紧抱住我，“林云，我喜欢你，一直以来我都喜欢你！可是公司有规定，发生这种情况必须要走一个。我无法放弃自己的事业，也不想让你为我牺牲，所以我一直压抑自己的感情，希望在一个合适的机会再告诉你，至少安排好我们的未来。可是我不能忍受你疏远我、冷淡我，这样我受不了。”

我被陆涵突如其来的表白惊呆了，甚至忘记了挣扎。陆涵还在继续诉说，“你知道吗？我小心翼翼把握着我们的关系，生怕自己一个不小心控制不住。难道这么久以来，你一点感觉都没有吗？难道我这么失败吗？”

不等我回答，陆涵就吻上了我的唇。我本能地挣扎起来，他伸手将我扣住，很用力。我在他怀里动弹不得。他扣住我的脖子，在我唇上吮吸起来。我根本不知道该如何反应，大脑一片混乱，刚想跟他说话，他的舌迅速滑入，轻轻舔舐我的牙齿，我鼻中全是他身上清新的味道。

慢慢地，我不再挣扎，身子软了下来。如果不是他抱着，我肯定会瘫到地上。他的舌很灵活，不断挑逗着我。我的身子像着了火一样，想推开他，但是根本力不从心。甚至，我希望他不要停止。

“林云，你也喜欢我的，对吗？你喜欢我的吻。”

不等我抗议，他又吻住了我。他的吻绵长而热烈，像要把我烧成灰烬，不久又从我的唇上移到耳边，一下咬住我的耳垂。我受不了这样的刺激，不安地扭动起来，“不……要……”我的声音支离破碎，像从另一个世界传来，一点拒绝的意思都听不出来。

不知过了多久，他终于离开了我的唇。我气喘吁吁地看着他，他依然抱着我，我能听到他重重的吐气声。

“你还没戏弄够我吗？”我恼怒地说。

陆涵定定地看着我，“你还认为我戏弄你吗？话可以骗人，心可以自欺，但是身体和眼睛你认为也能欺骗吗？”

我愣住了，呆呆地不知该如何反应。

从第二天开始，我就疏远了陆涵。与其说疏远，倒不如说我不知道应该如何面对他，更不知道应该如何面对这份感情。

陆涵的表白在我心里引起很大的震荡，让我无法再回避自己的感情。扪心自问，我的确喜欢他，就因为喜欢他，所以他受伤的时候我那么愤怒，因为我心疼；就因为喜欢他，当营销系统来了美女时，我要下去一看究竟，因为我怕他动心；就因为喜欢他，当他逼我喝酒的时候，我那么悲哀，因为我认为他不在乎我。

可是当他真的表白了，我却开始迷茫。不管我们彼此如何有意，他的岗位和我的岗位是一个大问题。公司规定上下级与同部门之间如果恋爱，其中一个必须离开公司。虽然我和陆涵既不是直接上下级更不在同部门，可是我的职位和他的职位比这更敏感。我既不想影响他，也舍不得离开公司。陆涵没有再找我，只是每次看我的眼神都充满期待。

这种情况没有持续多久。五一放假回来，打扫办公室的阿姨告诉我，公司一位副总裁得了脑溢血，送到医院当晚就死了。听到这个消息后，我手脚冰冷，只想知道到底是哪位副总裁。我多么多么害怕那个人是陆涵啊，我后悔跟他闹别扭，后悔不理他。当我知道不是陆涵的时候，我才觉得自己活了过来，也开始明白我有多么在意他。

丁志飞的意外死亡让公司的局面发生了微妙的变化。公司原有五位副总裁，除了之前出事被开除的侯文林和如今已经不在的丁志飞，如今还有三人。除了陆涵，其他两人都没有跨国集团工作背景。出于战略上的考虑，不多久，公司又招了一个有跨国集团工作背景的副总裁。如此，空降派的力量大大增强。

丁志飞的死是直接促成我和陆涵的原因，我们都觉得生命太脆弱了。陆涵对我更胜从前，很多时候甚至有点刻意讨好的意味。尤其是在公众场合，他甚至会刻意表现出对我的亲近。我知道他是想用行动告诉我，他不是担心自己的前途。但是也局限于某些场合，如果唐弈在，陆涵一定会和我保持距离。我理解他的立场，所以也不苛求，他能做到这样，我已经心满意足了。也许，女人真的很容易满足。

在我和陆涵没有想好未来之前，我们决定秘密恋爱。平时在公司里依然和以前一样，周末的时候，他便带着我到处游山玩水，日子过得非常惬意。

一日，从苏州回来的路上，我问陆涵，“丁总死后，你们几个副总裁之间变得怎么样了？”

陆涵深深地看了我一眼，“林云，你别关心这些。说实话，我从来没想过要把你牵扯进去，这些事情太复杂，我希望你远离。”

我回望着陆涵，“可是你身在其中不是吗？那你觉得我远离得了吗？”

陆涵叹了口气说：“之前把你牵扯进来，的确是我做得不好。但是以后我会小心，一定会把你推离这个漩涡，以前的事情——别怪我。”

我笑着摇摇头，“我不是怪你，我是担心你，我很想帮你，可是我不知道可以做什么。至少你让我知道哪些是你的敌人，哪些是你的朋友。”

陆涵苦笑道：“傻瓜，职场上没有永远的朋友也没有永远的敌人，只有立场是否相同。你和以前一样就可以了，我知道你对我好，但是我希望我们之间是纯粹的，你不需要为我做任何事，你是我在这个集团里这么多年唯一相信的人，我只需要你永远相信我，不要猜测我。”

我不禁动容，默默地偎到他怀里，点点头。陆涵爱怜地抚着我的长发，重重地叹了口气。

“可是我还是想知道，即使我什么都不做，我也想知道你的处境，告诉我好吗？”我柔柔地问。

陆涵拗不过我，叹了口气说：“我是在董事长和总裁交接之际进公司的，当时我是第一个直接由总裁招聘进来的高管。常青权当时是跟总裁比较亲近的人，那时候他还不是副总裁，但在公司比较得总裁的信任。刚来的那段时间特别难，一些元老怕损害到自身既得利益，因为我之前的就职背景非常出众，又是在决策人交接之际进的公司，所以大家心里都有一种不安，而总裁又希望公司在他手里能上一个新的台阶。一边是阻力，一边是推力，我就是这个漩涡的中心。总裁的一系列变革需要我去执行，元老们清楚总裁是董事长唯一的儿子，他们不能反对总裁，所以我就成了靶子。

“在压力最大的时候，总裁甚至也一度动摇，如果那时候我没坚持下来的话，也就没有今天的我了。其他元老以反对的居多，可是常青权却一再支持总裁和我，在业绩连续翻番的时候，他也做上了副总裁。可以说他虽然文化程度不高，但是政治敏锐度却很出色。看到公司的业绩后，那些反对的声音慢慢小了起来，我在公司也站稳了脚跟。先前明里暗里为难我的人，也开始转变对我的态度，变得友好起来。”

我痴痴地看着陆涵，心疼地说：“我没想到你曾经这么艰难，我只能看见你现在风光的一面，那时候的你是不是特别孤独？”

陆涵笑着捏了捏我的脸，“别同情我。”

我拿开他的手，“我不是同情你，我是心疼你。那现在呢？我也曾听到过，常青权跟你似乎也不是那么融洽呀。”我斟酌着说。

“常青权当时支持我并非因为他跟我是朋友，而是他将宝押在我身上。如果我变革成功，他也是功臣之一，事业上必然会更上一层楼。可是一个人到了新的高度，他就会想着要更高的位置，甚至我也不例外。也许是文化教育上的差异吧，他很担心我再变革下去，到时候需要的都是跨国人才，公司不再有他的位置，所以他由支持转为反对。这也就是我为什么跟你说职场上只有立场。”

我点点头，“我明白常青权的心理，他跟你不一样，你有很好的教育背景和工作经历，可是他没有。可以说你离开公司之后，依然会有很多机会，可是他离开就什么都不是了，所以他一定要维护好现在的位置，对吗？”

陆涵赞赏地点点头，“你什么都看明白了，那还问我啊？”

“当然要问你了。”我理所当然地说，“我自己看的未必准确啊，当然是你告诉我比较好了，不过我今天真的很开心，你会告诉我这些，这说明你相信我。”

陆涵没有说话，握紧了我的手。我凝视着窗外的景物，默默看向天空，但愿我们之间一直能这样彼此信任，彼此扶持。

转眼又到了夏天。早上推开窗，路上的行人已经换上了夏装，看起来赏心悦目又朝气蓬勃。虽然我无法和陆涵在公司里手牵手地一起走，可是私下里他对我非常体贴，总会给我不一样的惊喜。沉浸在恋爱中，不知不觉日子过得很快。

这天下班后，蒋浩约我吃饭。我虽感疑惑，还是立刻赴了约。蒋浩亲切地问了我很多关于工作生活方面的事。虽然在同事嘴里，他是一个不太有个性的高管，可是毕竟当初是他招我进来的，我心里或多或少对他有一种亲切感。

“今天开完人力资源例会后，总裁主动提出应该将你目前的岗位职责进一步深化，应该让你在助理这个岗位上锻炼锻炼。”

我没有忽略蒋浩刻意强调的“主动”二字。看来陆涵猜得没错，唐弈比任何人都希望升我。也许如果此次唐弈要升的是别人的话，蒋浩早就在背后搭好台阶了，可是我是唐弈朝夕相处的人，蒋浩会比对其他人更谨慎。

“总裁是个好领导，很愿意给下属机会。”我诚挚地说。

蒋浩赞同地点点头，“总裁的确是难得的好领导，林云，你有没有信心为总裁分担更多的工作？”

我定定地看着蒋浩，他这句话再明显不过了，只要我说一句有信心，那么总裁助理这个位置必定属于我，可是想到和陆涵的未来，我有一丝犹豫。我借口有事，去卫生间打了个电话给陆涵，我以为陆涵会和我一样犹豫，可是他只说这是一个好机会，要我好好珍惜。

“总裁真的是个很好的领导，我珍惜为他工作的机会，我愿意为总裁做更多的事情。”回来后，我诚恳地说。

“林云，总裁助理这个岗位比较特殊，按照级别上讲，算是公司的中层干部吧。但是因为是直接协助总裁的，所以按照惯例，我作为人资部的领导，应该找你谈谈。我觉得在办公室里谈比较拘束，就安排了今天请你吃饭，你要是有什么想法或者建议，可以放心大胆地跟我说。”

其实我猜不出蒋浩到底是纯粹地请我吃饭，还是有其他意思，我只知道他突然对我表现得过于亲切，而他一般给人的形象比较严肃。当下我也只能奉行多听少说的原则，以免言多有失。

果然，两天后，我就正式被提为总裁助理。看见唐弈，我居然感到不好意思，好像学生时代突然被班主任委以重任的那种心情。

虽然我并不在意这些虚名，可是心里依然非常高兴。薪水上的变动对我来说并没有太大的诱惑力，可是以后唐弈和陆涵他们决策的时候，我有了更多的参与权和旁听权，这才是我最高兴的地方。

可是还没等我高兴几天，我却渐渐感到不安。这种不安是陆涵给我的，我感到他对我说话不似以前那么随意和毫无保留，从几件小事就可以看出。

朱莉和李微微一直在争经理这个位置，我曾问过陆涵更属意谁，可是陆涵顾左右而言他，根本没有告诉我他的真实想法。在我不是总裁助理的时候，他连副总裁们之间的微妙关系都能告诉我，可是现在对我却不再敞开心扉。

还有一次和陆涵吃饭，我明显感到他心不在焉。吃完饭，他就要结账走人，而我磨磨蹭蹭不想那么快就跟他分别，可他依然决定要把我送回去。我有点不高兴，他脱口说了一句，“我还是早点把你送回去吧，等下如果总裁找你呢？”

我莫名其妙地看着他，“今天是周末，总裁为什么要找我？”

“他周末不找你吗？我看他跟你很是亲近呢。”

“那也只局限于上班时间啊，周末是私人时间，我又没卖给公司。”我笑着回答陆涵。

“现在你是总裁助理，他所有工作你几乎都要参与，你们周末能不联系吗？”

我恍然大悟地笑起来，“你吃醋了啊？”

陆涵微微红了脸，“我怎么可能吃醋？我是怕你刚上任事情多，怕他要找你。”

我撒娇地摇着陆涵的手臂，“总裁最近周末的确会找我，可是他一般只是吩咐事情，又不会叫我人过去，不影响我们在一起的嘛。”

“林云，你说我们的事情要是被大家知道，别人会怎么看我呢？”

我有点不高兴地说：“你的意思就是我在害你喽？”

陆涵一见我不高兴了，赶紧哄我道：“你啊，就是喜欢胡思乱想。我知道自己在干什么，何况我们相恋完全正常。”

听陆涵这样一说，我立刻就心软了。我知道他跟我在一起承受着事业的压力，我又怎么忍心再去为难他呢？

我安慰自己说，也许他只是一时不适应我职位上的变动。以前虽然我是唐弈的秘书，可毕竟日常的事情多一些，现在是天天跟着唐弈进进出出，无论是开会还是其他活动，我陪着的那个人肯定是唐弈不是陆涵，陆涵心里失落也可以理解。

后来我才明白，陆涵介意的远远不只是这个。我是公司里的人，又是唐弈的助理，也许公司里其他人只会觉得唐弈对我比较宽容和栽培，可是陆涵却若有若无地表示唐弈如此对我，是源于他对我有男女之间的喜欢。随着工作上的深入，我们三个人的关系变得非常微妙和尴尬。因此陆涵无法像以前那样对我，即使他心里并不想这样，可是他却控制不住自己的行为。可能陆涵自己都没料到总裁助理这个位置会给我们带来这样的变化。

如果我知道助理这个职位会让陆涵介意，我宁愿不要升职。可是升职难，要让自己回到之前，更是不可能。而我能做的只是以实际行动告诉陆涵，我的心永远都偏向他，不会因为唐弈对我好而有所动摇。

第十章 匿名邮件

为了让陆涵调整自己，我没有像以前那样频繁地去找他。我知道我天天跟在唐弈身后进出，对他而言是种折磨。如果他身边天天跟着一个女孩子出现在我面前，我也难受。可是如果我真的去找他，他也未必高兴。因为他担心唐弈不高兴，如果唐弈真的不高兴，陆涵又怎么可能高兴得了？我想办公室恋情牵扯的东西必然比一般恋情更多，这也算是对我们的考验吧。

我只能给他时间让他自己调整，我相信陆涵能想明白这中间的利害关系。虽然我不再那么频繁地找他，可是我对他的依恋却日益加深，所以我比任何时候跑营销系统都频繁。

“有的人自以为很聪明，可是被人利用了却还在那沾沾自喜。”说话的人是朱莉，而且似乎是说给我听的，眼里还有那种掩饰不住的轻蔑。如果说以前朱莉这样对我，我能理解，可是最近她对我殷勤备至，突然又换回以前的嘴脸，我一时还不习惯，更不明白她为什么会有这样的转变。

“思萌，朱莉怎么了？我得罪她了吗？”我绕到李思萌那里，小声问她。

“你自己想想喽。”李思萌一副事不关己的样子。

“我怎么想得出来，我平时跟她接触又不太多，你要是知道的话就告诉我嘛。”

“之前我就提醒过你，朱莉和李微微的事情你不要参与，让她们自己折腾去，你为什么不听我劝呢？你现在是总裁助理，犯不着跟她们搅到一块去。”

我一头雾水，“我从来也没有参与过啊，你应该了解我的性格，我怎么可能去插手这种事，到底怎么回事？”

“你真的没有？”

我举起右手，“我发誓！”

“李微微去参加经理课程培训了，这不是你推荐的？”

我立刻明白过来，几天前，李微微和我在公司餐厅吃中饭，蒋浩正好也过来。因为他之前请我吃饭，所以我就邀请他和我们一起。李微微跟我说起一个经理培训课程，我根本不了解那个课程。她跟我说很想去，问我好不好，我随口答了一句说挺好的，之后马上就忘记了此事，只以为是李微微和我随便说说而已，而最后一句蒋浩也听见了。我当时根本没有在意，看来李微微拿此做文章，我不禁有些生气。

“她是有问过我怎么样，我根本不了解那是什么，随口说了句挺好的啊。我连那课程是什么都不知道，怎么可能是我推荐她去的呢？”

李思萌听我这样一说，也相信我说的是真话，“她跟朱莉说你和她还有蒋总监吃饭的时候，连你都说这课程不错，所以蒋总监就给了她这次机会，培训这种事属于员工的培养范畴，决定权在HR，连我们老大也不好说什么。所以朱莉非常不爽，她这么对你也就不奇怪了。”

对于李微微这样的行为我有些恼怒，但是朱莉这样反复的态度，更是让我气愤。

“只是个培训而已，她至于吗？”

“你傻啊，现在她和李微微之间会产生一个经理，你要朱莉当李微微的下属？那不比杀了朱莉还难受？所以现在的任何举动都有可能是预兆，朱莉能不着急吗？最近李微微的动作也不少，尤其是朱莉过去在公司里的那些绯闻，她可没少散播。这两个人都不是什么好鸟，你能保持距离就保持距离吧。反正你现在是总裁助理，完全可以说自己工作很忙。”

我笑笑，只要她们的内斗不涉及到陆涵，我只会当闲来无事的谈资，我料想她们两个也没这么大的能耐。

可是随后李思萌无意中却告诉了我一个消息，可能朱莉觉得李微微动作频繁，所以她改变策略，现在经常越级去找陆涵。

不知道为什么，听到她去找陆涵，我觉得心里像被什么堵住了，是因为朱莉长得太漂亮了吗？我明明知道陆涵绝对不会喜欢她，可是我却总是放心不下。也许我和陆涵都是一类人，就如我一直以行动告诉他，我不会对他变心，可是他依然因为我和唐弈的亲近而耿耿于怀，我想在这点上，我和他是极其相似的。

可是我依然错误地估计了陆涵对我的感情和我自己的度量。

那天是陆涵生日，陆涵和其他副总裁不同，他不会只和高管庆生，中午他一般会和自己系统的人庆祝，晚上再和其他高管一起庆祝。他让助理来邀请我，此举既显示了他和我关系比较亲近，又告诉别人我们的关系只是因为工作原因而比较近而已。我知道陆涵做事向来滴水不漏，我也愿意配合，更没有因为他邀请我是中午而不是晚上感到不高兴，虽然晚上的宴请级别要高很多，我知道陆涵是怕再出现上次一样的局面，心里因他的体贴而微微感动。

席间，朱莉替陆涵招呼大家，又忙不迭地替陆涵倒酒盛汤。我冷眼看着，一股气慢慢积聚起来，只是不能发作。起初陆涵还会适当照顾我，可是大家频频敬酒，陆涵渐渐有了醉意。我坐在他身边，却不能阻止也不能提醒。因为我没有立场，趁大家不注意，我用脚踢了踢陆涵，陆涵疑惑地转过头来。

“林云，我知道你不喝酒，所以我也不勉强你了，你自己照顾自己啊。”

我皱皱眉头，小声说：“下午还要上班呢，你把握分寸。”

陆涵哈哈一笑，转身却跟朱莉说：“朱莉，林云看来是担心我们的酒量啊，你说我喝多了吗？”

“陆总，您是千杯不倒，怎么可能喝多呢？”朱莉说着又替陆涵倒上一杯。

“林云，听见没有？”

“我听见了。”我不高兴地说，“如果下午总裁找你呢？你打算喷着酒气跟他说话吗？”

陆涵笑得更放肆了，“林云，不是我说你，你真的有点扫兴，这个时候你提总裁干什么，多扫兴？你要多学学朱莉，你看人家多善解人意，这样才能有气氛嘛。”

我难以置信地看着陆涵，他知道自己在说什么吗？酒后吐真言，这些是他平时不敢说的话，现在借酒发泄对我的不满吗？再看朱莉，笑得一脸灿烂，神色间对我充满挑衅。

我强迫自己平静下来，拿起饮料与陆涵碰杯，“陆总，谢谢您今天的邀请，我要去准备申报资料，就先行离席了。”

“林云……”陆涵失态地叫了我一声。

我对陆涵灿烂一笑，“陆总您太好客了，我也希望能和大家狂欢到结束，可是我还是得先把工作做好。”

说完，我优雅地站了起来，只是我心里很清楚，我和陆涵之间的裂痕已经不可避免地形成了。

我强迫自己不要去想陆涵的话，可是却怎么也做不到。他的话就像针一样刺在我心上，一阵阵的疼。他说话的时候没考虑过我的感受吗？他怎么忍心这样刺激我呢？

第二天陆涵就借着公事来找我了，我对他有礼却疏远。我很清楚他昨天根本没有喝醉，他知道自己做过什么，说过什么。

一连几天我对陆涵都是如此，他试探着约我吃饭，但是我都以工作忙为借口推辞了。

这天，我下班后刚到门口，他就开车出现在我面前，“林云，你上车。”

“陆总，我晚上有事。”我淡淡地拒绝道。

“我知道你晚上根本没事，你也不想别人看见我们在这里僵持不下吧，有什么话上车再说。”

权衡了一下，我选择了上车，心里忍不住对自己鄙视一番。

陆涵直接把车开到僻静处，依然如上次一样。我也依然在整个过程中不发一言。

“林云，你在生我的气吗？”

我心里冷哼一声，明知故问。

“你告诉我，我哪里做错了？”

我犀利地看着他，忍不住挖苦道：“陆总，你就不能直接一次吗？”

“是不是上次我喝多了，说了什么不该说的话？”

“既然陆总喝多了，怎么还会认为自己说了什么不该说的话呢？”我毫不留情地揭穿他。

“林云，喝多了的话不能当真，有的时候我自己都不知道自己在说什么。”

“陆总，你没听说过一句话吗？酒后吐真言。”

“你别一口一个陆总，我听着不习惯。”

我淡淡一笑，“你本来就是陆总，有什么不习惯的？”

“你别这样嘛，如果那天我真说了什么不该说的话，我道歉。”陆涵哄我。

“很委屈你是吗？你是不是觉得自己很冤枉？”

陆涵烦躁地皱皱眉头，“我求求你别这样，有什么不高兴的，你都说出来。我们上次不是说好了吗？你打我骂我都可以，就是不要和我冷战，我受不了这个。”

我看着他，不说话。陆涵放柔声音，“林云，我们不是说好要相互信任的吗？有什么不满你不要憋在心里，这样你累我猜得也累啊，我们坦白一些好吗？”

“陆总，我只问你一句话，你还记得你要我学朱莉吗？你要我学她什么？学她跟很多男人不清不楚吗？”

“这话怎么说？朱莉和很多男人不清不楚吗？”

我回避道：“我不知道，你也不用把话扯到她身上去，我和你之间的问题和她无关。既然你要我学习她，可见你对她是多么满意。”

“好，林云，我今天和你坦白，我的确记得我说过什么，但是我对朱莉绝对没有其他意思。这段时间我天天看着总裁和你那么亲近，看着他越来越开朗，甚至还开始跟大家开玩笑，我知道是你改变了他。我更清楚你在我面前和在他面前完全不一样，在我面前，你还有成熟的一面，可是在他面前你就完全是个孩子。总裁他对你多好，大家心里都有数，我知道你不能阻止别人喜欢你，可是那天你拿总裁来压我，我就口不择言了。”

“我哪有拿总裁压你？而且我和总裁之间清清白白。”我辩解道。

“我知道你们没有什么，我自己也很矛盾。我担心他对你不好，这样你在公司里的处境就会不妙。可是我又担心他对你太好。我知道那天是我不对，其实你一走我就后悔了，我真的不想让你不开心，因为你不开心了，我会更不开心。”

我定定地看着他，没有说话，心已经渐渐变软。

“宝贝，我是被自己的情绪左右了，你原谅我这一次好不好？”

“这些真的是你的心里话吗？”

陆涵认真地点点头，“我发誓，如果我有一句谎话，我就是混蛋。”

我没好气地白了他一眼，“你别客气，你本来就是。”

陆涵一把搂住我，“好，我都承认，那你原谅我这一次好吗？”

“我很想原谅你，可是我怕还有下一次。”我心里已经彻底不计较了。

“我保证没有下一次了，以后我把酒戒了。”

我不解地问：“这和你戒不戒酒有什么关系？”

他认真地看着我，“当然有关系了，你两次和我闹别扭，都是因为我的酒后行为，所以以后我不能再喝酒了，以免又说错话。等下你不高兴，又不理我了。我最怕你不理我了。”

“你少来，我不理你有什么要紧的，朱莉肯定会来理你。”

“宝贝，我求求你别再挖苦我了，我错了还不行吗？”陆涵跟我撒娇。一个成熟男人撒起娇来，竟是如此让人硬不起心肠。

“那你答应我一件事，我就原谅你。”

“好！多少件我都答应。”

我没好气地白了他一眼，“我还没说什么事呢？如果我要你去杀人放火呢？”

“那我也干，然后我就带你亡命天涯，做一对逃犯。”陆涵想也不想地说。

大概女人都喜欢听甜言蜜语，陆涵的话让我所有的怒气都消失了，“好了，不愧是销售副总裁，口才了得呢！”

陆涵笑着跟我打趣："口才了得怎么还会老说错话得罪你呢？"

"那说明你是存心的。"我赖皮地说。

"好了，我们不说这个了，你到底要我答应你什么？"

我依恋地偎到陆涵怀里，"以后不管你心里有什么想法，都告诉我好吗？我希望我们之间能够做到相互信任。"

陆涵郑重地点点头，"好的，我会做到。"

我抱紧陆涵，心里却没多少把握。

经过这一次，我知道我对陆涵的感情已经越来越深。可是，摆在我们面前的现实也让我越来越纠结。乔菲从国外打电话过来问我的近况，我把这事告诉她。她听后什么意见都没发表，只说了一句，"感情的事，顺其自然吧。"

没有其他的解决办法，日子也只好这么一天一天地过下去。

这天，陆涵匆匆走进总裁室，神色严肃地看了我一眼。我不明就里，呆呆地回望他，这个情景又让我想起那次举报分公司经理贪污的事，陆涵当时似乎也是这个表情。

大概十分钟后，陆涵出来了，依然是看了我一眼，匆匆离去。我暗暗寻思最近发生的事情，猜测他与唐弈到底在谈什么，缘何陆涵会再次出现这种表情。难道是又有人举报贪污事件，所以陆涵才会如此？这两年来陆续也处理过这样的事情，可是并没有再出现这种表情，到底是什么事呢？今天到底发生了什么？

我拿了一份待批文件去找唐弈，偷偷观察他的表情。可是唐弈一如往常，甚至比平常心情还好。我更加不解，如果是公司里发生了什么不好的事情，那唐弈不应该高兴的啊。缘何唐弈如此愉悦，而陆涵却神色严肃呢？

一上午就这样在猜测中度过。下午刚一上班，陆涵就来找我，直截了当地说有事想问我。

“你想问我什么？”我不解地问陆涵。难道此事与我有关？可是如果真的与我有关，不应该他跟唐弈的表情反差如此之大啊。

“上次你跟我说了一半不肯再说的事情，到底是怎么回事？”毕竟我和陆涵私下里是恋人关系，他也不跟我拐弯抹角。

“什么事情？”我迅速在脑海里搜索起来。

“就是上次我无意说了句要你学习朱莉，你勃然大怒的那一次。”

想起那次，我忍不住笑了起来，陆涵诚然不该如此说，不过我也把他惩罚得终生难忘。我原谅他之后又觉得不解气，还让他手抄了一百遍“宝贝，我错了，以后我再也不敢了，求求你不要离开我，你离开我我就活不下去了。”起初他不肯，嫌太幼稚，后来拗不过就抄了一遍，然后以复印的形式交了差。

“我不早就原谅你了嘛，干吗还提？”我娇嗔地看了他一眼。

“可是现在有人把这件事以匿名邮件的形式发到总裁那里，早上总裁把我叫去了解情况。”

哦？我立刻在心里分析起种种可能。以匿名邮件的形式发给唐弈，会是谁呢？是谁这么想置朱莉于死地？销售部里几个女孩子的身影迅速在我脑海里闪过。这件事早就是公开的秘密了，为何当时没有人这么做，而现在已经时过境迁才会告到唐弈那里？虽然大家都对朱莉的行为感到不齿，可也只是平常在背后不屑她的行为而已。她们有这么大的魄力吗？没有发给销售总监，没有发给陆涵，直接发给唐弈。

从表面看，最大的可能就是李微微，可她明知道自己是嫌疑最大的人还会这么做吗？或者她反其道而行？这个人等了一年才发这封邮件，有如此的耐心和如此沉稳的心态，我们公司有这样的人吗？如果有，实在太可怕了，而且是藏匿在我们其中。他（她）在暗，我们在明。

“那你怎么看？”我最想知道的是陆涵怎么想。

“上午我已经找过当事人了，这件事情纯属谣言，是有人在那里捏造。”陆涵愤愤不平地说。

我有一丝悲哀，如果陆涵跟别人这样说，我完全能够理解。无风不起浪，他连我都不相信了吗？

“既然你认定这是捏造，那又何必动气？”我淡淡地说。我明白陆涵否认是为了部门荣誉，可是我对他全心全意，就算我不喜欢朱莉，我也一定会维护他部门的人。

“林云，这件事有多少人知道？”

“你为什么不去问你的下属？”我定定地看着他。

“因为……因为我知道，只有你不会骗我、隐瞒我。”陆涵深深地凝视着我。

“该知道的人都知道了，不知道的人只有你和总裁。”我如实说，陆涵难得如此表露他的想法，我终究做不到狠心不理。

“原来已经闹得这么大了？”陆涵苦笑道，“大家都相信吗？”

我微微一笑，“聪明如你，你认为呢？大家与当事人非亲非故，自然没有为她辩护的理由，当然是宁可信其有，不可信其无。”

“那你呢？你相信吗？”陆涵紧张地看着我。

我脸上的笑意更深了，“只要当事人不是你，我不关心，无所谓信与不信。”

“你说我应该怎么办？”陆涵突然露出孩子气的一面。

“怎么办？置之不理，静观其变。”

“就随大家去议论吗？我不管？不用去辟辟谣？”陆涵继续问。

“你想怎么管？怎么辟谣？你能让大家相信这是谣言吗？”我回视着他。也许连他自己都不相信这是谣言吧，“谣言止于智者，不管是否是谣言，时间长了，自然也就淡了。如果是谣言，自然有不攻自破的一天。如果是事实……”我顿了顿，目不转睛地看着他，“亦会有后续发展，所以你不必太操心。”

“林云，这个是谣言。”陆涵再一次跟我强调。

我轻轻一笑，掩饰住心里的失落，他终究不能做到完全相信我。难道我会去唐弈那里出卖他吗？我们两情相悦，却无法两心相通啊。

唐弈并没有问我此事的真假，甚至没有让我知道。以前其他人发邮件告状，唐弈都会转发给我，并问我的意见。我以为这次他也会问我，可是他并没有，甚至提都不曾提过，后续如何发展我也并不知情。

不久后，我在唐弈桌上看见两份情况说明。我大概看了一下，放回桌上。这是意料中的事情，即使是杀人犯在没有证据之前也不会承认自己杀人，何况这种没有证据的事情？

只是当事人应该不会料到唐弈对我如此信任，不然也不会否认全部事实吧？我不知道邮件里到底罗列了哪些事实，但是从这两份说明上看，似乎并不严重，甚至应该没有任何无法辩解的事实，等等……想到这里，我脑海里突然闪过另一种可能，发匿名邮件真的能斗倒朱莉吗？这么几天过去了，朱莉并未受到丝毫影响，难道发邮件的人只是为了出一口气吗？除非……我被自己的想法吓了一跳。

一个月后，朱莉的经理任命文件依然按时下发。路过销售部的时候，我还是忍不住走了进去。李微微抬头看了我一眼，眼中是深深的挫败，与朱莉的意气风发形成鲜明的对比。朱莉看到我，笑得妩媚灿烂，“林云，晚上我请大家吃饭，你也一起来吧。”

“好啊！”我笑得更加灿烂。我此去，只为确定一件事情。

“今天也不是正式请大家吃饭，只是因为最近一直出差，跟大家相聚的时间少，所以找个机会大家一起吃顿饭。”刚一落座，朱莉就满脸笑意地对大家说。

我看了一眼在场的人，该来的都来了，每个人表情各异。不过依然纷纷说了些恭喜的客套话。

我静静地看着这一切，似乎完全是个局外人。这里每一个人都曾在背后对朱莉愤愤不平，都在背后议论过她的“事迹”，甚至预言她最终不会有好下场。可是面上，依然得上演一出姐妹情深的戏码，原来每个人天生都是演员。

“林云，很谢谢你能来接受我的邀请，我敬你一杯。”朱莉含笑看着我，眼里却都是挑衅。

我拿起饮料与她碰杯。

“我用酒，你用饮料，似乎太不给面子了吧？”朱莉斜睨着我说。酒让她的脸颊微微泛红，愈显得风情万种，连我都不得不承认，她的确很漂亮。

“我从不喝酒。”我淡淡地说。

“那如果你陪总裁去应酬呢？”

“他知道我不喝酒，不会勉强我。”我依旧淡淡地说。

“那是，你是不需要喝酒，因为你是他们眼中高贵的公主，自然不需要勉强自己，我敬的酒，你更可以不喝。”

她在激我！工作三年多，我已经不如刚一进公司那么喜怒形于色了。当下只是微笑着说：“每种生活方式都是自己所选择的，别人如何对待自己，关键在于自己。”我一语双关。

“朱莉，林云不是营销系统的人，不喝酒也正常，你也少喝点，现在又不是应酬客户。”华北行政关婷婷说。但是在她脸上，我却看不到丝毫的关心之色。

晚宴结束后，李微微邀我一同回去，正好我也有很多疑问。

“林云，你知不知道前段时间有人发匿名邮件到总裁那里的事？”

我定定地看着她，难道真的是她做的？那她也太不聪明了？这件事当时只有我、总裁、陆涵及当事人知道。总裁断然不可能泄密，陆涵只告诉了我，而我并没有告诉任何人，难道是朱莉自己说的?

“你为什么觉得我会知道？你又是怎么知道的？”

“你别误会，不是我发的。”李微微看出我眼中的疑惑，赶紧澄清道，“其实我们营销系统几乎已经全部知道了，具体大家是怎么知道的我也不清楚。但是我知道大家肯定觉得是我发的，因为我跟朱莉利害冲突最严重，她要是倒了，最能获利的就是我。”

我不说话，等着她自己说下去。

“我明知道只要这样的邮件一发，大家首先怀疑的人肯定是我，那我又怎么可能发这样的邮件呢？”

“那你认为是谁？”我不动声色地问。

“我也真的想不出来，其实大家都讨厌朱莉，可是真要这么做，似乎也需要很大的冲突，我也猜不出来具体是谁。”

“那你觉得最有可能的是谁？”

“我真的猜不出来，我觉得谁都有可能，因为每个人都有动机。”

“那你岂不是最有动机？”我笑着问。

“我知道。”她黯然地说，“不但你们这么认为，连顾总监都这么认为，所以他现在看见我也没好脸色。”

“那你没仔细分析一下吗？”

“我一直在仔细分析啊。”李微微不解地看了我一眼。

“你也别太介意了，事情总会过去的。”我不痛不痒地安慰道。

李微微成为此事直接的受害者，无论她有没有做过，领导已经在心里认定是她。然而我又听到另一种猜测，说那邮件是朱莉自己发的，因为这样一来所有人都会以为是李微微，朱莉就用这一招，将李微微彻底打败。只是事实到底是怎么样的，恐怕只有那个发邮件的人自己清楚。

朱莉，春风得意。

李微微，一蹶不振。

三个月后，李微微被派往实地。其实大家心里都很清楚，除非整个销售系统大变革，不然她恐怕再没有机会回来了。

我心里有淡淡的伤感，为她亦为自己。回想起曾经的合同事件，如今看来真是不值一提，与她们的斗争相比，根本微不足道。

“林云，你不开心啊？”陆涵柔声问。

“有点伤感吧。”我感叹地说。

“别这么多愁善感，我喜欢你笑。”陆涵心疼地抱抱我。

“你可不可以告诉我，你到底怎么看朱莉？”我突然问。

陆涵皱了皱眉说：“我不想去评价她，我只能说她工作能力不错，为公司签了不少单子，至于其他的，我并不关心。因为在我心里，已经有了一块珍宝，我以前告诉过你，对公司里的女孩子我是选择保持距离的，这点你应该明白。”

“可是，我似乎也是公司里的女孩子。”我不满地说。

“你是一个意外，我职场生涯中的意外，其实以前我很排斥办公室恋情。”陆涵吻吻我的额头，丝毫不理会服务员进来。估计这些服务员也见多识广，眼皮都不曾抬一下，放下水果便退了出去。

“那你后悔过吗？”我抬头看他。

他笑着揉揉我的长发，“你应该了解我啊，我做事很少会后悔。”

“你说那封邮件会是谁发的？”

“这件事情已经过去了，是谁发的我不关心，我要的只是一个平衡——营销系统的平衡。如果那些女人再跟你说什么，你不要理会。我知道因为我平时对你亲近，总裁对你包容，这些女人会想方设法接近你。我不希望你被牵扯进去，更不希望你被人利用，我只希望你开开心心的。”

我叹了口气，“你相信我吗？”

“傻瓜，我当然相信你了。”陆涵宠溺地捏捏我的鼻子。

“不，我觉得你并不相信我。”

“怎么了？是不是我哪里又惹你不高兴了？”陆涵担心地问。

“没有，只是感觉，感觉你并不相信我。”

“林云，你要我怎么做你才不再怀疑我呢？你说我不相信你，那你为什么不肯相信我呢？我的任何事情我不都对你毫无隐瞒吗？如果你是指公司里的事，我只能说，无论我怎么做，都是为了你好，我做什么都是为了保护你，以后你会明白。”

他眼里有无奈、伤心、深情。我真的错怪他了吗？他真的完全相信我吗？为何职场中的爱情就必须相互防备呢？

第十一章　职场永远出乎意料

李微微走后，朱莉俨然独当一面。但是一个人的精力总归有限，更重要的是因为经验有限。就这样，一个月后，HR 招进一个叫肖安妮的女业务主管。我一直在想要不要了解一下这个肖安妮，想不到她主动向我示好。

周一上午，有重要领导来公司视察。上至唐弈、陆涵亲自迎接，下到各部门人员全体出动。现在的唐弈已经不是我三年前认识的唐弈了。虽然依然内敛，却不再沉默得可怕，对于一些外事活动也不再那么排斥。除了陆涵之前提过，公司里很多人也暗指是我影响了唐弈，我却不置可否。

“思萌，听说你们部门来了新人？”迎接领导的时候，我趁机向李思萌打听。

李思萌点点头，眼神往远处瞟了瞟，“就是那个，叫肖安妮。”

我顺着李思萌的视线望去，肖安妮身材中等偏胖，五官分开来看都很不错，但是组合在一起却没有应有的出众。不过虽然五官上没占优势，可是她有另一个优点。我第一眼望去就觉得她有一种亲和力，一种让人放心与之交往的谦和。

“她人怎么样？”我淡淡地问。

“比朱莉好多了，安妮为人比较大度，不爱计较，平时也比较照顾别人的感受。”

我微微一愣，李思萌资格老，一般新人进来她都会摆一下谱。而朱莉生性骄傲，从不买李思萌的账，所以两人关系紧张。也因为这个原因，李思萌对我这个朱莉不待见的人才会比较亲近，也许正应了那句话“敌人的敌人就是朋友”。

肖安妮才来了短短几天，就能让李思萌对她有如此评价，不能不说此人在为人处世方面有独到之处。

“林云，总裁似乎在找你。”沈蔓过来说。

一听唐弈找我，我不敢耽搁，赶紧往回走。不料，却一不小心与一个女孩子撞到一起。撞一下本没什么，可是她鞋上的装饰扣勾住我的黑色丝袜，立刻拉出了一个明显的大洞。我低头看着袜子，思索着补救的办法，洞太大又是黑色丝袜，无论如何也遮掩不住，我不禁暗暗懊恼。

“袜子勾破了啊？我包里有新的备用袜子，我去拿给你。”我抬头一看，竟然是肖安妮。

换作平时，我肯定会拒绝，但是今天这样的场合，容不得我拒绝，“谢谢你了！”换上袜子，我笑着道谢，“改天买了还给你。”

“还什么，一双袜子而已。”她大方地笑道。

“幸亏你有备用袜子，不然我今天就丢人了。”我笑着说。

“可能做销售的经常在外面跑，容易碰到问题，平时我都喜欢备些常用的东西在身边。”肖安妮温和地笑笑。

我心中暗暗思忖，李微微对人虽然极为周到，但是刻意的成分太多，让人一眼便能看出其目的。朱莉虽然为人处世方面不够聪明，但是她对男人的确有一套，心机也不差。而肖安妮介于两者之间。

几天后，我没有真买双袜子还给肖安妮，而是以感谢为名请她吃饭，她也欣然应允。只是吃完之后她执意买单，这倒让我欠了她更多人情。

这段时间公司的业绩非常好，陆涵提议试点的几个区域完成得尤其好，但是我还是忍不住替他担心。他打算把公司整个销售体制全面改革，有不少地方和市场运作挂钩。常青权不止一次在会议上提出反对意见，余秀珍更是在预算上处处为难。可陆涵下了决心，一定要改革体制。我很赞同他的做法，公司要成为真正的500强企业，绝对不能墨守成规。

“这个月的任务我们完成得相当好，各项指标都达到了预期的要求，尤其是费用上没有任何一个区域超支。甚至连原先不被看好的几个地方，也都完成了公司布置的任务。”陆涵在会上侃侃而谈。我微笑地看着他，又去看唐弈。唐弈脸上看不出任何表情，似乎陆涵在陈述的是其他公司的业绩，难怪其他人都说唐弈太喜怒不形于色。

“总裁，公司的业绩这么好，你怎么一点表情都没有啊？”我小声跟唐弈说。

唐弈微微点了点头，算是对我说的话给了回应。

“如果营销系统年底完成任务，除了奖金，你还打算怎么奖励他们啊？请他们吃饭还是旅游？”我替陆涵感到高兴，忍不住又多问了几个问题。

“专心开会。”唐弈收敛神色，语气中却毫不严厉。

我依言正了正身子，碰到陆涵投过来的意味深长的目光。再环顾一下四周，没有人注意我，只有朱莉冷冷地看了我一眼。

“这个月业绩最好的依然是朱莉，朱莉已经连续三个月蝉联冠军了，真是巾帼不让须眉。”陆涵说着又看了我一眼。我回他浅浅一笑，陆涵清楚我爱吃醋的毛病，夸女性之前总是习惯性地观察我的反应，看看我有没有不高兴。

朱莉微微笑着，脸上有掩饰不住的骄傲，看向我的眼神更是得意非凡。我笑着移开视线，不再看她。

“接下来还有三个重要的单子需要在年底完成，这三个单子只要能成功签下两单，那今年业务这块的任务就算圆满完成了。关于这三个单子，顾德明划分一下，务必要签成，不容有失。”陆涵进一步说明接下来的任务情况。

顾德明沉吟了一下，“万丰的单子由朱莉负责，天诚的两个单子就由肖安妮负责吧。”

我看向肖安妮，见她对我轻轻摇了摇头，脸上尽是无奈之色。顾德明如此分法，也许唐弈和陆涵会觉得没什么私心，因为天诚两个单子的总额比万丰要大。可是之前和肖安妮吃饭的时候，她曾跟我提过这三个单子。她也有意于万丰，因为万丰这个单子几乎十拿九稳，而天诚这两个单子，机会渺茫。

我看向顾德明，心里忍不住厌恶起这个男人来。先是丽娜，再是朱莉。如果只是一个，可以说是心不由己，但是一个接一个就是人品问题。

也许我真正讨厌他的原因是因为陆涵，放眼整个营销系统，只有他可以与陆涵抗衡。如果他真心奉陆涵为上司，对于他这些事我会睁只眼闭只眼，可他一直对陆涵的位置虎视眈眈。

“总裁，安妮的单子，我想跟去学习。”我突然要求道。

唐弈一愣，如果这是在办公室，他必定马上拒绝我的要求，但是在人前他都会顾全我的颜面。我就是拿捏住了这一点，所以才当众提出来。即使被他拒绝，也不丢脸，别人都清楚那是因为唐弈爱护我，所以不肯放我下去。

“跟单不是你想的那么简单。”唐弈忍耐着说。

“总裁，我知道，可是也要体会过了才知道啊。我还是希望有这么一个机会学习。”现在是当众，不能用撒娇耍赖的手段磨唐弈。

“总裁，林云就像温室里的花朵，让她去外面见识一下，对她自己也有好处。”说话的是朱莉。

朱莉终究敏锐度不高，如果她够聪明，应该和唐弈一起反对我，而此刻她却偏偏急着看我笑话。果然，唐弈眉头紧锁，良久才说：“好！林云，为期一个月，不管单子怎样，你必须回来。”

“嗯。”我重重地点头，冲着唐弈灿烂一笑。

唐弈面无表情地看了朱莉一眼，又看看我，轻轻叹了口气。

“总裁，你是不是不高兴了？”回到办公室，我小声问。

“你为什么就心心念念一定要去做销售呢？你对销售了解多少？”唐弈皱着眉头问我。

“我是不了解啊，可是我很想了解。”我对即将下去跟单充满兴趣。

“到时候你会遇到各种情况。”唐弈语重心长地说。

“我又不是一个人去，总裁，我知道你是为了我好，可是我不能一直让自己躲在您的羽翼下。”我认真地说。

唐弈沉默起来，不再说话。

“反正你都已经答应了，就不要这样了嘛，不然我去了也难受，你就鼓励鼓励我嘛。”我撒娇道。

“算了，你那么想去，拦你也没用。”唐弈终于不再皱眉。

“嗯，谢谢总裁。”我笑逐颜开地说。唐弈看着我，忍不住摇头。

陆涵因为我要同去，特地请我和肖安妮吃饭，“安妮，林云不是销售部的人，这次总裁答应她去学习，你可不能让她出纰漏哦。”

“陆总，您放心，我明白的。”肖安妮恭敬地说。

“如果林云出了什么状况，我们不好跟总裁交代。”陆涵看了我一眼说。我有点失落，即使陆涵对我再放心不下，他也只能借唐弈的名义来关心我，不能以男友的身份拜托肖安妮照顾我。

“陆总，您放心吧！我知道怎么做的。”肖安妮看了看我。

“陆总，我怎么觉得你这样一说，我感觉我自己是去添乱的啊？”我嬉笑着说。

陆涵无奈地瞪了我一眼，“你以为你不是去添乱的吗？安妮除了要努力签单，还得分心照顾你。”

“陆总，您别这么说，我很乐意。”肖安妮赶紧表态。

送走肖安妮，只剩我和陆涵两人的时候，陆涵忍不住发牢骚，“你真是不让人省心。”

“我就喜欢让你为我操心。”我搂住陆涵的脖子，邀宠地说。

“总裁有没有很生气？”

“刚开始有一点，但是我撒撒娇就没事了，而且他跟我说如果我想提早回来，他会以他的名义把我召回来。”我得意地说。

“他对你还真够宠的啊。”陆涵怪怪地说。

“难道你希望他对我不好啊？”我撅着嘴不高兴地说。我知道我这样说陆涵会吃醋，可是我潜意识里就想陆涵为我吃吃醋，所以明知道他对唐弈介意，我还是时不时地拿唐弈刺激刺激他。可能，我就是需要这样一份安全感吧。

“当然不是，只是你不觉得他对你宠得过头了吗？他有没有跟你表示过什么？”

“没有啊，我跟他就是好端端的上下级关系。你别多想了，和一个人相处久了，总会有感情的嘛，但是这种感情不是爱情。比如你养只猫，时间久了，也会有感情的，是吧？”我满不在乎地说。

陆涵终于不再说什么，只告诉我，他会利用出差之便来看我和肖安妮的进展。

这边肖安妮也是心事重重，“林云，这次的单子不好谈啊，也许你跟朱莉去会好一点呢。”

“呵呵，这么快就嫌弃我了啊？是不是因为陆总的话？”

“不是，我是怕谈不成，你跟着我丢脸啊。上次我就跟你说过，这两个单子希望不大。”

“就因为难才是机会，如果谁去都可以签成，那就没有功劳可言了。你自己不能失去信心啊。”我鼓励她说。

“我知道你说得有道理。”

“如果这次顺利签单，明年你就和朱莉一样是经理，不再是主管了。”我把自己听来的消息告诉她。

“真的吗？可是朱莉一定反对，顾总监会答应吗？”

“如果陆总没有意见，你说顾总监有反对的理由吗？朱莉又有什么理由反对呢？”我笑着问。

“林云，谢谢你！我一定会把这两个单子签下来，无论用什么办法。”肖安妮不笨，立刻明白我的意思。

“等到了之后我们先睡一觉，然后你仔细给我讲讲对方的情况，我们好好研究一下。”

“林云，我觉得此行既要把单签下来，也要保证你不出状况，不然陆总和总裁那里我都没法交代。”肖安妮半开玩笑地说。

“我没这么娇弱，他们担心的也不是这个。”

“我知道，陆总的意思很明白了，就是绝对不能让你吃亏。林云，你最幸福了，这么多优秀的男人不求回报地保护你，真是同人不同命。”

你怎知不求回报？我在心里想，终究还是没有说出口。

虽然南京的天气和浙江没有太大不同，但我还是整理了整整一箱衣物。从来没有机会出差这么长时间，我到网上做了不少功课，而首先想到的竟是可以带什么礼物回来。我不知道其他人第一次出差的心情是否和我一样。

路上，肖安妮告诉我，天诚这两个单子属于政府。以前我们集团从来没有和天诚合作过，所以说一切都要从头开始。天诚一直有固定的合作伙伴，历年都是把单子给对方去做，要从对方的老关系里把单子抢过来，希望几乎等于零。

“那我们怎么办？”我雄心勃勃地跟了来，但是对于怎么做、做什么我毫无头绪。

“明天，我们先去拜访对方。”

“既然都是天诚的单子，为什么不是一个，要算两个？”我问。

“因为他们招标的时间不一样，所以是两个。还有就算我们万一侥幸成功，最多也只能成功一单。”

“不要这么想，事在人为。”我鼓励她。

“你真是初生牛犊不畏虎。”肖安妮笑笑说。

因为是第一次这样出差，第二天很早我就醒了。看到手机里有一条未读短信，是陆涵，“林云，如果你已经起来了，回一个电话给我。”

我忍不住心情大好，这次学习跟单，陆涵比我还紧张。我看了一眼依然熟睡的肖安妮，小心地走到外面，拨通了陆涵的电话，“喂，你找我啊？”

“昨晚有没有睡好？”陆涵的关心让我觉得即使我们的恋情处于地下，依然能感到很幸福。

“睡得很好，今天打算去拜访客户。”

“想不想我？”陆涵突然低声问。

“想……”等陆涵轻笑出声，我才继续说，“才怪！”

“你啊！”陆涵的语气里是满满的宠溺。

“你什么时候出差来南京啊？”虽然跟单的愿望如愿以偿，但是如果真的一个月见不到陆涵，对我来说也是一种折磨，所以只好期盼他来南京出差。

“对了，你刚才说今天要去拜访客户？”

“是啊！从今天开始我们就要进入紧张的工作了，你也知道，我只有一个月时间。”

“对方人品怎么样？多大年纪？色不色？”

我失声笑道：“如果我能知道得这么清楚，我们就不需要去拜访了。多大年纪倒是知道，四十多点吧，色不色就不清楚了。”

“四十多岁的男人最容易对你这种年纪的女孩子起歪念，你把自己打扮得丑一点再去。如果对方不规矩，马上想办法离开，宁愿不要单子。”

我心中很感动，陆涵还是把我放在第一位的，平时他跟营销系统的人从来只会说务必完成任务，从来没听见过他说宁愿不要单子。

“我知道，我会照顾好自己的。”我向他保证道，又低声说，“你也要注意身体，工作再忙也要注意休息，尤其少喝点酒，因为……我会担心的。”

和陆涵缠缠绵绵结束了电话，肖安妮已经起来开始打扮了，我坐到另一端也开始了我的化妆工程。

“林云，你不会化妆吗？你以前的妆谁化的？怎么把自己化得这么难看？”肖安妮看到我的样子，吓了一跳。

“很丑吗？”我笑笑，问道。看了镜子里的人一眼，眼睛画大了不少，使本来就大的眼睛显得过于突兀，眼影有点不匀，腮红打得太红了一点，粉也太白了些，整个妆容就体现了一个字——俗。原来化妆真的可以掩盖一个人的本来面貌，不过仔细看了看，也不是太丑，总体还是过得去的。

肖安妮建议道：“要不你去洗掉，我来帮你化，要不你干脆还是别化妆了，你本来就很漂亮，不需要化妆。”

“不行，我就这样过去，你做主角，我做你的陪衬。”

看了肖安妮一眼，她的打扮显得成熟而职业，我则有点不伦不类。其实肖安妮打扮起来还是不错的，只是身材微胖了些。

“习惯了平时的你，你这样打扮我还真有点适应不了。”她突然恍然大悟地说，“我明白了，你一定是怕客户对你不规矩，是吗？林云，其实没那么夸张，不用这么草木皆兵。”

我笑笑说：“并非全部如此，还有一个原因，我不想抢了你的风头，你才是主角。”这话有点言不由衷，我会如此打扮的确存了谨慎的念头，我终归还是太在乎陆涵的每一句话，总是不由自主地按照他的吩咐去做。

到了天诚，我们要找的李主任不在。我看着肖安妮，用眼神询问她怎么办。肖安妮跟我说，为了单子等几天也是常有的事。于是，我和她坐到一间会客室里，等这位李主任。时针从九点指向十一点，我们还是没有见到这位李主任，我不由焦躁起来，“安妮，怎么还见不到这位李主任？”

“别急，再等等。哪有万事顺利的啊？”

直到十二点，我们还没有等到，我已经不想再等下去。这时候才开始佩服起以前为了等唐弈可以等一天、两天甚至一个星期的人。

“安妮，你不觉得这样很浪费时间吗？为什么不另辟蹊径？”

“这也是告诉对方我们的诚意，不过一直傻等下去当然也不是办法，我现在打个电话给李主任。”

“你有他的号码吗？”我惊讶地问。

“我是做销售的，要个号码当然是易如反掌了。”肖安妮冲我神秘地笑笑。

“喂，您好，是李主任吗？我是美辰集团的肖安妮，今天特地来拜访您，不知您什么时候有空？”

“哦，您在外面开会啊……今天不回来了……哦，好的，好的，那我改天再来拜访您。”

我起身打算和肖安妮离去。然而肖安妮却没有离去的意思，带着我走回主任办公室，“您好！肖先生，刚和李主任打过电话，他说在外面开会，今天打扰了您这么久，一起吃顿饭吧。”

“这个……好像不太好吧。”对方犹豫着，语气却不怎么坚定。

肖安妮立即说：“您也不负责这个单子，接受我的邀请并不涉及什么利益，大家都姓肖，五百年前是一家，就为这个理由也可以一起吃顿饭嘛。”

“我再推辞就显得不识抬举了。”对方笑着说，随即快速收拾好桌上的东西。

肖安妮带着我和这位肖先生来到一家环境颇为高档的酒店，“肖先生，今天打扰了你这么久，实在不好意思，这杯我敬你。”

“别这么客气，叫我肖奇就可以了。”

我在一边静静地看着，不发一言。

“不知道我们什么时候可以见到李主任。”

“肖小姐……”

“叫我安妮就可以了，别跟我这么客气。”

“安妮，我不妨老实告诉你，我们的单子，基本都是交给晶锐做的。我知道你找李主任是因为这个单子，但是晶锐和我们合作多年，和李主任甚至我们领导关系都很铁，这个单子机会渺茫，我劝你还是放弃。”肖奇两杯酒下肚，话就慢慢多了起来。

安妮仍然和他继续聊着，我在旁边听出了一些门道，她在探晶锐的底。

回到宾馆，我立刻跑到浴室将脸洗干净，顶了一天厚重的妆，浑身不自在。

安妮边卸妆边说：“你今天要是不丑化自己，估计肖奇更会和盘托出。”

“你不是已经把他的话都套出来了吗？我现在终于明白你为什么要请他吃饭了。”

“这就是销售啊。比如在古代，你要见皇帝，你总得把皇帝身边的太监搞定吧。”

“如果他知道你把他比成太监，不知道还会不会帮你？”我开玩笑说。

“总之，第一步我们已经做成了，把对方的资料和底细都打听清楚了。”

原来肖安妮没有我以为的那么悲观，她早在接到任务之时就已经开始部署一切，比如李主任的电话号码，比如预先就订好的酒店。看来我真是低估她了，现在回想起一开始我对她的鼓励，觉得自己有点可笑。

隔了几天，肖安妮又约肖奇吃饭。这次我没有同去，安妮说这次我在场反而会让对方有所保留，所以我就留在宾馆替她收集资料。

晚上十点，她终于回来了，“安妮，今天收获如何？”我迫不及待地问道。

“还可以，我让肖奇想办法替我安排见李主任。”

“这肖奇还挺卖力的嘛。”我含着话梅说。

“我告诉你这么是为什么吧。”肖安妮兴致很好地说，“像肖奇目前这样的职位最需要的就是尊重，而我给了他足够的重视和信任，还有适当的好处，他当然会为我卖力了。而晶锐和他们合作多年，估计这方面就会疏忽很多，晶锐就好比老婆，而我们公司就像情人，这么说你明白了吧？”

我笑笑不语，这个比喻真是形象至极。果然，两天后肖安妮就接到肖奇的电话，叫我们第二天过去拜访李主任。

“两位，真不好意思，这几天一直在外面开会，怠慢了两位美女。”

我还是化了第一天的妆，那位李主任的目光在我身上扫过，就不再多看我一眼。我心中暗暗得意。

“李主任说得我们反而不好意思了，您那么忙，我们还来打扰。”

寒暄了一番，肖安妮提议大家去足浴，李主任欣然同意，看来肖奇已经把李主任的喜好都告诉肖安妮了。

我以为肖安妮会谈天诚的单子，但是她却只字不提。回到宾馆我就忍不住问她，“安妮，你怎么不跟李主任提天诚的单子呢？”

“林云，你太心急了，单子怎么可能一次就谈成呢？”肖安妮笑着说，“我知道总裁只给了你一个月时间，所以你心急，但是这个是急不来的。肖奇告诉我这个李主任是凭着老婆的关系才坐上主任的位置，所以他是绝对不敢得罪老婆的。但是他本性却好玩好色，所以必须等到他出差的时候才能把他摆平。”

“原来这个肖奇的价值这么大哦。”我恍然大悟地说。

第二天中午，肖安妮又约李主任吃饭。饭后，肖安妮终于问起天诚的单子。

“安妮啊，这个工程我们最后会公开招标，美辰的实力和知名度都是众所周知的，到时候如果你们来投标，我们绝对是热烈欢迎啊。”

一出饭店，我就高兴地说：“安妮，看来这个单子有希望呢。”

“别这么天真，等到了公开招标的时候，其实什么都晚了，那时候该定的事情都已经定下来了，我晚上约肖奇吃饭后再说。”

“林云，可不可以给我倒杯水啊，累死我了。”肖安妮一回来就往床上倒去。

我依言递给她一杯水，看来她真的累坏了，不然她肯定不会叫我给她倒水。这一路上的吃吃喝喝都是她在张罗，我有唐弈和陆涵的双重关照在身，她待我非常周到，我心里不免有几分感激，“怎么样了？

从肖奇那里得到什么消息？”

“果然，那个李主任在使诈，我们还是没有机会。”

“什么？那他为什么不直接拒绝我们？还骗我们？我们岂不是都白忙了吗？”我有点生气。

“林云，这样的人多着呢。这个世界上没有完人，更没有拿不下的单子，只要火候到了就会水到渠成。”

“那现在怎么办？”我咀嚼着肖安妮的话，“他没拒绝我们，说明我们还是有希望的，是吗？”

“别傻了，他不直接拒绝我们一来是怕我们继续纠缠，二来在招标之前有人陪吃陪喝，有什么不好？”肖安妮笑笑说，脸上丝毫不见怒色。

“你既然这么笃定，可见肖奇又给你出了什么主意，是吗？”我也笑笑说，与她相处了十来天，我也慢慢摸出了一些门道。

“后天李主任会出差到上海，届时我们提前过去，先把所有事情都安排好，我就不信拿不下这个单子。”

“这样就够了吗？对方不是有老关系的合作伙伴吗？”

“傻瓜，哪有什么合作关系是一辈子的。肖奇告诉我，其实这个单子因为一些合作条件并没有完全谈拢，所以李主任才会用这么暧昧不明的态度对我们，其实他也想看看其他人提出来的条件。”

“那你之前还跟我说这个单子希望渺茫。”

“那时候还不知道情况，不能盲目乐观啊。这段时间总裁和陆总有没有找过你？”

“总裁在第三天的时候发过消息给我，就四个字‘感觉怎样’。陆总也联系过两三次吧。”我还是保留了些，不能让她知道我和陆涵的关系。

“虽然总裁很沉默，但是我感觉总裁比陆总更关心你。”

“是吗？为什么你有这种感觉？”我好奇地问。

“因为我发现开会的时候，你有的时候不太顾及总裁的感受，但是他特别包容你，而且他的注意力经常在你身上，那种疼爱的感觉无法用言语描绘。”

真的是这样的吗？其实唐弈怎么对我，我不是毫无感觉，只是不想面对。可是为什么很多人都认为唐弈比陆涵对我更好呢？也许是因为陆涵有很多东西需要顾忌，所以他把自己的感情藏得更深吧。

“不说这个了，想想这个单子吧。”我开始转移话题。

肖安妮良久都没有搭腔。我回头一看，她已经睡着了。我忍不住有些心疼她，轻轻把被子盖到她身上，但愿单子能够顺利签成，我在心里默默祈祷。

上海之行非常顺利，肖安妮告诉我这个单子十有八九能成功，此时距离招标还有三天。

“安妮，在想招标的事情吗？”我看她似乎很苦恼的样子。

“不止，接下来的单子更大，我们的目的是要拿到那个单子，那单子的总额比这个大三倍，所以也不是李主任可以做主的，他告诉我说这个事情的决定权在他们曹总手上。”

“那怎么办？想办法见到曹总？”

“这个当然，我们不但要见，还得做足准备工作。但是这次的对手又不一样，现在跟曹总打得火热的是万豪，所以我们必须让李主任帮我们。”

“让李主任帮我们？”我沉思起来。

“对，现在靠肖奇已经不够了，如果要见曹总，必须靠李主任安排。可是如果李主任把这个单子给我们的话，他也就不欠我们什么了，未必还肯帮我们约见曹总啊。”

肖安妮一句话提醒了我，一个念头瞬间闪过，“安妮，我有个办法，不知道行不行得通，也不知道你敢不敢冒这个险？”

“哦？什么办法？你先说说看。”肖安妮感兴趣地问。

“这个单子你确定能拿到吗？有多少把握？”我认真地问。

“如果不出意外应该是十拿九稳了，基本不成问题。”

“如果把这个单子给你，李主任最大的问题是什么？”我继续问。

“就是他可能会觉得有点愧疚吧，对以前的合作者。”

“所以我的办法就是你把这个单子四六开，我们占六，四成给晶锐，让李主任的愧疚感荡然无存。但是如果这样做的话，他对你就产生愧疚了，所以必然会替你引见曹总。但是即使见到曹总，单子也未必能拿到，所以这需要冒险。”

安妮用一种我从来没见过的目光打量着我，“林云，你不做销售真是可惜了，你这办法是置之死地而后生啊。就按你说的做，不过还差一件事，这件事就需要你来完成了。”肖安妮佩服地说。其实这只是将陆涵以前跟我讲的一个签单故事运用过来而已。

“什么事？”

“你把陆总请到南京来，见李主任我还能勉强自己应付。曹总级别高，恐怕轻易不会跟我们签单，所以如果能约到陆总，那就事半功倍了。”

三天后，单子果然被安妮拿下。她按照我所说的四六开，将其中的四成分给了晶锐，李主任对此举非常惊讶，但更多的是感动，所以我们很快如愿以偿地见到了曹总。曹总的态度比李主任最开始的时候还要冷淡，甚至有点不愿敷衍的感觉。连我们告辞的时候，他都只是淡淡地点了下头。

“领导平时比较忙，所以……”李主任有点抱歉地跟我们说，俨然跟我们是一条战线的。

“李主任，我们理解，您帮了我们这么大的忙，真的不知道怎么感谢你。只是不知怎么样才能打动领导？”

“领导平时没什么娱乐，唯独爱好唱歌。”

我心中暗喜，我唱歌水平非常一般，但这可是肖安妮的强项，据说为了陪客人唱歌，还专门拜老师学过呢。

“那不知道是不是可以请李主任帮忙呢？”现在的李主任扮演了之前肖奇的角色。

“如果你们能在领导出差的时候安排会事半功倍。”李主任替我们指点迷津。

肖安妮谢过李主任就示意我先回去。

“林云，明天陆总要来南京。”肖安妮说。

“哦？”陆涵居然先告诉肖安妮而没告诉我，我心里有淡淡的不满。

第二天，陆涵果然如约而至，“林云，安妮，这段时间怎么样？”陆涵看见我只是深深地看了一眼。

“陆总，第一个单子谈下来了，现在正在努力冲刺第二个。”肖安妮掩盖不住喜悦地说。

“不错，这么难的单子都谈下来了，不愧是销售精英。林云，怎么不说话？”陆涵笑着问我。

算起来和陆涵已经二十来天没见了，我本该欣喜如狂，可是一想到陆涵把他要来的消息先告诉给了肖安妮而不是我，我就忍不住犯了小心眼。

陆涵何等聪明，立刻明白我不高兴了。

晚饭后，肖安妮又请肖奇去吃夜宵。我知道她是希望肖奇替她引见安排曹总行程的同事。

“林云，你跟肖安妮在一起吗？”陆涵打电话问我。

“没有，她去和客户吃饭了。”我生硬地说。

“那你可不可以来我房间？就在你们楼上。”陆涵突然低声说。

“干吗要我来你的房间，为什么你不来我的房间？”我不满地说。

“傻瓜，虽然你现在是一个人，可如果肖安妮突然回来呢？所以你来我房间安全啊。乖，先过来好不好？”

我还是依言来到陆涵的房间。

“怎么了？我们这么久没见了，看见我一点也不高兴？”陆涵搂住我问。

我把头撇到一边。

“是不是我过来没有先告诉你而告诉肖安妮，所以你不高兴？”

明知故问，我推开他。陆涵叹口气说：“你怎么这么小心眼呢？先告诉谁有什么关系呢？你跟她在我心里的地位肯定不一样，你看我现在会抱着你，但是会去抱她吗？”

“谁知道你啊？你抱我肖安妮根本就不知道，那你抱她我会知道吗？”我气鼓鼓地说。

“你再这样我生气了。”陆涵沉下脸来。

我一委屈，眼泪立刻流了下来。陆涵求饶道：“唉，是我不好。乖，别哭了，但是你说我抱肖安妮，我能不生气吗？我敢跟你发誓，从我进公司到现在，公司里的女孩子我从来保持距离，我只抱过你。”

“你知道吗？虽然这些天没跟你在一起，但是我天天都担心你，担心你出来习不习惯，担心你会不会吃亏。”

在陆涵这样的柔情攻势下，我无法不动容，主动送上唇与他交缠在一起。

所有的不愉快都不再存在，只有彼此深深的思念。陆涵的吻渐渐狂热起来，不同于以往任何一次。恍惚中，他将我抱起，轻轻放到床上。眼里是深不见底的柔情和迷醉，他轻轻扯开我腰际的睡袍带子，将我的睡袍褪至肩处，轻轻摩挲着我的锁骨。我在这种似有似无的碰触下，禁不住颤栗起来。

“宝贝，我要你。”陆涵语无伦次地说。

“嗯……唔……”我娇软无力地躺在他身下。我很清楚接下来会发生什么，我想拒绝，想推开他。但是浑身绵软无力，这种抗拒在陆涵眼里估计起不了任何作用。

他的手慢慢下滑，我一个激灵，突然清醒过来，“不要！”

“宝贝，我知道你喜欢的。”陆涵依然陷在情欲里。

“不，我没有思想准备。”理智一旦回来，我瞬间坚决起来。

“林云……”陆涵惊讶地看着我。

“对不起，我……可是我怕，我还是第一次。”

陆涵用睡袍裹紧我，“对不起，是我不好，是我太情不自禁了。”

“你会不会不高兴？”我偎在他怀里，小心地问。

“不会。”陆涵爱怜地吻吻我的额头，“我不会勉强你的。”

我无言地抱紧他，心里是满满的感动。

第二天陆涵就走了，他一走，也将我的心一起带走。不见则罢，一见才知道是如此思念，我甚至再没有心思关心单子的进展。

两天后，肖安妮告诉我单子有了重大进展，说已经和曹总吃过饭了。我不知道她是如何做到的，更不知道她说的进展重大到什么程度。

“安妮，你之前不是说希望陆总出面吗？为什么陆总来的时候你却没有提起呢？”我不解地问。

“要不要陆总出面都是看对方意思的，既然对方根本没有这个意思，那我们也不用麻烦陆总了，能独立谈成的话，不是更好吗？”肖安妮对我解释道。

我点点头，反正我并不关心过程，她能拿到单子就好。

当天晚上肖安妮叫我陪她同往，看来她真的已经和曹总谈上了。我不禁对这个单子充满希望，也许肖安妮真能凯旋。届时，朱莉的脸上肯定会很精彩吧？我想象着朱莉的脸色，禁不住笑出声来。

“林云，我们还没谈成呢，你就这么高兴？”肖安妮奇怪地看着我。

我掩饰地笑笑，有点不好意思。原来我还是这么幼稚，肯定是陆涵让我变得如此幼稚。

席间我极少开口，倒是肖安妮与他相谈甚欢。我忍不住有些同情肖安妮，难怪陆涵和唐弈坚决不让我接触销售。面对讨厌的人，的确不好受。换作是我的话，肯定早就想办法脱身了。

百无聊赖地坐了一会，我看这个曹总似乎也不待见我，就说了句抱歉，借口去卫生间跟陆涵打电话了。

“林云，我晚上还要在附近办点事，这里离我们住的地方太远了，晚上我就在这个酒店住了，你自己打车回去好吗？”

我点点头，问她要房卡。

“在我包里，你自己拿吧。”肖安妮带着醉意说。

我只好自己从她包里拿了房卡，先行回去。一个人坐在出租车上，忍不住胡思乱想起来。安妮不会有事吧？看她带着醉意，我有些不放心。但是她也并非初入职场，应该没事吧？她有什么事情要办呢？最近我还真的有些忽视她，一起出差，我却做甩手掌柜，把什么事情都扔给她做，实在有些过分。想到这里，我掏出手机拨她的号码，可是居然打不通。我心里的不安越来越重，不会真的出事吧？虽然陆涵要她好好照顾我，可是如果她出了什么事，我也有责任啊。

快到酒店的时候，我借着车上的灯光摸出房卡。余光刚扫到卡上，就赫然发现拿的是刚才那家酒店的房卡。看来是拿错房卡了，我看了一眼房卡上的房间号，吩咐司机道：“师傅，回刚才的地方。”

司机疑惑地看了我一眼，掉转了车头。回到刚才的酒店，我又拨了一次肖安妮的电话，可是依然无法打通。我看了一眼房卡，决定先去她住的房间。

我没有敲门，直接插上房卡，推开了门。房间里的一幕让我目瞪口呆。

曹总赤身裸体地趴在床上，手覆在肖安妮胸上揉搓。同样赤身裸体的肖安妮闭着眼睛，躺在床上。我胃里顿时感到一阵翻江倒海，有种想吐的冲动。难怪唐弈那么强烈地反对，难怪陆涵千叮万嘱，原来……原来真的会发生这种事。

肖安妮到底怎么想的？这个单子诚然很重要，可是也没重要到出卖身体的程度啊！我呼吸急促，心里像被什么堵住了。

“你……你怎么进来的？”曹总指着我，大声质问道。

我被吓了一跳，赶紧解释道：“我……我拿错了房卡，来跟安妮换。”

肖安妮看见我的出现也吃惊不小，立刻扯过被子，盖住身体，眼神犀利。

“我打你电话，没有人接，所以我就过来了。”我红着脸，小声解释，似乎做错事情的是我。

“出去！”曹总对我大声喝道。

我也火大了，长这么大还没被人这么呵斥过。这姓曹的没有一丝羞愧，居然还敢对我这么大声。但是想到肖安妮为了这个单子连身体都搭上了，如果此时我意气用事的话岂不是坏了她的大计？那她肯定会恨死我。而这个肮脏的地方我本就不想多待，所以立刻就退到门外。

到了宾馆门口，我深深呼吸了几口新鲜空气，才觉得自己活了过来。我脑海中依然留有刚才的一幕，心里有说不出的郁闷。我实在无法理解肖安妮的行为，一个单子而已，完不成也不会有任何损失，何必如此？为了这么个单子，就和那个恶心的曹总上床，值得吗？如果是我，我的身和心必将属于我心爱的男人，也只会属于我心爱的男人。想到此，我突然想起那天晚上陆涵情不自禁的时候，我居然拒绝了他。也许……也许他再坚持一下，我便会答应。我在想什么？我暗骂自己一声，这个时候脑子里居然尽是这些东西。

看着那个曹总从大门口离去，我正犹豫着要不要去找肖安妮的时候，她便打电话叫我回去。

再回房间的时候，肖安妮已经穿戴整齐，只有凌乱的床单上还能看出刚才的痕迹。

“林云，你都看到了？”我以为肖安妮会跟我解释，会跟我说一大堆理由，可是她没有，甚至连一丝惊慌都没有，难道她经常这样做？

“为什么？为什么你要这样做？”我忍不住问。

“为了单子。”她平静地说。

“为了单子就出卖自己，值得吗？”我再次问。

“林云，人的价值观不同，没有什么值得不值得。你会说出去吗？”肖安妮问我。

原来她还是在乎的，可是我又怎么可能告诉别人这些事情？所以我肯定地告诉她：“不会！”

“那就好，为什么你会拿错房卡？你故意的？”肖安妮盯着我问。

我忍住反唇相讥的冲动，我事先怎么可能知道她会做这种事？我又没有未卜先知的能力，她不怪自己轻浮倒猜忌起我来。罢了，这种事被人看到总归是尴尬担心的，我也不想跟她过多计较。

“不是，刚才是你自己叫我在你包里拿卡，我根本不知道有两张，就随便拿了一张，我绝对不是故意的。”

“你发誓？发毒誓？如果你是故意的，你和你心爱的人这辈子都不能在一起。”

我忍不住有些生气，我为什么要为她的行为发誓？可是再一想这种事事关名誉，我和她又是一个集团的同事，她这么反应也很正常，那我就给她一个心安吧。再说，我也确实不是故意的。

“如果我故意拿错房卡，就让我这辈子无法跟心爱的人在一起。”

肖安妮见我发了誓，立刻换上一副笑脸，跟我说：“林云，我不是不相信你，而是我需要求个心安。”

我点点头，表示不会介意。肖安妮拿起包和我出去退了房。不知为何，我总离她有些远，不可否认，我认为她现在的身子有些脏，我不想碰她，不知她是否察觉到。

离唐弈规定的时间只剩几天了，本来我一直嫌时间太少，希望能看见单子成功再凯旋。可是目睹了这样的事情后，我突然对此次出差失去了兴趣，也许真如我之前告诉唐弈的，让我见识了我就死心了吧，现在我只想早点回去。我也确实想念公司了。虽然感到犹豫，但我还是把我的想法告诉了肖安妮。她没有挽留我，马上帮我买好了票，并告诉我已经把时间告知陆涵，到了会有人来接我。

踏上回去的旅程，我才觉察到我对集团里的一切是那么地想念，尤其是对唐弈的牵挂。我不知道我不在的一个月里，行政中心派去替我代班的人和唐弈处得怎么样？他不会已经习惯了别人吧？我开始胡思乱想起来。到了车站，远远就看见陆涵站在那里等我，我高兴地扑了上去。

陆涵左右看看，犹豫了一下，才抱紧了我。

“想不想我？”

“想！天天想！”陆涵笑着说。

“一点诚意都没有。”我不满地说。

陆涵失声笑道：“看来所有的女孩子都一样，就算是才华盖世的大才女也不例外啊。说不想肯定挨批，说想又怀疑，唉！”

我故意撅起嘴不满地说：“什么叫所有的女孩子都一样啊？你跟所有女孩子都接触过吗？你个大众情人！”

“我冤枉！”我被陆涵的表情逗乐了。

上了车，气氛顿时沉默下来。也许是多日不见，让我和他感觉有点生疏，“总裁那边怎么样了？是谁代班？”

陆涵转过头来，看了我一眼，调侃道：“怎么了？怕有人取代你？”

我有被人看穿心事的窘迫，“谁说的？离开了一个月，总得问问吧。”

陆涵不置可否地看看我，没有继续问下去。

回到办公室，我没有看到人，不禁感到奇怪。怎么没有人替我代班？我疑惑地想，也许是因为唐弈不在吧。我往里面张望了下，唐弈居然坐在位置上。就好像心里有感应似的，唐弈突然抬起头来，眼里是一抹笑意，“回来了？”

“嗯。”我重重地点点头，“外面怎么没人啊？”

唐弈笑着说：“日程里有人拜访的时候我才叫黄国华安排人代你，没有那就不用过来了。”

我一愣，“那你不是事事都要亲力亲为？”

“我本来就不是个依赖别人的人。”唐弈温和地说。

“哦。”我带着淡淡的失落，“那就是说以后我在不在你都无所谓了。”

唐弈定定地看着我，什么话都没有说。我的心情霎时低落起来，没有刚开始看见唐弈时那般雀跃。虽然我不爱唐弈，但是这几年的相处，彼此也产生了很深的默契，对他有种亦父亦兄的情结。可是现在突然发现原来他并不需要我，我感到有些难过。也许，是我太过贪心了吧？

第十二章　总裁的表白

年前肖安妮也回来了，并且带来两个单子都圆满完成的好消息。我为她高兴，可是想到那件事，心里还是觉得难受。

肖安妮回来的当天晚上就约我吃饭，旁敲侧击地问起销售经理的事情。我心中了然，却不点破，不过心里已经决定帮她这个忙。

在营销例会上，朱莉强烈反对年前晋升。我一直很不理解朱莉这个人，她怎么会有那么强的危机感，事实上即使肖安妮升了销售经理，也影响不了朱莉分毫，难道她怕被肖安妮压下去吗？我不知道为什么她对人老是怀着敌意，只要对她稍有威胁的人，她都像一头豹子似的防备着，而且毫不掩饰。

“顾总监，你觉得呢？”朱莉问顾德明。

“朱莉说的也有一定的道理，这个事情还可以再斟酌一下。”

我将这两个单子是如何辛苦才能拿到简单提了两句。唐弈本就极信任我，何况我也一起参与了。

朱莉恨恨地看了我一眼，肖安妮则是一脸感激地对我笑笑。我突然感到迷茫，我为什么要参与进来呢？我本来完全可以置身事外的，不管朱莉再怎么看我不顺眼，她也只能看我不顺眼，并不影响我。

既然意见有分歧，就看唐弈和陆涵的意思了。唐弈任命陆涵为销售副总裁，只要陆涵没有征询他的意见，他就不会干涉。我看向陆涵，等待他表态，陆涵之前在言谈中就表露出可以升肖安妮，他应该不会食言。

“朱莉说得有一定道理，但是我们公司是很公平的，有了错要罚，有了功当然要升。如果有了功却不嘉奖，会让公司流失人才，如果以后谁有了出色的业绩，一样会升。”陆涵清清嗓子说。

我朝肖安妮会意地一笑，肖安妮也一改之前的担心，回我一笑。

这件事情就这么定了下来，我忍不住去看朱莉，她看向我的眼神凌厉愤恨。

会议结束后，我去销售部恭喜肖安妮，也是把这个消息传达给整个销售部。

“林云，谢谢你。”肖安妮笑着小声说。

我微微一笑，“这是因为你的业绩，和我无关。”

“不。”肖安妮坚持，“业绩好也要有人肯为自己说话，真的，不然业绩再好也没有用。”

她曾几次提起这个观点，我不知道她为何会坚持这样认为。但是这些都不重要，既然她有能力，就应该得到晋升，再者我也怕顾德明那边的人权力太大会影响陆涵。

“原来是林大小姐啊，怎么有空来我们销售部呢？”朱莉阴阳怪气地笑道。

“林云来找我。”肖安妮抢着说，估计怕我觉得难堪。

我心中感激，同样笑笑说：“销售部可是公司命脉部门，有没有空都要经常过来，你说是吧？”

“那是当然，我只是怕你离开得久了，总裁找你，我这可是好心提醒你哦。”

拿总裁压我？我心里暗笑，唐弈才不管我跑到哪个部门呢，我经常跑得无影无踪他都习惯了。

“我怎么听着像是希望我早点离开呢？”我巧笑着回答。

“怎么会呢，你是领导身边的红人，我们哪里敢？当然是你想待多久就多久了。”

我笑着点点头，“那倒也是，就算你坐了陆总的位置，都不能来干涉我的行动。何况现在距离陆总的位置还很遥远呢，所以我觉得一个人能搞清楚自己的位置非常重要。”

“你……”朱莉气结地盯着我。

不再理会朱莉，我转身对肖安妮说：“安妮，那你先忙，过些日子估计任命文件就会发下来。”我特意加重任命文件这四个字，看着朱莉的表情，心中觉得大爽，“你可要好好干哦，到时候肯定前途无量。”

肖安妮会心一笑，“当然了，哪敢辜负你们的期望啊。朱莉做得比我更好，我相信她肯定比我更有前途。”

朱莉的脸色好看了些，我心里有一丝厌恶。她倒聪明，两边都不得罪。不过她跟朱莉一个部门，大家抬头不见低头见，我也能理解。

当下，我不再言语，转身离开销售部。陆涵跟我说过，我有更加广阔的天空，不应该把自己的精力放在无谓的事情上，我不想让他失望。

陆涵的改革初见成效，可是越进行下去，就越会影响公司元老的权力。我希望陆涵真的得偿所愿，能将这一番事业干得轰轰烈烈，把集团推向一个更高的台阶。可是我更怕那些人联合起来对付陆涵。这一年，我已经二十七了。我渐渐希望和陆涵的感情可以浮出水面，拥有一个圆满的未来。

我还没想好自己和陆涵的事情该怎么办，丽娜就开始频频找我。我知道她因为什么，她对顾德明用情至深，如今顾德明却移情别恋。我替她不值，想劝她放弃，她却非常执著。

“林云，我要搞清楚这到底是怎么一回事，我不要就这么算了。”

这是一个执著痴情的人，只是值得吗？也许到最后她会伤害自己，更伤了其他人。

自从我开始规划我和陆涵的将来后，我就希望做出一些改变。也许是身边的同学慢慢结婚安家，我也受到了影响。虽然我希望能拥有一份出色的事业，骨子里我还是一个传统的女孩，希望拥有一份长久的爱情和稳定的婚姻。可我毕竟是女孩，很多想法不希望由我自己提出来，我希望陆涵能主动规划一下我们的未来。等到最后，我失去了耐心。终于，在一天饭后，陆涵欲送我回去，我跟他说：“我从来都没去过你住的地方，可不可以让我去看看？”

陆涵用探究的眼神看着我，终于点了点头，“林云，你明白你这个要求代表什么吗？”

我左顾右盼，没有正面回答他，撒娇道：“我就是想去看看嘛，想看看你是不是把自己的房间搞得比猪圈还乱。”

其实我心里还有一种想法，我想去看看陆涵住的地方，想看看他的另一面，更是为了确定他住的地方是否有女性的痕迹。虽然我不强求陆涵只属于我，但是如果他真的还有其他女人，我必然会伤心，在感情上我极端小气。

到了他那里，我只能用吃惊来形容。我从来没见过一个男人住的地方会如此整洁，我事先并未告诉陆涵要来，可见他一贯如此。

“你一个人住而已，怎么还买个复式的？”我忍不住问。

“不管多少人住，我都喜欢大房子。”陆涵温柔地笑笑。

“那打扫起来不是很麻烦吗？”

“我请了个钟点工，她会定时过来打扫。”

难怪！陆涵平时工作那么忙，哪有那么多时间来打扫这么多房间，而且还保持得这么干净。

“我想看看你的卧室。”我狡黠地说。

“我带你去。”陆涵点点头。

不得不说陆涵的品位绝对一流，我忍不住称赞道：“你很会生活哦！”

“谢谢我们林大小姐夸奖。”陆涵笑着刮刮我的鼻子。

我嗔怪地看了他一眼，突然有种强烈的愿望，如果我能和他一辈子生活在这幢房子里，朝夕相对，耳鬓厮磨，那该有多好！

“在想什么呢？”陆涵的话打断了我的遐想。

“没什么。”我掩饰地笑笑。

“我这里没招待过客人，你是第一个客人。”

听到这话，我特别开心。不管我是不是第一个，只要陆涵说是，那我便愿意相信是。

“在你眼里，我是客人吗？”我有些赖皮地问道。

“你是内人，不是客人。”陆涵揽住我，魅惑地说。

“那我今晚就做你的内人，好不好？”我在他耳边轻轻吐出一句。

陆涵的眼神突然炽热起来，搂紧我说：“你知道自己在说什么吗？”

我羞红了脸，却依然坚定地说：“知道，我想属于你！”

“不要这样诱惑我，你不诱惑我，我都很难把持。”陆涵边吻边说。

我轻轻一笑，搂住他的脖子，“我就要诱惑你。”

“林云，你会后悔这么做的。”陆涵艰难地说，可是他的吻却没有一秒钟的停歇。

“不，我不后悔！”我喘着气，“抱我去床上。”

“站不住了，是吗？”陆涵眼里是深深的笑意。

我一口咬在他唇上，报复性地舔舔他。

“别这样，我受不了的。”

我不说话，加深了彼此的吻。陆涵轻轻把我放到床上，只是热烈地吻我，却不再有下一步动作。

“呜……”我忍不住抗议起来，将陆涵搂得更紧。

陆涵终于狂热起来，他不再满足于我的唇，他的吻落在我的颈上、耳垂上、锁骨上。我半闭着眼眸，配合着他的动作。我未经人事，可是我对他却有着男女间最初的渴求，我生疏地扯下他的领带，笨拙地解着他的衬衫扣子。

“宝贝，我是不是在做梦？”

我一口咬在陆涵肩上，陆涵倒抽了一口冷气，“会疼吗？如果会，那就说明你不是在做梦。”

陆涵笑着，眼里是我不认识的神色，“我不知道还有什么话可以形容你。”

陆涵不再说话，将我身上的衣服一件一件褪去。我没有阻止他，真到了这一刻，我心里竟觉得轻松无比，原来放开自己的心是如此滋味。

“宝贝，如果你要拒绝，现在就告诉我。等下……我怕你拒绝了也没用。”陆涵艰难地说。

我环住他的脖子，丝毫没有退缩的意思，“我爱你！”我第一次吐出这三个字。

陆涵回以更多的狂热。我闭上眼，等待着那一刻的到来，紧张中夹杂着一丝期待。

没有预料中的疼痛，因为——在最后关头，陆涵放开了我。他用被子裹紧我，“对不起，林云，我不能这样！”

我顿觉羞愧无比，他……不要我！眼泪立刻涌上眼眶，整个人顿时失去力气。

“你……不要我？”我哽咽着说。

陆涵隔着被子抱紧我，“不是，不是，我不能这么不明不白地要你，我不想伤害你。”

我呆呆地看着他，喃喃地问：“不是不要我？”

“不是，只是不能草率地要你。”陆涵叹了口气说，“太爱一个人了，有的时候会害怕得到她。”

陆涵的眼中是无限深情，我在他眼中看到的是无比的认真。可是为什么……为什么我能感到他有一丝底气不足？

“不要离开我！”我抱紧他，请求道。

陆涵回我无数个细碎的吻，“不会！不会！”

在他这样的安抚下，我慢慢恢复平静，眼泪却悄悄滑下。

我很清楚在南京的时候，我在最后关头推开了陆涵，不是因为我不爱他，而是我需要确定未来。同样，陆涵在紧急关头放开了我，也是出于这个心理。我们不可能永远都这样秘密恋爱。现在有很多人隐婚，可是我知道那不适合我和陆涵。

我需要阳光下的恋爱和婚姻。明明是自己最爱最亲近的人，却还得装作若无其事，长期下去是一种折磨。可是如果真要把恋情公开化，那就必须在感情和事业中作出选择。其实我心里早就决定好了，为了陆涵，我可以放弃我喜欢的公司和工作。可是我不会告诉他，我想看他怎么处理，更想知道在他心里我和事业哪个更重要。

唐弈对我越来越好，在工作上给我很多机会。以前我想知道集团核心机密还需要通过陆涵的口，可是现在不管开什么机密会议，唐弈都会允许我参加。所以，我知道陆涵的改革进行到了最关键的时刻。常青权表面和陆涵依然如常，实际上私底下却暗涛汹涌。

陆涵告诉我，按现在的模式，各地分公司有权根据地方特色进行宣传及运作品牌，市场部只需要在宏观上进行把握，这样更为及时有效。可是如此一来，常青权的权力无疑就被削弱了。尤其在一些决策方面，新制度更加透明。以前市场部的品牌投入太过混乱，很多钱几乎打了水漂，如今机制透明后，便可避免这个问题。但是谁都清楚，市场品牌广告投入是块大肥肉，涉及很多人的利益。陆涵这么做，无疑触及了这些人的利益，他们自然不会乖乖让出到手的好处，一定会想办法对付陆涵。

“林云，下班后一起吃饭吧。”陆涵出差回来的第一天，就发了个消息过来。

我满心甜蜜，立刻答应，之后便是期待下班。原来不知不觉间，我对他竟已爱得那样深，深到我自己都无法相信的地步，我已无法再收回这份感情。

“去哪里吃啊？”一坐进车里，我就忍不住笑着问。

他呆呆地看着我，过了好一会儿，才笑着说：“听你的。”

“我喜欢听你的。”我撒娇地说道。不知为何，我总觉得陆涵今天有点怪怪的。

他选了个很安静的包厢，点了所有我爱吃的菜。我心里渐渐不安起来，“干吗点这么多？又吃不了。”

“你喜欢吃，我们慢点吃。”

“你怎么了？”我小心地问。

“没什么，多吃点，你那么瘦。”陆涵不断把菜夹到我碟子里，极其温柔。然而，我心中的不安更重了。

“你今天有点反常。”我放下筷子说。

陆涵依然不断地替我夹菜，我凝视着他，“告诉我，你怎么了？”

“林云，我想跟你说，我们先分开一段时间吧。”陆涵小心地说。

我的脸霎时褪去血色，喃喃地说：“分开一段时间？你的意思是……”

“林云，我们的恋爱涉及很多方面，比如我们各自的事业，我觉得我们应该好好想想清楚。”

眼泪摇摇欲坠，心痛得无法呼吸。原来在他心里，我始终不是最重要的。那这一年多来他对我温柔呵护，难道都是假的吗？我不相信！

“你告诉我，到底发生了什么事？”

“没有，只是我想了很多。林云，我跟你说实话吧，这样也许你会好过一点。你是一个极其优秀的女孩子，集才华智慧美貌于一身，男人看见你这样的女孩子会动心很正常，而我也一样，我是被你吸引，可是我不能为了感情放弃多年的事业。”

“我始终不如你的事业重要，是吗？”我黯然地问。

“这是不能比较的。但是我很清楚，我选择了事业，我还是我。可是如果我放弃了事业，我就什么都不是，即使你现在觉得无所谓，有一天你也会嫌弃我。”陆涵平静地说，“事业是男人的命，你不了解事业对男人的重要性，如果今天我只是一个经理，我可能会毫不犹豫地放弃。可是，我不是！”

我像面对一个陌生人一样，我以为其他人追名逐利，陆涵不是。原来，都是一样的。

“你早就想好了，是吗？所以你那天选择不要我，因为你怕要了我就有责任……”我悲哀地问，“你告诉我，你对我到底是什么心态？这么些年，我在你心里到底是什么？”

“现在问这个又何必呢？”陆涵回避道。

“不，我要知道！”

“这些年，我对你是真心的！”陆涵一字一顿地说。

“真心？”我悲极反笑，“不要侮辱真心了。我现在终于明白，为什么你会在最后关头不要我，因为你早就清楚事业比我重要，你心里早就想好了要这么做，所以你没有要我。因为你没有要我，你便不会从心里觉得对不起我。”我看着他，绝望地摇摇头。我看上的竟然是这样一个男人。

“对！我就是这样一个人，我没要你是因为怕被你缠住。”

“我林云会去纠缠一个男人？你未免太高看自己了。”我笑起来，眼泪却流得更加汹涌，“从今以后，我的人生里不会再出现你这个人。”我一字一顿地说。

“你这又何必？我们还在一个公司……”

原来他担心这个，连最后一点眷恋都烟消云散了。

“你放心，我没这么笨，认识你这么多年，逢场作戏没学到十分，三分应该有吧？只是，以后陆涵这个人跟我再无瓜葛。”

“林云，我不是这个意思，我没有要和你决裂的意思。我们还可以做朋友，很好的朋友。”

我像第一次认识眼前这个男人一样打量着他。人可以无耻，怎可以无耻到如此地步？

我笑得苍白虚弱，“我不是你的玩偶，你以为你想怎样便怎样吗？你以为你跟我的关系可以随你掌控，随你定义吗？”

“你一定要跟我绝交吗？”

“我有跟你继续交往的理由吗？”

陆涵看着我，久久没有说话。

“我明白了。”我强撑着站起来。

“我送你。”陆涵扶住我。

“不用，以后我的事与你无关。”我冷冷地甩开他的手。

我的手抖得不行，脚下的步子也蹒跚起来。但是我告诉自己，一定一定不能在他面前倒下，一定一定要坚强。他不是我的唯一，也不是值得我伤心难过的人。可是眼泪却不听话，拼命滚落。

“林云，你不要这样，让我送你回去。”陆涵用力抓住我。

“你放心，我没事，你不值得我难过。”我用尽全身力气挣开他，“如果你真的觉得对不起我，那就立刻消失在我面前。”

待他离开后，我才放任自己大哭起来，直哭到自己虚脱。

我没有在家休息，不管身体虚弱，也不管心情极度难受，我依然选择去公司上班，连我自己也说不清我到底是为了什么。

唐弈进来的时候，深深看了我一眼。但是很奇怪，这一眼让我心里充实了不少，原来我对唐弈也有如此深的依恋。

陆涵一天都没出现，原来我心里依然希望看见他，原来我还是放不下他。

第二天，他依然没有出现。

第三天和同事在公司餐厅吃饭的时候，感觉有束目光在看我，我下意识地抬头看向那视线，是陆涵！他显然没料到我会突然抬头，碰到我的视线立刻把他的视线移开。

我心里冷笑，是想看我有没有伤心欲绝吗？我自嘲地笑笑，原来我这几天就是想看他的反应吗？那么我看到了，我死心了吗？

“林云，你替我把这个打出来。”这天，唐弈给我的事情特别多，几乎每隔二十分钟就出来一趟，并不叫我进去。

“总裁，打好了。”我进去将文件递给他。一阵眩晕的感觉包围了我，眼前的东西开始模糊起来，我努力摇摇头，想让自己的头脑清醒起来。

“林云，你怎么了？”唐弈的话是我晕倒之前最后的记忆。

“你醒了？怎么样了？”

我往周围看了看，这里是唐弈的套间，我身下的是唐弈的床。而唐弈，正坐在床边，紧张地看着我。

“总裁，我是不是晕倒了？”我虚弱地问。

“是啊。怎么了，林云？这两天一直看你脸色不太对，可不可以告诉我发生了什么事？”唐弈温柔地问。

我摇摇头，眼泪却不争气地涌了上来。我并不想在唐弈面前如此，可是面对唐弈的关心，还是忍不住心酸起来。

“是不是感情问题？”唐弈小心地问。

我抬头看了他一眼，他知道什么？为何会如此问？或者我满脸都写着失恋？失恋？我恋了吗？那只不过是一场似是而非的感情，是我自己傻傻地栽了进去而已。

“不是。”既然陆涵如此对我，我又何必为他伤神，也许他从来就没对我产生过真感情，我和他又何来感情问题。

我明显看见唐弈松了一口气。

“那是不是家里出了什么事？”

“总裁，对不起，我没事，刚才真是不好意思。”我强撑着坐了起来。

“你现在这么虚弱，别起来，你为何把自己包得那么紧呢？你在我身边四年了，还不相信我吗？”

看着唐弈对我如此关心，却什么都不能说。如果我爱的人是唐弈，也许我不会这么心碎神伤。

“总裁，对不起！”我含着眼泪，只能道歉。

“我不是要你道歉，我只是希望你能恢复到以前一样。以前的你多活泼，多开心，为什么现在变得这么忧郁呢？甚至你像以前一样任性都可以，你从来没像现在这么听话过。”唐弈认真地说。

“我也不想的。”听了唐弈的话，我再也控制不住眼泪。

“哭吧，哭出来会舒服一点。”唐弈温柔地轻拍我的背。

终于，我哭够了，也哭累了。只觉得浑身的力气都被抽掉了，伪装坚强真的好累好累。

“我现在好累，我可以睡一会吗？”这是唐弈的床。如果不是实在太累，我也不会提这种要求。

“你现在就应该好好休息，外面的门我会锁上。你安心睡吧，睡醒了就什么都过去了。”

“谢谢你，总裁。”唐弈叹了口气，扶我躺下，眼里是种奇怪的神色。

我再度陷入昏睡。当我醒来，窗外已经是夜色浓重。床头开着一盏小灯，我忍不住为唐弈的细心感动，他怕我醒来害怕，为了我留了一盏小灯。我突然想起一句话“明明灭灭的人生，我愿作一盏灯，温暖你的寒冷，关照你的一生。”曾经我以为陆涵是这个人，可是现在才知道他不是。

“总裁，你还没走？”出来时，我赫然发现唐弈还坐在办公室批阅文件。

“这么晚了，你一个人回去不方便，我送你吧。”

我忍不住鼻子发酸，在我如此失意的时候，为唐弈的温柔。可是我已经怕了，我再也不敢轻易陷入感情中。此时，我并不希望唐弈对我过分地好。现在的我，要的只是一份平静而已。

“你对所有人都这么好吗？”为了掩饰自己的真实情绪，我故意打趣道，只是声音里失去了往日的欢快。

“是，只是对你更加好。”唐弈突然认真地说。

我有点后悔开这种玩笑，当下愣愣的不知道说什么好。

“还没吃晚饭呢，饿了吗？”唐弈适时开口道。

“我不饿。”我摇摇头说。

“别这样，不饿也吃点，吃完我就送你回去。”

我没有理由拒绝唐弈，默默跟着他走到地下车库。

“林云，怎么不吃？”唐弈看着我拨动着盘子里的食物，却不送入口中，忍不住说。

“我没有胃口。”我颓然地放下叉子。

“林云，告诉我，你怎么了？真的不是因为感情？”

感情是我现在最避讳的话题，我摇摇头说：“不是。总裁，求求你，别问了，过几天我就会好的。”

唐弈点点头，不再问我，然后伸手握住我的手。我挣脱了一下没有成功，愣愣地看着他。

“林云，以后有什么事你记得告诉我，我会帮你。”

我默默点了点头，心里却越来越乱，正应了那句话“剪不断，理还乱”。此时此刻，我希望唐弈不要给我出另一道难题。

日子就这么过着，因为感情的打击，我整个人都显得颓废，也不再那么关心公司里的事。我需要一个空间，让我慢慢疗伤。

一日，唐弈找陆涵谈事。陆涵进门时，忍不住过来跟我说话，“林云，你好吗？”陆涵讷讷地问。

我忍住心里的苦涩。既然我没有他的事业重要，何必又来假惺惺地关心我。对于这种廉价的关心，我不需要。

“总裁在里面等你。”我冷冷地提醒道。

陆涵欲言又止地看了我一眼，我专注于电脑屏幕，不再看他。他叹了口气，进去找唐弈了。

“林云，你可以怪我，可以恨我。我只希望你不要不开心，不要折磨自己。”陆涵出来后没有直接离去，走到我身边低声说。

我冷哼一声，心里很是反感。他不觉得自己很莫名其妙吗？他已经伤了我，现在又来跟我说希望我别不开心，别折磨自己。如果他真的这么希望，又何必伤我？或者他是怕我报复？可是我林云只会报复我认为值得的人。

我冷漠地看了他一眼，却一眼瞥见他身后正走出来的唐弈。

“总裁！”我立刻叫了一声。

陆涵朝唐弈点点头，立刻走了。唐弈疑惑地看了我一眼，却没说什么。

我自嘲地笑笑，我刚才那么急切地叫唐弈，就是希望陆涵警觉，原来我还是担心影响到他，我怎么会如此可悲？在此时竟然还在为他着想，难道我真的一点都不恨他吗？也许是时间太短，我一时还无法摆脱以前的习惯吧。我这样安慰自己。

站在顶楼，外面是一片繁华的景象，远处的天空澄净如洗，我很少这样去看外面的风景，可是现在驻足凝视的时间多了起来。公司搬到这个商业区已经两年，外面的风景对我来说还是这么陌生。四处都是高耸的办公大楼，不知道里面演绎了多少职场故事。

失去了陆涵的感情，事业成了我唯一的精神支柱。我拼命地工作，不管是不是我分内的工作，我都揽过来。唐弈和公司高管对我越来越满意，有人开玩笑说我很快就会升职。我像以前一样面带微笑，可是我知道，我不快乐，很不快乐。

也是从这时起，唐弈开始带着我应酬。有人评价我和他，是公司最和谐的一对上下级。

星期五晚上，唐弈带着我参加税务局的应酬。

“总裁，对不起啊！害你喝了那么多酒。”我内疚地搀扶着唐弈出来。刚才席间几位税务局的领导频频敬酒，唐弈不但要喝自己的，还得替我喝，本来他就没有陆涵的酒量，现在更是步履不稳。

“没事，我知道你不喜欢喝酒。”

唐弈这个样子，车肯定是不能再开了。我招手拦了一辆的士，把他扶上车，好在唐弈体形瘦，即使如此，我也累得要命。

“小姐，到哪里？”

我看了下已经歪在我身上的唐弈，他住在哪里我根本不清楚。想起他办公室里有套间，于是就报了公司地址。

车到门口，我拒绝了保安的帮忙。不想让保安看见唐弈喝醉，指挥司机直接驶入地下车库。这时候唐弈有点醒了，在司机的帮忙下，我把他扶到电梯口。地下室有电梯直达顶楼，我一个人费力地把他弄回办公室。

“总裁，你觉得怎么样？”我担心地问。

“唔……”唐弈依然意识不清，含混地应了我一声。

我使出吃奶的力气才把他弄到床上，别看唐弈很瘦，居然那么沉。看他歪在床上，我愣愣地站在床前。说实话，我从来没有照顾过醉酒的人，真不知道应该怎么做。

“唔……”唐弈难受地呻吟了一声。我看着他紧皱的眉头，思考着怎么减轻他的痛苦。

“总裁，你是不是很难受？”我去卫生间拧了块热毛巾，小心地把毛巾放到他额头上。

“林云，是你吗？”唐弈微微睁开眼睛。

“是我啊，总裁，你感觉怎么样？”我俯身问道。

“林云，我喜欢你！”唐弈突然抓住我。

“总裁！”我惊呼。

“我真的很喜欢你！”

下一刻，唐弈用力将我带到怀里。

我挣扎起来，“总裁，你喝醉了！”

“没有，我很清醒！林云，我要你！”唐弈翻身压住我。

“不要，总裁，你真的喝……唔……”

不等我说完，唐弈便含住我的唇，狂热地吻起来。

“不要……”我一开口，正好让他滑入我口中。我用力推他，他伸手将我的手扣到头顶，腾出一只手开始解我的衣服。

“林云，你知道吗？我做梦都想要你。”唐弈离开我的唇，开始亲吻我的脖子。

“不要，总裁，你别吓我，我怕！”我带着哭腔说。即使是面对自己深爱的人，第一次也会害怕，何况如此突然。

唐弈不再理会我，伸手扯掉我的外衣，在我胸前摩挲起来。我打了一个寒战，惊恐起来，“总裁，你放开我。”

“我不放！”唐弈喘着气说。

我惊讶他今天晚上的反常。唐弈一向内敛稳重，怎么可能对我做这种事？在我分神间，唐弈迅速扯掉我的衣服。

我羞愧难当，用力挣扎起来，可我的挣扎更激起了他的欲望。

一阵酥麻的感觉涌了上来，我用力咬住下唇，身子却不由自主地颤抖起来。我知道如果我现在大叫，也许能把外面巡夜的保安引来。可是这样一来，我和唐弈都会身败名裂，我不敢也不能。

“总裁，不可以，你是总裁啊！”我试图用身份唤起他的理性。

“不，现在只有男人跟女人，我不是总裁。”唐弈对我的话充耳不闻。

直到这时，我才害怕起来，我用尽全力开始反抗。但是我的反抗让他更加狂热，他一边抚摩我，一边挤进我的两腿间。

我应该呼救，可是我不敢叫出来。陆涵的影子突然窜进我的脑海，我一个激灵，狠狠一口咬在唐弈身上。唐弈吃痛，终于清醒过来，看着衣衫不整的我，有些内疚，“对不起，林云，我……”

我防备地缩到床角，唐弈眼中的欲火慢慢褪去，哑声跟我说：“别怕，我不会了，刚才是我一时冲动，但是我喜欢你是事实。”

终究还是无法逃避，职场上几年的历练，已经养成了我敏锐的观察能力。唐弈虽然内敛，可是朝夕相处，我怎么可能感觉不到他的心思？可我并不想面对，虽然陆涵已经和我分手，可我怎么可能那么快就从一段感情出来，投入到另一段感情中？

唐弈见我不说话，小心地靠近我，“林云，我对你是认真的，我们相处已经四年，我对你怎么样，你应该清楚。”

我点点头，这四年的相处，我对唐弈也有很深厚的感情，可是我清楚那并不是男女之情。唐弈给了我无数机会，平时在工作上对我亦是诸多关心与教导，我一直视他如兄长一般。可是，拒绝的话，我更不知道怎么说出口。良久，我才犹豫地开口，“总裁……”

唐弈温柔地打断我，“非工作场合，你可以叫我唐弈。”

我不去和他纠缠这个问题，“这对我来说太突然了，我一直都把你当成领导来尊敬。一时之间，我恐怕无法接受。”我委婉地说。

唐弈看着我，目光坚定，“我知道平时我们是上下级关系，一时之间你肯定转变不过来。但是不要紧，我可以等，只要你给我追求你的机会。”

我迷茫地看着他，沉默不语。

唐弈扶住我的双肩，“林云，我是一个慢热的人，我对你的感情建立在朝夕相处中，我们对彼此都很了解。我们给双方一个机会，好吗？”

我还是没有说话，唐弈期待地看着我，“你讨厌我吗？”

我摇摇头，他见我摇头，高兴地说：“你现在只是一时消化不过来，你可以从另外一个角度，重新看待我们的关系。”

“可是……可是也许我会让你失望。”我讷讷地说。

唐弈热情地看着我，“只要你肯去尝试，我相信，我们可以的。”

在唐弈殷切的目光里，我拒绝的话始终说不出口。

第二天，我如往常一般上班。唐弈坐在里面，不时地偷偷观察我，一如我刚进公司时观察他一样。这几天来我一直没有跟他说过话，没有辞职，也没有请假，还是和以前一样工作。每次我进去，他都充满期待地看着我。而我，越来越乱。

一天，两天，一个星期，两个星期。

这天，我轻轻走进去，放下文件。过了一会儿，终于轻轻地唤了一声，“总裁。”

唐弈仿佛得到珍宝似的立刻放下手中的文件，惊喜地看着我，“林云，你终于肯理我了？”

我低下头，不再言语。

“你想明白了吗？”唐弈小心地问。

我低下头，轻声说："我答应试一试，可是别对我期望太高，也许我适合做你的下属，却未必适合做你的恋人。"

唐弈开心地说："不要紧，相信我！"

在唐弈热烈的眼眸中，我不由自主地点了点头。

"林云，你有没有觉得总裁最近心情大好，春风得意的样子？"安妮问我。

"有吗？"我回忆了一下，自从答应唐弈试着相处后，人前无论是他还是我，都掩饰得极好。可是如今连平时与他并无多少接触的安妮都能看出来，是不是我和他的演技都很差？

"有啊，感觉他最近对人特别亲切，你在他身边没有感觉到吗？"安妮不相信地问。

唐弈对我何止亲切，无人的时候，他对我简直就应该用宠溺来形容，恨不得将世上最好的东西都捧到我面前。

下午的会议上，唐弈侃侃而谈，意气风发地向我们展望集团的未来。

"总裁，你最近心情好像很好嘛。"会议中间休息的时候，蒋浩笑着说。

"是吗？"唐弈眉间眼底全是得意的神色，眼神扫过全场，却在我身上停留最多。我低下头去，假意在看手上的文件。

再次抬头时，发现陆涵正在看我。他没料到我会突然抬头，视线相触，彼此都有一些尴尬，各自迅速移开目光。

我忍不住一阵难过，曾经我和他也有过不少的美好时光啊。如今想起，却是恍如隔世。在他选择事业放弃我的那一刻，这些都已成为过去。唐弈和我是上下级关系，可是他是总裁，不用遵守公司的规定。何况，如果我真的决定和他在一起，他必然会让我辞职。

几天后，唐弈神秘地将一串宝马车钥匙交到我手上。我愣愣地看着他，不习惯男人这样的馈赠。我皱着眉头问：“给我这个干什么？”

“你别误会，我不是想亵渎你，只是……只是……”

送人东西还送得这么窝囊的恐怕也就唐弈一个。唐弈身价过亿，追求女孩的方式必然离不开物质。如果是刚毕业那时，有一个身价过亿的总裁追求我，恐怕我连做梦都会笑醒。可是现在，当我经历过感情后，这些对我已经不再那么重要。所以，我拒绝了唐弈的礼物。唐弈非常懊恼，“林云，你说过我们试着尝试的，那现在为什么拒绝我？”

我未置可否地看看他，“我不收礼物和拒绝没有关系，何况我也不希望我们的关系建立在太多的物质基础上。”

唐弈叹了口气，便由了我，却更加珍惜我。他身价过亿，其实内心特别害怕别人是冲他的钱而去。而我也不希望他给我太多物质，何况这些东西我在公司也用不上。如果我在公司大摇大摆开一辆宝马车招摇过市，我想不用一天，流言蜚语就能淹没我。二十几岁的女孩子有什么能力开这样的车？自然是男人的馈赠。如果最后我和唐弈顺利结婚还好，否则我肯定是最大的笑话。

第十三章 为了我爱的人

人前唐弈依然是总裁，但是人后我们的位置已经颠倒过来，唐弈开始操心起我的起居饮食。我有点惊讶，唐弈曾经是出了名的沉默与冷静，但是他热起来比任何人都热，为了让我知道我在他心目中的地位，他什么事都不再避讳我，公事私事都如此。只有其他人在的时候，他才会努力维持他的总裁身份。

这天，顾德明的秘书拿过来几份文件，我照例扫了一眼，发现似乎有些不对劲，仔细一看才知道少了陆涵的签名。

“这几份文件陆总还没签名呢。”我提醒道。

“哦，我也不知道，是顾总监让我直接拿给你的，而且还跟我强调说直接拿给你。他自己已经和总裁说过了。”对方解释道。

我疑惑地又看了一遍文件内容。文件里所讲的事情陆涵有知情权，缘何顾德明不让陆涵过目呢？难道营销系统又有什么变化？顾德明此举如此明目张胆，甚至连秘书都知道，他是公然挑衅陆涵吗？唐弈到底怎么看？难道是唐弈默许的吗？如果唐弈动了这个念头，那陆涵岂不是……想到此，我觉得一阵莫名的寒意。陆涵，这个伤我至深的男人，为何我还如此为他牵肠挂肚？为何我如此不争气？他是死是活，此时与我又有何干系？为何我心里是如此担心？

一下午我都在思考这件事，我很清楚唐弈的想法是关键。无论顾德明想做什么，必须有唐弈的支持才可以。如果唐弈是站在陆涵这边，那么顾德明什么都做不成。

“你很累吗？”看见唐弈眉头深锁的样子，我忍不住问，更是为了刺探唐弈的想法寻找合适的机会。

“有一点，最近公司里的事情太多。”唐弈温柔地解释，眉头却依旧紧锁。我看了看他，没有说话，唐弈突然对我说：“林云，我太阳穴隐隐作痛，你可不可以帮我按几下？”

我一愣，这是唐弈从来没有提过的要求，何况还是上班时间。但是看着他祈求的目光，我还是绕到他身后，轻轻地替他揉着。

“总裁，我……”我抬起头，门口站的是陆涵。他眼神复杂地看了我一眼，便尴尬地站在门口。

我的手僵在半空，心里却有一种希望，我想看看他的反应。

“林云，你先出去好吗？”唐弈轻声对我说。

我默默点了点头，便依言离去，走过陆涵身边时，我面无表情地看了他一眼，看着他迅速褪去血色的脸，心里终于觉得好过了些。

陆涵终于来找我了，他想知道我和唐弈的事。我斜睨着他，“陆总，这个似乎不应该您来操心吧？”

“我想知道。”陆涵神色平静地说，可是我却恨他现在的平静。

我笑了起来，“有这个必要吗？我跟谁在一起好像不应该您来过问，如果您这么问是出于关心总裁的话，您可以直接去问他。”

“我……只是关心你。”陆涵黯然说。

我冷哼一声，尖锐地讽刺道：“关心我？陆总，您没这么健忘吧？

似乎不久前您才跟我说您是个以事业为重的男人？又或者您现在转性了？”

“林云，你真的要这么刺伤我，你才开心吗？”陆涵沉痛地说。

“陆总，您真是会开玩笑，我怎么能刺伤得了您呢？爱我的人才有可能被我刺伤。”

“林云，你到底要怎么样？”陆涵隐忍地问。

“陆总，就算您是副总裁也不能如此不讲理吧？是您来过问我私事，您还问我到底要怎样？”我犀利地说。

陆涵霎时沉默了，过了好久才说：“林云，我知道我肯定伤害了你，现在我只希望你幸福。如果你真的和总裁在一起了，那么就好好地珍惜他吧。他是个好男人，至少比我好一百倍，他会好好待你的。”

陆涵的话再次撕裂了我的伤口，如果此刻他咆哮，他嫉妒，我会好过很多。可是他竟然祝福我，也许他从来没有真心爱过我，所以才会如此大方。

“那么我便谢谢陆总，我会珍惜值得我珍惜的人，也会遗忘我应该遗忘的人，陆总不必操心。”我淡淡地说。

“林云，我希望你幸福。”陆涵喃喃地说。

我心里掠过一阵鄙夷，缘何我会爱上这样一个男人？

“陆总，如若此刻您离我远远的，我心里还会留一分感激给您，因为毕竟您还算一个君子。可是现在您在我眼里什么都不是，欲断不断、拖泥带水、反复无常、虚伪至极，您现在这么做的用意为何？表现您的伟大？担心我报复您？如是后者，您大可不必担心，有些人值得我去报复，有些人不值得我去做任何事情！”心里的伤口再次被撕裂，比第一次更痛，我终于明白什么叫以己伤人。

“林云，在你眼里，我是这种人？”陆涵显然被我的话伤到。

“别问我这种问题，因为答案会比您心里想的更糟。”说完，我便不再看他。转身，却泪如雨下。

我和陆涵是怎么开始的？我自命聪明绝顶。原来，也只是凡人一个，无论我如何对待陆涵，在他心里永远都是他的事业重于我。

他如此做，他会难受吗？我默默地想，难道在感情的世界里，只有女孩子会伤心吗？

窗外淅淅沥沥的雨缠绵不绝，不经意的一句话就能触动我心底最柔软、最隐秘的部分。我以为可以忘了一切，也假装忘了一切。我以为心可以不再疼痛，也假装忘了疼痛。可那些微小的细节终是提醒我，没有忘记，疼痛依然。

"林云，这个周末我们出去旅游好不好？"唐弈征求我的意见。

"你真的爱我吗？"我喃喃地问唐弈。

"爱！很爱！"我望着唐弈的眼睛，唐弈定定地回视着我。落进我眼里的只有无数深情，我心虚地转开视线。

"如果……如果我不值得你爱呢？"虽然我爱的人是陆涵，可是对唐弈的依恋也是如此之深，有时候我真讨厌这样的自己。

"林云，我总觉得你好像很没有安全感，是不是我哪里做得不好，让你这么不安？是不是因为我那次勉强了你？"唐弈柔声问。

"不是，那件事我早就忘了。"我轻轻地摇摇头，忍不住面红耳赤。

"林云，我要告诉你一个秘密。"唐弈神秘地说。

难道他想告诉我他以前的恋情？

唐弈拉着我坐到沙发上，打开电脑给我看一封邮件。我一看，霎时血往头上冲。

"尊敬的总裁：

"很抱歉在您百忙中还打扰您，但是这件事我不得不说，您的助理林云和您最得力的陆总有不正当关系。两人身为公司核心层人员，却结党营私，请您关注此事！”

又是匿名邮件！什么时候我们集团悄悄蔓延了这种风气？都习惯背后伤人？目前在公司，看我最不爽的人只有朱莉一个。我知道陆涵的改革已经到了最紧要关头，常青权和顾德明已经行动了吗？我木然地看着唐弈，猜测他给我看这封邮件的用意。

“那么，你相信吗？”

唐弈笑着说：“既然我喜欢你，第一件要做的事就是信任你。”

我心生感动，立刻想到了另外一个问题，屏气问：“陆总知道这个事情吗？”

唐弈给了我一个肯定的眼神。

原来如此！难怪陆涵会与我分手，可是即使承认又怎样，最多一起离开公司好了。只是我能舍下，他却舍不下。

“陆涵跟我保证绝对没有此事。”

“那你相信他的保证吗？”我继续问。

“其实我心里当然是不愿意相信邮件里的内容，但是平时你们两个走得近，我也知道。不过我相信你的职业操守。”唐弈温柔地说。

我无言地点头。如果是其他人发生办公室恋情，走一个也就是了。可是我和陆涵不同，即使我愿意为了他而走，我的职位那么敏感，别人肯定以为我不断将唐弈的动向透露给他。事实上，我和陆涵在一起的一年多，很少去谈及这些。我做的，只是纯粹地担心他和支持他。可是别人却不会相信。

我幽幽地问：“你为什么要告诉我这些呢？”

唐弈认真地说：“因为我爱你，不想对你有所隐瞒。”

我叹了一口气，唐弈对我，始终要比陆涵更加用心。因为他是总裁，我不需要怀疑他对我的好还有其他成分。

这个集团，唐弈一股独大是众所周知的事情。这些高层每日小心翼翼就是为了博得唐弈的重用。只是我心头放不下的人依然是陆涵，让我想不通的人也依然是陆涵。既然他已经看清唐弈对我的情意，为什么还要为了事业把我推给唐弈？因为如果唐弈一旦深陷在感情中，陆涵能保证唐弈丝毫不受我影响吗？如果我选择报复，陆涵依然无法保全自身。又或者他就料定我绝对不会报复他？他就这么有把握？

我重重地叹了口气，陆涵算得没错，我的确不会选择报复他。因为我尚无法忘记他，还做不到对他的一切漠不关心。也许我会在感情上报复他，可是绝对不会在事业上重创他。

“原来你把陆总叫来问话了，我就说嘛，他这段时间看见我，话都不敢多说，原来是你在作怪。”我转移话题。

“可能我把陆涵吓到了，他向来是个谨慎周全的人。我料想他也不会轻易喜欢你，我很忌讳公司副总裁和我身边的人恋爱。”唐弈笑着说。

“原来我在你们心里就是你们希望我属于谁，我就必须属于谁。”我自嘲地说。

“又多心了，我不是这个意思。办公室恋情太复杂，我是为了你好。”唐弈理所当然地说。

这理由和陆涵的竟是惊人的相似，他也说是为了我好。这两个男人都这么希望我好，难道我就不希望自己好吗？

“你和我也是办公室恋情。”我不服气地说。

“我们不一样，何况，我另有打算。”

我清楚唐弈说的打算是什么，却不想点破，“好了，以后我们不要再说这些了。”

唐弈如获大赦似的立刻点头同意，“林云，我永远都相信你。”

“那你对陆总呢？”我忍不住问。

“其实陆涵是个很有分寸的人，我会把他叫来问话，也是我关心则乱。因为我自问是个极不容易动心的人，可是我还是爱上你，那我难保他不会啊，所以我才会这么做。”

“你以为你看上的人家就都要喜欢啊？说不定人家看都不想看我呢。”我嗔怪地白了唐弈一眼。

“开玩笑，我看上的人当然是人间极品，很多人都会喜欢。但是我相信陆涵的职业操守，而且他跟我这些年，我了解他的为人。”

我不置可否地笑笑。唐弈在感情上怎么这么幼稚？人的感情岂是公司规定和职业操守能控制的？也许唐弈指的是没有人会为感情放弃事业吧？也许真的是越单纯的人才越能得到真正的幸福。而我们这些所谓的聪明人，一生都在名利里苦苦挣扎。一生一世，直到自己老去，依然不知道自己今生追寻的到底是什么。

“我本来以为你要对付陆总。”我突然说。

“为什么？”唐弈惊奇地说。

“因为最近销售部的报告里很多没有陆总的签字，这不符合程序。你刚才又给我看了那封邮件，所以我以为你要对付他。”我很希望自己再也不去关心陆涵，可是我还是做不到。

“林云，你想多了，不过这些事情你还是不要问了，很多事情太复杂，你不会了解的。”唐弈模棱两可地说。

我看了看唐弈的脸色，心中权衡了一下，终是没有再开口。只是这一夜，我心事重重，彻夜无眠。

今年南方的天气有些奇怪，明明不是梅雨时节，却足足下了一个多月的雨。有同事戏称南方的晴天犹如大姨妈那么难得，一个月只有两三天，而这个月似乎是怀孕了。

“丽娜，你这么急把我叫出来什么事？”丽娜脸色憔悴，我不知道我和她比谁的伤心更多一些。

“林云，我不知道该怎么办，我能相信的人，只有你一个，你帮我出出主意吧。”丽娜拉着我的手恳求道，好像溺水之人抓住最后一块木板。

“先告诉我发生了什么事。”我不着痕迹地抽回自己的手。

“朱莉这个贱女人真的勾搭顾德明，这个不要脸的女人，就喜欢干抢别人老公的事情。”

你做的不也一样是抢别人老公的事吗？我心说，却知道此话是断然不能说出口的。

“朱莉怎么做是一回事，还得看顾总监呢，如果他不为所动，朱莉做什么都不会有效，你别太担心了。”我云淡风轻地说。

“可是男人是经不起引诱的。”丽娜着急地说。

“那就说明这个男人也不怎么样。”我依然是淡淡的表情。

“对，这个男人也不怎么样！”丽娜狠狠地说，“他现在对我很冷淡，经常不接我的电话，消息也很少，而且很多时候就几个字。”丽娜黯然地说道。

我心想，他已经是这种态度了，难道你还不明白吗？何必苦苦纠缠，降低了自己的格调呢？可丽娜是绝不可能听得进这些话的，如果她能听进一言半语，情况便会大不相同。

“丽娜，如果不开心便不要再勉强了。”我小心地试探。

“就算我不要顾德明，我也不会让朱莉如愿，顾德明他要真敢这么做，我会让他后悔。”丽娜的眼里透出仇恨的光芒，连我都不寒而栗。

“你的意思是说你打算把你和他的事情公开？可是这样做你会赔上自己，你还有大好人生，何必如此？”我耐心地劝她，“再说，这种事根本没有证据。如果顾总监一口咬定是你往他身上泼脏水，到时候你如何解释？他是公司高层，公司领导层即使对他的行为有所怀疑，但是没有证据绝不会动他，你明白这个道理吗？”

“林云，我知道你是为了我好，也知道你说的是事实。我没那么笨，再说我是要朱莉这贱女人好看。”

我暗自摇头，女人何苦为难女人。始作俑者是男人，为何要把账全部算在女人头上，虽然我也同样痛恨朱莉。

“那你怎么让他后悔呢？”我好奇地问。

“我跟顾德明已经四年了，他的事情我多少知道一些，你以为我们公司的高层都干净吗？随便哪一个，都不可能没做过一丁点对不起公司的事。”

我立刻关注起来，这其中包括陆涵吗？

“丽娜，这种话别随便说，没有证据的事情更不好乱说，你对我说说也就算了，以后别再说这样的话了。”

丽娜斜了我一眼，“我当然不会随便说，我手里有证据，如果他真的对不起我，我不会放过他。”

这是今晚意外的收获，我想起那封匿名邮件，心里也堵得慌。除了朱莉，还能有谁？可以说，朱莉是我和丽娜共同痛恨的人。

“可是你这样做，只是打击了顾总监，朱莉不会受一点影响啊。”

丽娜挫败地看着我说：“林云，那我到底怎么办？”

“丽娜，宽容是种美德，放过顾总监吧。”其实我心里已另有打算，只是不能让丽娜破坏我的计划。

“林云，我觉得顾德明真的应该感激你，如果不是你劝着我，我早就让他身败名裂了。”丽娜说。

“我只是觉得你有大好的未来，没必要这么做。”我淡淡地说。

“那你说我到底应该怎么办？”丽娜是个极无主见又冲动的人，我实在不知道顾德明看上了她哪点，也许别人的感情外人都无法理解，我和陆涵不一样如此吗？

“你先告诉我，你要一个什么样的结果？”我盯着她问。

“如果我说我希望他回心转意，你会不会看不起我？”丽娜小声问我。

“不会，因为我了解感情不是说放就能放的。”我对她也对自己说。

“我就知道你会理解我，那你说我现在应该怎么做呢？”丽娜向我求助。

“你觉得顾总监喜欢朱莉吗？”

丽娜脸色一沉，“我不知道，应该有一点吧。”

“那你认为怎么样他才会回心转意呢？”我突然觉得自己像个教唆犯，正在慢慢引诱别人犯罪。

“只要朱莉不再引诱他，他就会回心转意了。”丽娜满怀希望地说。

“那朱莉怎么才能不引诱他呢？”

“只要她离开这个公司。”丽娜恍然大悟地说，“朱莉根本不喜欢顾德明，她只是想利用他，如果她不在公司了，她就没必要这么做了。”

“丽娜，我有个问题想问你。”我突然说。

“你问吧，只要我知道的，肯定都会告诉你。”

“为什么你觉得朱莉引诱的是顾总监呢？我听到另一个版本，说朱莉引诱的人是陆总。”这个消息一直困扰着我，以前陆涵一直跟我表白他不会喜欢朱莉。可是他绝情地跟我分手后，他之前说的话我都不再相信。

“她这个女人只要对她有利的男人，她都会勾引，反正多一个还是少一个对她来说根本没什么区别。如果她勾引得到，我想她最希望连总裁都一起搞定呢，但是总裁怎么可能看上她这样的女人。”

听她这么滔滔不绝地数落朱莉，我忍不住打断她，“那陆总呢？”

“我也见过她好几次对陆总献殷勤，但是陆总好像没有特殊对待，只是曾经好像跟她吃过一次饭。”丽娜努力地回忆着。

我心里“咯噔”一下，原来并非空穴来风。我知道吃一顿饭并不代表什么，但是此刻我心里却无比愤怒。陆涵并没有告诉我这件事情，他为何不告诉我？如果他心中坦然，缘何瞒我？我清楚以他的身份地位断然不可能主动招惹朱莉，但是如果朱莉主动，我又怎么能保证陆涵不为所动。陆涵真的理智至此吗？如果他真有这么理智，和我又如何解释？

“那她和顾总监到底怎么回事？她一个人有那么多精力吗？”我忍不住问，这也是我心中的疑惑，我依然不相信一个女人可以同时去招惹多个男人。

“林云，你傻啊！这叫广撒网，未必每个男人都会上钩，我觉得陆总就未必理会她。”

“是吗？”我忍不住关心起来，“你怎么知道的？”

“陆总这个人喜欢保守清高的女孩子，所以他是不会喜欢朱莉的。”

难道竟是我误会了？不过丽娜的感觉未必正确，虽然我心里也不相信陆涵会看上朱莉，即使朱莉是个毋庸置疑的美女。以陆涵今时今日的地位，岂是美貌的女人就能勾引得了他的？可是，男人真的能拒绝一个主动投怀送抱的美貌女人吗？我不是男人，无从知道。我是女人，不能不怀疑。

“那顾总监未必就跟朱莉有事，你又何必如此愤恨呢？”

“陆总是个聪明人，所以他不可能和朱莉有什么。可是顾德明不一样，他好女色，他可以和我在一起，当然就可以和朱莉在一起。再说了，男人是不会拒绝主动送上门的女人的。”

原来这就是“同理心”，就因为顾德明和丽娜有不能公诸于世的感情，所以丽娜就认定顾德明和朱莉之间也有。而我心里对陆涵的怀疑不也是因为这个原因吗？我认定陆涵可以喜欢我，当然也可以喜欢朱莉，这中间的缘由谁又能解释得清呢？

“对了，你刚才说什么多少知道一些他的事情，这话是什么意思？你是因为气愤随口说说，还是……”

丽娜脸上出现了犹豫之色，我立刻说：“你不方便说就当我没问。”

丽娜一见我这种态度，马上解释道：“林云，我相信你，但是这事我只告诉你，你可千万千万不要让公司知道。虽然我现在很恨他，但是我并不想让他丢了工作。”

这就是女人，即使男人对不起自己，依然心慈手软，抱着最后一丝希望。男人何其有幸，能碰上这样全心全意爱自己的女人。即使这样，真正珍惜女人这份感情的男人又有多少？我忍不住欷歔起来，“很严重的事情吗？”

“是，我没告诉过任何人，连他自己都不知道我知道这件事。”丽娜严肃地说。

我很少看见丽娜脸上会出现这种神色，当下也意识到事态的严重性。也许，这将是顾德明的致命弱点。

我静静地看着丽娜，没有继续追问，也没有阻止她继续。

“三年前他负责的一个项目，他应该拿了不少好处，就我所知，应该不下一百万，而且我相信这只是其中之一。”

我心中一紧，也立刻产生了怀疑，顾德明有那么笨吗？

“丽娜，这话不能乱说，没有证据便是诬陷高层。”

“林云，我喜欢他，怎么可能诬陷他呢？如果他真的敢跟朱莉在一起，我不能保证不会把这件事情捅出去，他自己看着办好了。”

丽娜为了使我相信，立刻把三年前的项目及如何知道的原原本本告诉我。

我知道丽娜是个言过其实而且摇摆不定的人，只要顾德明随便说两句好话，估计她就会找不着北。以她的心智根本不是顾德明的对手，到时候只会打草惊蛇，让顾德明提早做好万全准备，到时候要拉他下来，那就难了。如果真是这样，那最坏的结果也就是决策层开始怀疑他，以后不被重用而已。可是这样一来，不痛不痒，而朱莉却不会受任何影响。我心里立刻有了决定，“丽娜，做人不可做绝，我劝你还是三思而后行，如果你这样做，他一定一定不会再原谅你，你们曾经也相爱过，何苦呢？”

丽娜痛苦地摇摇头，“林云，我也不想这样，但是如果他真的和朱莉在一起，我受不了，所以我一定要那女人好看！”

“可是就你刚才说的事情，只能把顾总监拉下来，影响不了朱莉分毫。再说了，如果朱莉真是你说的那种人，她马上就换个人依靠，你说你做了这些对她能产生什么后果呢？”

“这才是我找你商量的原因，你说怎么才能让她滚出这个集团？”丽娜恶狠狠地问。

我叹了口气，朱莉这样害我，如果我有办法早就让她走了，可是谁也做不到一手遮天。

第二天，我便约了吴君泽吃饭。

“林云，怎么想到请我吃饭呢？”君泽笑着问。

“因为有事想请你帮忙，你不介意我因为这个原因请你吃饭吧？”我同样笑着问。

“不介意，我早就说过，为了你，我愿意做任何事。”

我突然觉得一阵窒息，君泽是这个集团的另类，我只能用不食人间烟火来形容他。他从不与人争斗，只是静静地做好自己分内的事。我和他是在一次部门活动中认识的，当时的他让我觉得特别亲切，他也不着痕迹地一直对我好。可是我心里完全被陆涵填满，已经容不下任何人。他对我的情谊，我恐怕只能辜负了。

我强打起精神说：“君泽，我想请你帮我核查一笔三年前的账目。”我开门见山地说。

“什么账目？”吴君泽好奇地问，“关于谁的？”

“销售总监顾德明。但是这件事一定要秘密进行，而且即使查了也未必能查到什么。如果被他知道，你可能会被牵连，你害怕吗？”我定定地问他。

君泽轻轻笑了笑，“我什么都没有，有什么好怕的？再说我现在这个位置也是你推荐的，丢了也是为你而丢，没什么好可惜的。对了，你为什么要查他？”

“因为我怀疑他拿了属于公司的钱，而且数目不小。”

吴君泽的脸色凝重起来，“林云，如果你有这种怀疑，你应该告诉总裁，然后由审计部出面审计。”

我犹豫了一下，还是决定对他隐瞒到底。我没有勇气告诉他真相，没有勇气告诉他我到底为什么要这么做，“君泽，顾总监是公司高层，如果我贸然告诉总裁，你说要是最后查下来，什么都没有的话……”我故意停顿了一下。

“那你会受影响！”吴君泽立刻想到这层关系，“林云，我明白了，我替你查。”

我满意地点点头，“君泽，这事一定要秘密进行，你有财务经验，所以我希望你好好替我核查，我对财务一窍不通，就算你把所有账都放在我面前，我也看不懂。”

“我会的，林云，这事我一定帮你，于公于私我都会帮你，查完以后你会怎么做呢？”吴君泽好奇地看着我。

看着吴君泽目不转睛看我的神情，我不觉莞尔一笑，“如果没查到什么，说明顾总监未必对不起公司，那就算我小人之心了。如果有的话，我希望你以财务部的名义发邮件告知总裁，届时总裁肯定会请审计部进行全面审计，不过不管他是有还是没有，你先来告诉我，好吗？”

吴君泽不解地看着我，“林云，如昊真的发现问题，为什么不马上告诉总裁呢？”

“事关重大，顾总监又是董事长一代的功臣，不能鲁莽。”我严肃地说。如果到时候真的要动顾德明，势必惊动隐退已久的董事长，我绝对绝对不能让他有翻身的机会。

“林云，为什么你要对付顾总监？”

我违心地说：“我不是要对付什么人，总裁对我器重有加，我不能让别人对不起他，你说呢？”

吴君泽感叹地说：“总裁有你在身边真幸福，有你这么为他着想。”

我无言苦笑，不知还能再说些什么，一时气氛有些尴尬。

“君泽，你也老大不小了，应该考虑一下自己的事情了。”良久，我才努力说出这句话。

“林云，你知道为什么的，所以千万不要跟我说这些，你说这些对我来说很残忍。”

我心情沉重起来，原来背负别人的感情竟是这么累的感觉，更可笑的是陆涵如此对我，我还是心心念念地替他着想，生怕顾德明真的把他拉下来。

“好，以后我再也不会跟你提这些了，只是……不要对我这么好。”

“我是心甘情愿的。”他定定地看着我，我的心再一次痛起来。

三天后，吴君泽来找我，“林云，我核查了三年前的账目，真的发现有不对劲的地方。”

“哦？真的有问题？”我关注起来，虽然我早就清楚丽娜不会说谎诬陷顾德明，但是检查账目我也只是抱着试一试的心态，从顾德明生活上这么不注意、不谨慎的态度上看，也许会找到蛛丝马迹。

为什么陆涵不动他？他已经在挑衅陆涵，为何陆涵居然不动声色？我突然想到这个问题。难道陆涵动不了他？再一想，我便明白了，顾德明是董事长一代的功臣，即使陆涵扳倒了他，也会让别人觉得陆涵容不下下属，且后遗症太多。所以只要不到最后一步，只要顾德明没有倒过来置陆涵于死地，陆涵就不会走这一步棋。原来陆涵隐忍的功力已经达到这个程度。现在看来，以前陆涵对我的包容真是不值一提，连他的对手他都能容忍到如此地步，何况只是我的小性子？

“林云，我只能说那些账仔细看能看出问题来，但是我是财务，不是审计，所以具体的问题我无法得知，可是我可以告诉你，一定有问题！”

君泽肯定地说。

“我相信你，但是你也说仔细看能看出问题来，所以这件事你先保密，一定一定不能让第三个人知道，好吗？”我认真地叮嘱。

“林云，能告诉我你到底想做什么吗？”

“君泽，到时候你会知道的。”我只能如此敷衍他。

“好，我也不勉强你，有些事情知道不如不知道，我只是希望你好好保护自己，一定不要让自己受到伤害，好吗？”

我低下头，不去看那一对满含深情的眼睛，“嗯，你也是。不论我想做什么，我会想好如何不连累你再做。”

“不，你不用顾及我，我不怕被你连累。即使被公司开除，我也不在乎。”君泽认真地说。

“君泽，不要这样对我，我不值得的。”我皱眉说。

“不，你值得，你一直都值得！”君泽含笑看着我。

我的心却无比沉重。

我知道我手里掌握了这样的证据，可以说掌握了顾德明的死穴，可是目前我还不想动顾德明。顾德明身居要位，动他不是一件简单的事，最重要的是他似乎并没有威胁到我，若说他想取代陆涵那也只是我的一个猜测，目前并没有见他有什么行动。而陆涵聪明绝顶，他会让顾德明得逞吗？也许是我多虑了。为什么陆涵这样对我，我对他的事还如此上心？我是不是犯贱？可是……可是陆涵因为事业与我分开，如果他的事业毁在顾德明手里，我怎么甘心？我怎么甘心？

出乎意料，顾德明居然请我吃饭，难道他知道我在查他？可是君泽断然不会出卖我，我又做得如此隐秘，他怎么可能知道？又或者说我小看了他？还是他有别的目的？

“顾总监为什么要请我吃饭呢？”我笑看着眼前的关婷婷。关婷婷生性老实，肯定会实话实说。

“我也不知道。”关婷婷一脸茫然的神色，根本不像装出来的，“顾总监就是这样吩咐我的。”

“哦，那他邀请了多少人呢？”我继续问。

“今天他刚出差回来，说中午请我们吃饭，然后突然跟我说叫我来邀请你。你中午没什么事吧？”

有事我也得赴约啊，不去我怎么知道他的用意呢？

“好的，替我谢谢顾总监。”

关婷婷也笑着说：“你去就好，我也算完成了任务。其实我也不知道顾总监为什么要我来邀请你，按理说安妮和思萌和你走得更近啊。”

我心里开始猜测顾德明的意图。

“林云，谢谢你肯赏脸，我真是太高兴了。”顾德明一见我准时赴约，便热情地过来寒暄。我心里暗想，果然是做销售的，即使没什么交情，也显得这么热情。

“应该是我说谢谢才是，婷婷过来的时候我还以为我听错了呢。”我笑着说。

“其实早该请你吃饭了，我听她们说平时工作的时候，你对销售部一向很支持，我怎么都该表示一下我的感激之情。”顾德明真诚地说。

“顾总监太客气了，支持各部门的工作本来就是我的分内之事。”我笑着谦虚道。

“不管怎么样，我还是要感谢，谢谢你这么支持销售部。”

我敛去笑意，曾经只要与陆涵有关的人和事我都会高度关注，只要与陆涵有关的工作我都会积极配合。过去我很支持销售部，那是因为销售部是他管辖的部门之一。曾经……曾经我是多么爱他！

席间，朱莉看我的眼神意味深长。若说是敌人，其实面上我们根本没有多少冲突，只是在彼此相视的眼神里能看到对方深深的不屑，甚至我都想不起来什么时候开始和朱莉不合的。

我不知道朱莉究竟是如何做到的，她明明极度讨厌我，可是领导在的时候她却能和我把酒言欢，当然是她自己喝酒。也许这就是其他人说她虚伪势利的地方吧。总之，我本就对她无一丝好感，从她引诱陆涵那一刻开始我就希望她消失，直到唐弈给我看了那封邮件，这种厌恶就达到了极点。

“顾总监，你早就该请林云了，你不知道林云平时对我们有多好。”朱莉笑着说，但是在她脸上却看不到任何真诚，不知道顾德明是如何看的。

“是啊，是啊！”顾德明回应道，“我这不是亡羊补牢吗？”

顾德明请我吃饭的目的到底是什么？难道只是纯粹地请我吃一顿饭吗？顾德明和朱莉成了我心头的一块阴影。我知道如果凭借唐弈对我的宠爱，如果我暗示了相关高层，弄走一个朱莉是易如反掌的事。一个年产几十亿的集团，还缺少一个销售经理吗？可是这不是我想要的，我要的是不动声色，我要的是水到渠成，这就成了我的难题。

顾德明请我吃饭之后，并没有表现出明显的目的性，日子也就在我日复一日的猜测中慢慢过去。而陆涵也好久不曾见到，即使他来总裁办公室见到了我，也只是礼貌性地点点头。

一天，我正在座位上忙着处理文件，不料却听到陆涵在角落里打电话。

“是，我知道，我知道有这事，但这不是我批准的，这事是顾德明在搞。他可能直接找了总裁，最近他很多事情都背着我呢。哦，也不是这个意思，可能顾德明怕我不同意，所以就没让我知道吧。”

我循着声音望去，见陆涵一个人站在角落里举着电话。他在跟谁通话？顾德明很多事背着他？

我知道我不该再去操心陆涵的事，可是我的心却无法做到。他到底遇到了什么问题？以前他偶尔也会告诉我他工作中棘手的事情，可是现在他不能说了。而我依然忍不住关心他的一切。

自从那次吃饭后，顾德明对我热络了很多。朱莉对我依旧像过去那样，带着不屑和敌意。我想其实她很不愿意见到顾德明对我热情吧，但是她却无法控制。其实身处这样一种复杂的关系中，即使我再敏锐、再有洞察力，也已经开始迷茫。

在接下来的工作中，顾德明似乎更不把陆涵放在眼里。我从没为陆涵担心过，论深沉、论手段，顾德明必然不是陆涵的对手。可是即使顾德明只是挑战陆涵的威严，我也不愿意看到，陆涵的威严只有我一个人可以挑战。

面对这样复杂的局面，我努力让自己的心静下来，慢慢分析。

以前我在公司和陆涵走得近，几乎人尽皆知。即使别人不知道我和陆涵的情感纠葛，也应该清楚我和陆涵之间的亲近。顾德明即使经常出差，也不可能毫无所知。难道说朱莉的邮件是顾德明指使她发的？即使不是顾德明指使，朱莉也会把我和陆涵之间的变化告诉他，就因为他知道我和陆涵已经决裂，所以才来拉拢我？他认为我因爱成恨，必然会帮他对付陆涵？我越想越觉得有这种可能。我突然觉得悲哀，原来我和陆涵之间的感情，可以成为这么多人的筹码，而我和陆涵却无力改变。

我恨恨地想，如果真是这样，那么我就要这些人全部为我的感情陪葬。既然我对顾德明的用处这么大，那么我为何不利用他先拔掉朱莉这颗眼中钉呢？而我手握顾德明的证据，等他先替我解决掉朱莉后，何愁对付不了他？

我冷冷地一笑，这场较量，还不知道谁输谁赢呢？

“林云，他现在在疏远我，你说我应该怎么办？”丽娜又找我诉苦。

看着她的脸，我计上心来。

“丽娜，你别担心，现在的形势对你有利。”我笑着对她说。

丽娜不解地看着我，“为什么？”

我笑得更加灿烂，“你跟我说实话，为什么他会疏远你呢，是什么原因？”

丽娜咬着嘴唇，很久才不情不愿地跟我说：“因为朱莉那个贱女人！”

“我平时不太关注这些事，你告诉我，你怎么知道的？”

丽娜愤愤不平地说：“现在整个集团差不多在都说朱莉勾搭完一个又换一个，我想不知道都不行。”

“我觉得未必如此，有谁做这种事会做得人尽皆知呢？”我笑着问。

丽娜一愣，“你说的有一定的道理，但是朱莉干这些事绝对有可能，她的想法跟你不一样。你在乎名声，所以你会这么认为，但是她要给别人的形象就是和顾德明有什么，然后下面的人因为这些而高看她三分，她的目的就是这个。”

这个我倒是没有考虑过，也许丽娜说的也不无道理。过去生怕影响了陆涵，所以我将我们之间的关系处理得很隐秘。可是朱莉要的是地位，她和我要的东西完全不一样，所以思想肯定也不一样，那她会这么做也在情理之中。所以她不会为顾德明打算，从朱莉的表现来看，我一点也看不出她对顾德明有感情。也许他们只是各取所需而已，甚至他们真正的情形我根本一无所知，能知道的都只是听丽娜在说而已。

“丽娜，你真的相信这些？”

丽娜沉默了一会，终于说：“我相信！”

“你跟顾总监的事，应该没人知道吧？”

“我只告诉了你。”我笑笑。这就好，那么你就是最好的人选，我在心里说。

“你不用担心顾总监和朱莉的事，放心吧。”

“为什么啊？”丽娜再次问。

我笑笑不语，我知道丽娜不是个沉得住气的人。

“林云，别吊我胃口了，快点告诉我吧。”

“你现在跟顾总监不太联系了吧？”

“他现在有空理我吗？”丽娜恨恨地说。

“如果你们已经不太联系了，那我告诉你也没关系，你也说他们的事闹得整个集团都知道，那你知道总裁的为人吧？你觉得总裁会希望听到这些吗？”我高深莫测地笑笑。

“总裁为人正派公平，最不希望看到这样的事情。”丽娜似有所悟地点点头。

我看她似乎还没有全部明白，就再点了她一下，“你说闹得这么沸沸扬扬，总裁知道的后果是什么呢？”

丽娜似乎反应过来了，“那你说总裁知道了吗？你刚才那么肯定地对我说，是不是总裁已经知道了？”

我笑着吸了口果汁，“这个就得去问总裁了，你可别告诉顾总监哦！”

我相信丽娜必然去告诉顾德明，但是顾德明肯定会以为丽娜是因为吃醋才会这么说，不过他既然能做到销售总监，也不可能毫不在乎自己的名声。不出意外，他会来探我的口风。

第十四章　当制度遭遇人情

之后大半个月里，我见过顾德明几次，可是他却并没有任何举动。难道我算错了？难道丽娜真的如她对我承诺的一样，没有告诉顾德明？好在，此时丽娜又来找我了。

“林云，他又理我了。”丽娜一改之前的怨妇模样，整个人显得眉飞色舞。

“那很好啊。”我淡淡地笑着说。

“我现在真是太佩服你了，你真是料事如神。”

我不着痕迹地说：“顾总监知道，我知道你们的事吗？”

丽娜笑着白了我一眼，“我哪会这么傻啊？他要是知道了，不杀了我才怪呢。”

“真的没有？”我笑着继续问。

“我保证一个字都没说过，我如果告诉他这些，不是让他恨死我吗？”

“那总裁到底知道不知道啊？”丽娜急着问。

我看了看她的神色，心里暗笑，丽娜何必关心唐弈是否知道？看来是顾德明让丽娜来探我的口风。

我悄悄把手机铃声设置成一分钟后响起。

“丽娜，我先接电话。”我还没说几句，手机铃声就适时地响了起来。我抱歉地对丽娜笑笑，转身去了卫生间。

“对不起，丽娜，我现在有事，下次再跟你聊。”

从茶馆出来那一刻，我心想，既然丽娜无法探到顾德明想知道的消息，那现在应该换顾德明亲自出马了吧？

可是之后的半个月里，顾德明依旧没有任何动静，倒是我有些沉不住气。难道说我真的失算了？可是不可能是丽娜自身关心唐弈是否知道啊。又或者我小看了顾德明？还是顾德明看出了什么？我并非营销系统的人，在别人眼里，和他们中的任何人都没有利益冲突，唯一有所表现的也就是和朱莉的不和。但是既然是明的，别人也早就习以为常了。而且在别人眼里是朱莉经常找茬，而我不冷不热地回应。

一日下班，怎么都打不到车。等了半天，好不容易有辆出租车过来，旁边却有一个人突然从斜刺里冲出来，动作迅速地钻到里面。我只能望着车尾郁闷。

“林云，在等车？”顾德明开着他的宝马，停在我面前。

我笑着点点头，终于来了。

“现在没车，我送你吧。”顾德明殷勤地下了车。

“怎么好如此麻烦顾总监呢？”我客气地说。

“别跟我客气了，一点都不麻烦。”我谦让了一番，才坐到副驾驶座上。车子一路向前驶，我暗暗观察顾德明，总觉得他有点心不在焉。彼此都没有开口，过了一会，可能是觉得都不说话，气氛容易僵掉，顾德明先开了口，状似不经意地问：“林云，你觉得我这人怎么样？”

我微微一笑，“顾总监人很好啊，你看，我在等车，你都会主动送我。”

“你可真会说话。”顾德明笑笑，顿了顿又说，“林云，是不是有很多人在说我和朱莉的事？”

我一愣，没料到他如此直白。难怪他不适合做销售副总裁，一点弯都不拐，我心里想。

“顾总监，你也知道我平时和总裁两个人待在顶楼，旁边也没什么人，总裁又不会来跟我说这些，我那里是消息最闭塞的地方哦。”我开玩笑道。

“这家店是新开的，厨师是韩国请来的，非常不错。我请你品尝一下？”路过一家韩国烧烤店，顾德明放慢了车速。

应该是已经刻意安排好的吧？只是他做得非常不着痕迹，“顾总监，这太不好意思了。”

“有什么不好意思的，我还没专门请你吃过饭呢。”顾德明说。

“上次您不是已经请过我了吗？”我提醒道，“就是您部门聚餐的时候。”

“上次是和她们一起，不算。这次我专门请你，如果你拒绝就是不给我面子了。”顾德明佯装生气地说。

“那我当然不敢拂了顾总监的面子了。”我顺从地笑道，看来这顿饭我得仔细着吃了。

顾德明殷勤地给我介绍了很多招牌菜，并且一一点好。我连连推辞，拒绝点太多的菜。

“先要这些吧。”终于，顾德明合上菜谱，递给服务员。

“顾总监点了这么多的菜，真是太隆重了。”我笑着说道。

“请你这位大美女吃饭，是我的荣幸，怎么能不隆重些？”记得以前和陆涵初相识的时候，陆涵也是如此夸我。

“公司里美女可不只我一个哦！”我笑笑说。要顾德明再次主动提起朱莉可能有些为难他，所以不如我来提，“比如朱莉，那绝对比我漂亮。”

“朱莉不算美女，她没有你的气质，更没有你的才华。”顾德明一脸不屑地说。是故意做给我看吗？我心里想。

“各有千秋吧。”我谦虚地说。

“唉，公司里很多人都说我跟她怎么怎么样，我是做什么的？天天在外面跑的人啊！漂亮的女人我见得多了，怎么可能会看上她呢？”

我微笑着点点头，如果我不知道他和丽娜的事，也许我会觉得顾德明说的很有道理。可是丽娜是前车之鉴，那他和朱莉有点什么也就不足为奇了。

“道听途说的事情，顾总监不必在意。”我轻描淡写地说。

“林云啊，我从来没问过别人是怎么看待这事的，因为我觉得那些女人唯恐天下不乱，可是我想听听你怎么看。在我眼里你一直是个公正单纯的女孩子，没有她们那么好事。”

我看着顾德明，轻轻叹了口气，“顾总监，您肯这么直接地问我，可见您没把我当外人。就我自己来说呢，我并不相信，因为您现在也算功成名就，您犯不着。”顾德明深有同感地点点头，我继续说，“可是毕竟每个人的观念都不一样，而且很多人不可能去分辨真假，这也是人性，也不能过于指责，再说……”我故意停顿了一下。

“再说什么？有什么话你就直说吧。”

我犹豫地笑笑说：“再说虽然造谣者很可恶，但是别人为什么会相信，而且愈传愈烈呢？可能是您无意中对下属好，看在别人眼里就觉得是另外一回事。”

“林云，你说得很有道理，可能有些事情我真的没有注意，朱莉的能力的确不错，所以我给她机会也比较多，但是这纯粹是一个上司对下属的发展负责而已。”

我很认真地点了点头，“我了解，再说这些传闻时间久了就过去了，顾总监不必理会，只要别传到领导耳里就可以了。”

果然，顾德明马上紧张地说：“林云，你天天跟在总裁身边，有没有传到你们那里呢？”

我笑笑说：“总裁那里有没有我就不知道了，可是我倒也真的听到了。顾总监您那么信任我，我也不瞒您，以前曾经有邮件发到总裁那里，说朱莉与一位上司有不正当的关系，后来这件事不了了之。我相信总裁处事也会讲究证据，可是我们集团现在的反映渠道那么通畅，如果再有人这样做，那就不好说了。如果我是总裁，我肯定会想，一次是造谣，两次三次还是造谣吗？”

顾德明的脸色沉了下来，我相信我的话已在他心里起了很大的作用，“朱莉平时为人的确不够检点，以前我也说过她，不过其实也没大家以为的那么夸张。”

我笑着点点头，他还是维护朱莉的，“我相信，毕竟每个人说的时候肯定会加上自己主观的东西。”

“所以林云，你的思想境界绝对要比她们高，这些话我肯定不会跟她们说。”

我谦虚地笑着说：“顾总监都说得我不好意思了，我是觉得您有现在的事业，都是拼搏出来的，您肯定会珍惜自己的事业，不会如此草率地对待，更不会让这种事影响到自己的名誉，所以我不相信外面的传言。”

顾德明目光炯炯地看着我说：“没错，林云，事业才是关键。”

“所以顾总监，我说句不该说的话，我觉得您应该慎重处理这件事情，不要再让别人有嚼是非的机会，我怕说的多了，总裁迟早会听到。”

“林云，你说的一点都没错，我很谢谢你对我说了这番话，这话我在别人口中肯定听不到。”

我微微一笑，“其实公司里每位高管对我都很好，对我非常包容和疼爱，我真的非常感激。所以我也希望能回报些什么，更希望公司里一切都好，因为最最包容我的人是总裁。”我真心地说，这次我说的绝对是发自肺腑的感受。

“每个人都像你这样想就好了。”顾德明感慨地说，突然又像想起什么似的问，“最近你和陆总接触好像很少啊！”

我心中冷笑，果然，他们注意到了。看来那封邮件还真是他们发的，想借我打击陆涵是吗？如此我也不算冤枉他们。

“陆总工作繁忙，最近总裁这边也没什么事需要和他沟通，自然就接触少了。”我淡淡地说。

“那倒也是，陆总工作忙啊。”

我心里起了排斥，现在我不想听到关于陆涵的任何事，不想自己慢慢平静下来的心再起涟漪，“在背后说人不太好，聊点别的吧。”

顾德明了然地点点头，配合地转移了话题。

我见此行的目的已经达成，当下也就开始心无旁骛地享用眼前的美味了。顾德明必然会权衡朱莉与事业的重要性，看陆涵对我就知道男人对事业的在乎程度了，陆涵对我肯定不亚于顾德明对朱莉吧？可是陆涵为了事业依然可以义无反顾地放弃我，何况顾德明？

“林云，你知道吗？朱莉要被调走了！”丽娜眉飞色舞地跟我说。

我心里暗想，你没有听过一个成语叫兔死狐悲吗？顾德明此举就是为了证明自己与朱莉并无瓜葛，他现在的心思都用在事业上，他把朱莉调走之后，难道还会跟你继续吗？

“她要被调到哪里？”我漫不经心地问。

“她要被调往西北地区，那里是我们最薄弱的地方，谁都不愿意去。”

“那她愿意吗？”

“当然不愿意了，可是不愿意又能怎么样？我早就说过她没有好下场的。”丽娜得意地说，“她好像去找陆总了，陆总说他相信顾德明的安排自有他的道理，他不好过多干涉。”

陆涵不肯为她说一句话？看来陆涵对她并无半分情意，也许我本来就知道陆涵对她没有情意，可是女人的小心眼让我一直不愿意朱莉这样的女人有机会接触陆涵，因为人的爱情自从出现之后就被打上了自私的印记。

“那现在怎么样了？”过程其实不用多听，我也能猜出大概。

“朱莉还在做最后的努力，但是既然已经提了，就不可能再收回去，她再做什么都影响不了结果。”丽娜笑着说，其实丽娜笑起来挺好看的，只是平常的她有太多的怨气。

“你以前说朱莉跟顾总监有那种关系，那他不怕朱莉来个鱼死网破吗？”我貌似担心地问。

丽娜扔给我一个“你真天真”的眼神，“朱莉是什么人？她才不会这么做呢！如果她这样做了，对她有什么好处？以后她去别的公司，还有哪个领导敢用她？她自己会权衡的，难道她会为了出一口气而赌上自身的前途吗？再说了，你以为顾德明白干这么多年的总监了？他会连一个下属都搞不定？你肯定是在总裁身边待久了，都不知道这个社会了。”

我哑然失笑，难道真的是我的问题？丽娜对朱莉倒是挺了解的，可是她预见到顾德明接下来会如何对她了吗？

朱莉并没有去西北地区，也没有我之前担心的大闹，她气愤地辞职了，也许是和顾德明达成了另外的协议。她走的那天我也在场，我以为她会用前所未有的愤恨眼神看我，可是她的眼中没有了以前经常出现的不屑和敌意，她的眼神竟是我完全未见过的，平静中带着同情。她同情我？我一怔，不明白她眼中为何会出现这种神色。

“林云，你怎么不说话？”肖安妮的话将我拉回现实中。

“我不知道该说什么。”我叹口气说。

“朱莉走得真是突然，本来还在传她有可能再次升职呢。”肖安妮感叹地说。

“人生本来就无常。”我淡淡地说，记得只有乔菲走的时候，我才伤感得一塌糊涂。之后无论谁离开公司，我都不曾有过这种情绪了，我已经习惯了聚散离合。

“对于这次变化，我们大家都觉得很意外，朱莉在公司里可以说是如日中天啊。”肖安妮有些惋惜地说。

“也许她有更好的发展吧。”我言不由衷地说。

“可能是吧，很奇怪顾总监这次会这么安排，你说顾总监为什么呢？”

我转身，定定地看着肖安妮，“你是他的下属，应该比我更了解顾总监的想法吧。”

肖安妮有一刹那的尴尬，“我不知道他的想法，你知道我很笨的。”

我笑笑，肖安妮绝对是个聪明人，只是没有唐弈、陆涵他们的深沉而已。而这些，也是我身上欠缺的，只是跟他们在一起久了，多少也学到了些。

“通常说自己笨的人并不笨，而这样的话说多了，会给人虚伪的感觉。”我面无表情地说。

肖安妮一愣，神色尴尬地看着我，良久才勉强笑笑，“林云，其实你有做领导的潜质，因为你会看人。”

我笑得灿烂无比，“所以在我面前做最真实的自己最好，因为我喜欢真实的人。”虽然我自己不是，但就因为我自己不是，所以我更喜欢这样的人。

“朱莉一走，恐怕又要招人了。”肖安妮转移话题说。

“除非空降，一般形式下招来的人，来了也要慢慢奋斗。”我云淡风轻地说。我知道肖安妮在想什么，但是这些事情我不打算插手，跟我自身没有关系的事情，我不想参与。

没过几天，丽娜就找我哭诉，“林云，他终于正面跟我提出，彻底结束这种关系。”我没有一丝惊讶，这本来就是预料之中的事。现在顾德明想要做的事是和陆涵抗衡，怎么可能还有时间去管这些情情爱爱呢？

“哦？”

“他说我现在也老大不小了，他不能再耽误我了，他说是他对不起我，希望我去寻找自己的幸福。”

好熟悉的话，也许这是男人在分手时必说的台词，明明自己耽误了别人，还得告诉对方，我是为了你好。诚然，这样就可以保全自己，可是对女性的伤害一点也不会减少，男人的自私呵！这样一来，女人必然认为男人也是迫不得已，是为自己好，所以更加念念不忘。

“他说得没错，我也这样认为。”我掩饰住自己的情绪。

“可是我不要，难道这么久的感情，他说分就分吗？”

“那还能怎么样呢？”我苦笑着说。陆涵和我不也是说分就分吗？我也没有一丁点办法。

“丽娜，别再执著了，放手吧。因为男人一旦做了决定，是不会轻易改变的。”

丽娜愣愣地看着我说：“我不信，如果他真的坚决要分，我不会这么轻易算了的。”

我暗自摇头，当他决定要分的时候，必然已经想好退路，你不肯算了，不肯又能怎样？我重重叹了口气，不再劝说，丽娜需要自己想通。

周末，我约了君泽。

“君泽，周末还把你叫出来，真是不好意思哦！”我抱歉地说。

君泽温和地笑笑，“跟我还这么客气吗？只要是你找我，任何时候都可以。”

“上次我跟你说的事情还记得吗？”我提醒道。

君泽思索了一下说：“是指顾总监那件事吗？”

我点点头，神色有点冷峻。我再恨陆涵，也不希望有人对付他。

“你现在要怎么做？”君泽问我。

“我叫你把电脑带出来，就是希望你现在发这个邮件。”我平静地说。

君泽打开电脑，登录公司邮箱，“林云，你想好了吗？”君泽敲在键盘上的手，迟疑起来。

“你害怕吗？”我反问君泽。

君泽严肃地说：“我不是害怕，林云，邮件我会发，但是你永远都别说你知道此事，我怕顾总监知道不会放过你。”

我心下感动，君泽到了这个时候还在替我着想。

“即使他知道是我要你这么做，我也不怕，是他自己先对不起公司，对不起董事长和总裁。”

君泽深深地看了我一眼，开始草拟这个邮件。我坐在对面，安静地吃着冰激凌，并没有看内容。跟陆涵接触久了，我也开始慢慢变得沉得住气了，怎么又想到他了？我烦躁地皱皱眉头。

“你看我这么写可以吗？”君泽把电脑移到我面前。我没有看内容，我要君泽以财务部的名义发这个邮件，如果我提供意见的话，也许会留下蛛丝马迹，所以让他自由发挥最好。

“君泽，内容你照实写就可以了，收件人你按我说的做，你发给你们余总，再抄送给总裁。”

“为什么？”君泽不解地看着我，“你不是要我发给总裁吗？”

我犹豫了下，最终还是决定有所保留，“你的上司是余总，你直接发给总裁是越级，所以你发给你们余总，再抄送给总裁，这样才符合程序。但是你没跟你们领导商量就抄送给总裁，你怕不怕你上司不高兴？”

余秀珍和常青权、顾德明立场一向一致，如果自己的下属揭露顾德明却不经过她，她肯定会勃然大怒，君泽此举无疑赔上了自己的前程。而我，心怀愧疚，只能尽可能少影响他一些。

“谢谢你，林云。”君泽笑着说。

我的眼睛湿润了，君泽竟然还跟我说谢谢？他知不知道发了这封邮件会影响到自己？如果扳不倒顾德明，君泽就是牺牲品。

“君泽，你如此帮我，我真的无以为报。”我认真地说。

“我根本就没想过要你报答，我只希望你过得快乐。”君泽笑着说。

我的心莫名地沉重起来。

周一上班后，我一直细心观察唐弈的脸色。

“林云，你叫余总过来一下。”

看来唐弈看到了那封邮件，从他如此凝重的表情可以看出，唐弈不打算压下此事。

财务副总余秀珍也是一脸凝重地走进总裁室，并关上了门。

“林云，叫审计总监也过来！”唐弈又吩咐道。

我应了一声，立刻拨通审计总监张浩飞的内线，看来唐弈准备追查到底了。

一小时后，唐弈办公室的门打开了，余秀珍和张浩飞神色严肃地走了出来。我看了他们一眼，他们也面无表情地看了我一眼，匆匆离去。

“林云，你叫财务部的吴君泽过来一下。”唐弈再度吩咐道。

终于要来了！我没像先前叫其他两位总监一样打内线，我离开办公室，走到僻静处拨通君泽的手机，“君泽，总裁找你！他看到那封邮件了！”

“哦，我这就来。”

“君泽，你想好怎么说了吗？”我紧张地问。

“林云，我知道，公事公办。”

君泽进来的时候冲我微微一笑，我鼓励地看了他一眼，心中还是忍不住忐忑起来。

君泽很快就出来了，我定定地看着他，唐弈在里面，我什么都不能问。君泽给了我一个温和的笑，我的心才慢慢定了下来。

看来，事情正朝着我预期的方向发展。

晚上，唐弈要我陪他加班。我默默走到落地窗前，忍不住瑟缩了一下。门窗都已紧闭，可是冬日的风无孔不入，寒意瞬间侵入肌肤，我环住自己的身体。远处是星星点点的灯火，却让人感受不到任何温暖。

“林云，如果公司里有人违反了规定，而且是关键岗位的人，你说我应该怎么做？”唐弈轻轻地说。

我的睡意立刻烟消云散，唐弈打算跟我说顾德明的事情吗？

“那要看他违反的是什么规定。”我微闭着双眸说。

“如果性质很严重呢？”唐弈继续问。

“那就按照公司规定处罚嘛。”我轻描淡写地说，心里却迅速分析起唐弈会如何做。

“唉，哪有这么简单的事情啊！”唐弈重重叹了口气说。

半个月后，唐弈召开小范围的秘密会议，我做笔录。与会人员有陆涵、蒋浩、余秀珍、张浩飞、吴君泽。

“审计部先做一个简单的说明吧。”唐弈面无表情地说。

“是。”张浩飞恭谨地应了一声，开始说道，“半个月前，财务部发现账目上有异常情况，这半个月来审计部做了详细审计，顾德明涉嫌侵占公司财产两百零六万元，这是详细的清单。”

“大家怎么看？”唐弈环视了一下在座的每一个人。

沉默，死一样的沉默。没有一个人开口。我看了一下众人，心里很清楚，这些人在职场上摸爬滚打多年，个个都经验丰富，他们会尽可能让别人发表意见，而不会主动开口。如果唐弈表明立场，那自又不同，现在他们还不清楚唐弈心里的打算，当然不会贸然开口，而君泽职位不够，其他高层没有开口，当然更没有他说话的份。

“陆涵，你怎么看？”见大家不开口，唐弈索性点名。

“总裁，我身为顾德明的直接上司，发生这样的事，我有不可推卸的责任。”陆涵正色说。

我看了陆涵一眼，猜测他此时心中所想，是高兴？是生气？但是面上看不出陆涵任何情绪，也许这就叫深沉，多年修炼出来的深沉。

“陆总，这也不能怪你，你平时工作就忙，也无法面面俱到，是顾德明自己辜负了公司的信任。”蒋浩说。

也许陆涵当初接近我，只是为了工作便利，我突然又生出这种想法，忍不住又看了陆涵一眼。正好碰上陆涵的视线，我深深地看了他一眼，便接着专心做记录。

“你们说这件事如何处置为好？”唐弈终于提到重点。

“顾德明犯了这么严重的错误，按理说应该严惩，可是他是董事长一手提拔起来的……”余秀珍看着唐弈顿了顿，没有继续往下说。

“陆涵，你认为怎么处理？”唐弈再次问。

“总裁，顾德明是我的下属，无论是严惩还是轻罚，我都不适合发表意见，我的意见可以忽略，无论大家最后的决定是什么，我都没有异议。”陆涵沉重地说。

陆涵果然聪明，知道如何置身事外，他很早之前就知道顾德明有异心，可是一直忍着他，即使到了现在，都不发表任何意见。

也许是感受到了我意味深长的注视，陆涵转过头来看了我一眼。我面无表情地移开视线，去看唐弈。

“总裁，我觉得这个审计结果应该告诉顾德明本人，看看他本人怎么说。”余秀珍说。

“这个当然。”唐弈点点头说，“那就由审计部出面吧。”

告诉顾德明本人，就意味着让他去找董事长求情，但是这却是必然的，可最终的决定权还是在唐弈手中。

“林云，刚才会议上我不方便问你，你认为应该怎么处理呢？”散会后，唐弈问我。

我浅浅一笑，“什么时候你需要别人来告诉你怎么做呢？”

唐弈犹豫了一下，“如果……如果我按公司规定处理这件事，会不会让别人觉得我毫无情面？”

我笑了起来，这句话已经泄露了唐弈的想法。看来唐弈是希望按照公司规定处罚顾德明，他担心的只是别人如何看而已，毕竟好几个元老已经被处罚了。

“你怎么做我都支持你。”我温柔地说。

“那你觉得我怎么做更好呢？”

我突然发现无论是唐弈还是陆涵遇事都喜欢问我意见，其实他们心里都已经有了决定，只是需要一个人来支持他们的决定而已。可是这件事才刚刚开始，还不到我表态的时候，如果不出所料，三天里必有变故。

两天后，已经隐退多年的董事长唐文涛突然来到公司。车子才到公司门口，我桌上的内线就响了，“林云，董事长来了，估计是来找总裁的，你快点做好准备吧。”美嘉立刻向我通风报信。

唐文涛肯定是为顾德明之事而来，如果过来查看业务势必会有高管陪同，不会如此突然。唐弈是他的儿子，按理说如果两人需要沟通，尽可以在家慢慢沟通，我实在想不明白这对父子为何要选在办公地点沟通。我突然想起丽娜以前告诉过我，唐弈的恋情遭到父母反对，最后宣告失败。难道是因为那一次的事情造成了父子间的隔阂吗？没有时间容我胡乱猜测，我立刻进去将这一消息告诉唐弈。

唐弈波澜不惊，对我淡淡笑道：“该来的总会来的。”

我回到自己办公室，说实话，我只见过唐文涛的照片，并没有接触过他本人。

“你就是唐弈的助理？”唐文涛和蔼地问。

关于唐文涛的报道我看过很多，公司里目前也尚存不少，对于这位老人如何创业，如何拼搏，打造了这样一个集团，我心里是存了敬佩的。

“是的，董事长。”我小心翼翼地回答。

“唐弈这个人比较沉默，还习惯吧？”唐文涛亲切地问。

“总裁虽然沉默，但是人很好。”我恭谨地回答。

不知道眼前这位老人知道我和唐弈的关系后会是何种反应，连唐文涛都觉得唐弈沉默冷淡？看来这位父亲也并不是不了解自己的儿子。唐弈其实是个外冷内热的人，并且是个性情中人。

“董事长，总裁在里面，我引您进去吧。”虽然唐文涛极其和蔼，但是无形中还是给了我一种压迫感，所以我迫不及待地希望他赶紧进去找唐弈。

“好。”唐文涛配合地走向里面。

“总裁，董事长来了。”有第三人在的时候，我依然唤唐弈为总裁，“董事长您坐，我去给您泡茶，您喝龙井的对吗？”我依稀记得有篇报道里写唐文涛酷爱龙井。

唐文涛微笑着点点头。

“唐弈，顾德明跟了我这么多年，我是亲眼看着他一步步成长起来，你现在这么做是不是太绝情了？你这样等于毁掉了他。”唐文涛皱着眉头说。

“我不觉得，任何人犯了错都要付出相应的代价，我只是按照公司的规章制度处理而已。”唐弈眼中充满了我不熟悉的肃杀之气。

我心中一紧，也许不了解唐弈的人都觉得唐弈很好说话。唐弈接管集团多年，能不断将集团发扬光大，就凭这点，他也不会是个简单的人，更不会只像旁人看到的那样心慈手软。关键时刻，我相信唐弈会有一切成功商人的魄力。

看见我进来，唐文涛凝视着唐弈身后的八阵图，没有再说话。我聪明地放下茶就退了出来，并轻轻带上门。

半小时后，唐文涛出来了，唐弈并没有起身相送。这父子俩没有谈拢？

这也并不意外，唐弈本就不是容易妥协之人，并且一贯坚持自己的原则，用他的话说就是只有我，才打破了他向来的惯例。

“怎么了？跟董事长谈得不开心？”我柔声问，“董事长怎么说？”

“他的意思就是要我压下此事，并宣称此事纯属诬告，查办诬告之人。”

什么？那岂不是要让君泽成为牺牲品？我最不愿意看见的事情还是不可避免地将要发生。现在最重要的就是唐弈的想法，只要唐弈坚持，那唐文涛也断然不可能因为一个顾德明跟儿子对抗到底。

“如果这样，我怕以后公司里再也没有人敢反映问题了。”我淡淡地说。

唐弈握住我的手，苦恼地说：“林云，我也明白这个道理，可是我也不能全然不顾董事长的情面。”

“那倒也是，董事长的意见是什么？”必须知道唐文涛的想法才好应对。

“他的意思是让顾德明悄悄退还侵占的财产，仍然做他的销售总监。”

唐文涛老糊涂了吧？我心里冷笑道，犯了这么大的事都可以不追究？难道要等别人把集团掏空他才准备处理吗？

“可是这样的人你还敢再用吗？”我小声问。

“可是董事长的意思是经过这件事顾德明必然受到教训，以后应该会谨守本分，好好做人。”

“董事长是个宽容的长者，他说的话也不无道理，只是我怕以后大家受了鼓舞，认为侵占个两百多万都没事，纷纷效仿就不好了。”我分析道。

“这个我也知道，我就是怕堵不住这个口子，才要严肃处理。可是董事长那里，他坚持认为顾德明对公司有功，不同意严惩。”唐弈像个孩子似的诉说给我听。

“顾总监对公司的确有功，而且功劳不小，可是有功的时候，公司已经给过相应的嘉奖，给过相应的地位与薪水。如果以此作为犯错的筹码，我怕企将不企。”我终于说出核心的一句。

唐弈目不转睛地看了我好一会儿，“林云，你真聪明。对，这就是理由，我知道怎么让董事长心服口服了。”

三天后，唐弈召开部门负责人以上级别的高层会议，最后一次征询大家的处理意见。

我环视了一下在座的高管，相信这些人应该都清楚唐文涛已经来过公司。

我突然明白了，唐文涛到公司找唐弈，未必就是父子感情疏远，也许这就是唐文涛的一种姿态，侧面告诉其他高层他的态度。姜果然还是老的辣。

“在座的各位应该都明白今天召开这个会议的目的了。”唐弈缓缓开口，“之前我已召开过小范围的会议，现在就要听听大家的意见。”

其他人立刻窃窃私语起来，我静静地看着众人，面无表情。

“大家认为应该怎么处理，可以随意发表意见。”唐弈又加了一句。

会议持续了两个小时，大致可分为三派：认为应该重惩以肃法纪的；认为曾经有功，不适合重罚，以免其他元老寒心的；模棱两可立场不明确的。

我没有发表任何意见，虽然唐弈重视我，可是在职位上我和这些高管依然相去甚远，在资历上更不用说，而且我已经预见到结果，又何必多说？唐弈此举只是给大家打个预防针而已，至于最后会怎么做，他已经有所决定。我也相信，别看目前有三种意见，一旦唐弈亮出自己的意见，所有高管都会纷纷应和。顾德明又不是他们什么人，他们不可能替他力争到底，这就是现实，因为唐弈是这个集团的主宰。

“唉，我看顾德明这次是完了。”散会后，一位高管感叹道。

“谁叫他自己出了这样的事呢？”蒋浩叹口气说，估计有种兔死狐悲的感觉吧，“算了，先去吃饭吧。”蒋浩邀请我道，“林云，晚上没有安排吧？跟我们一起去吃饭？”

我点点头，晚上便随他们去了一家土菜馆。

“林云，这几天你也不好过吧？总裁有没有心情不好？”蒋浩关心地问。

“总裁怎么可能那么情绪化呢，更加不可能对我心情不好了，又不是我犯了错。”我边吃边漫不经心地回答。

“前两天董事长来公司了吧？”张浩飞问，“董事长好几年都不来公司了。”

“是啊，我第一次见到董事长呢。”我兴奋地说。

“董事长是因为顾德明的事情吧？这顾德明可是董事长一手提拔起来的人，感情自是不比其他后加入公司的高管啊。”蒋浩说。

“我也不知道，他们关了门在谈，可能因为这个事情吧。”

“对顾德明这个事情，总裁怎么看呢？”

我心里一笑，终于来了，既然你们又怕得罪唐文涛，又怕唐弈不满，那么我就坚定一下你们那颗摇摆不定的心吧。

“总裁这个人赏罚分明，又最痛恨这些事情，当然偏向按照公司规定处理了。”我装作不经意地脱口而出。

几位高管相互看了一眼，蒋浩继续说：“那董事长应该是想保顾德明的吧？总裁难道不顾董事长的情面？”

“蒋总监，总裁是董事长唯一的儿子，你说是外人亲还是自己的儿子亲？董事长连公司都交给总裁了，又怎么可能过分干涉总裁的决定呢？再说了，就算干涉了，也不会次次都来干涉啊。”

他们听完一愣，估计没想到我会这么直白地跟他们说话吧。我清楚我的话必然已经在他们心里激起波澜，因为我说的句句都是不可否认的事实。我想听了这番话，他们应该知道该站在谁这边了。

果然，第二天的决策会议上，除了其几个没有表态的高管之外，众高管纷纷表态应该按照公司规定处理。

唐弈微笑着环顾众人，点头道："那就按照大家的意见办。"

"林云，你说为什么突然大家意见一致了？"唐弈坐在老板椅里，心情不错地问我。

"那还用问？估计看出你想这么做呗。"我一边整理桌上的文件，一边轻描淡写地说道，"为什么你迟迟不表态呢？"

"傻瓜，身处我这个位置怎么可以随便表态呢？除非最后的意见和我的背道而驰我才会表态，如果他们的意见正是我心中所想，我又何须表态？"唐弈宠溺地说，"这话我只有对你才会说。"

我的确相信这话唐弈只会对我说，我猜得一点也没错，唐弈能管理这么一个庞大的集团，又怎么可能是那些女孩子眼中温和沉默仁慈的总裁呢？

"董事长那边，你打算怎么办？"

"今天的决定是大家一致同意的，董事长也只能接受。"唐弈冲我笑笑说。

我怎么感觉到一种儿子设计老子的意味呢。

下午，唐文涛再度出现。从他严肃的神色看来，应该已经知道会议的结果了。

"唐弈，你一定要这么做吗？"唐文涛一进来就问，没有理会我还在旁边。

"这是大家的决定，并非我一个人说了算。"唐弈淡淡地说。

"你真的一定要按照公司规定处理？"唐文涛皱着眉头问。

"这个规定好像还是您在的时候定的。"唐弈提醒道。

唐文涛一时语塞，“可是你知不知道如果按照公司规定处理，就意味着把他送进牢里。他好歹跟了我这么多年，你于心何忍？”

送进牢里？我手忍不住一抖，唐弈不会的吧？

“他做之前就应该想到这个后果！”唐弈面无表情地说。

“唐弈，你真的要这么做吗？”唐文涛再次问。

唐弈没有说话，气氛一时有点尴尬。

“顾德明毕竟服务公司多年，有过不少功劳。”唐文涛语重心长地说。

“对，他是在公司服务多年，但是在他有功的时候公司已经给予他相应的荣誉和地位，功不能一直论，赏罚必须分明。”唐弈说完，笑着看了我一眼。

唐文涛也忍不住抬头看了我一眼。我一惊，立刻把眼帘垂了下来。估计唐文涛也能感受得到唐弈对我的重视，两人这样的谈话，都留下我作为旁听者。

“林云，你说呢？”唐弈笑着问我。

唐文涛也注视着我，等待着我的回答。

“总裁，我觉得您要按照公司规定处理，这没错。董事长顾念旧情希望您从轻发落也没错。我觉得让顾总监退回公司的财产，让他另谋发展吧，法律责任就别追究了，公司也不能一点都不念过去的情分啊。”我边说边小心翼翼地观察唐文涛的反应。我看到唐文涛微微点了点头，知道自己所说甚合他心意，再看唐弈也没有不高兴的神色。

“唐弈，连你身边的人都认为不应该追究法律责任，你就不能网开一面吗？”从唐文涛的语气中完全感受不到一个父亲的威严，看来唐弈在家中的地位是不可否认的。

“既然连林云都这么认为，那法律责任我就不追究了，但是其他处罚不能再少。”唐弈一锤定音地说。

唐文涛叹了口气，终于没再说什么。

“林云，你送董事长出去吧。”唐弈吩咐道。

我依言引着唐文涛出来。

“唐弈对你很是信任，你在他身边要好好辅助他啊。”唐文涛温和地说。

“是，董事长。”

送走唐文涛，我锁上门，回到唐弈办公室。

“送走董事长了？”

我点点头。

“他有没有跟你说什么？”

我看了唐弈一眼，看来他是故意让我送唐文涛的。

“他说你对我很信任，要我好好辅助你。”我尚搞不清这对父子的相处模式，还是实话实说比较好。

“看来刚才你的话很合他心意。”唐弈笑着说。

我回他一笑，“其实你根本就没打算追究顾总监的法律责任是不是？”

“还是你聪明。”唐弈赞赏地一笑。

“那你为什么不老实告诉董事长呢？”

唐弈爱怜地一笑，“傻瓜，我这还不是为了你啊，我本来就没打算追究顾德明的法律责任，我这人还没这么绝情，我就是要董事长亲自来找我，我引导你替顾德明求情，还不是为了让你在他面前留个好印象啊，未来我们在一起也顺当得多。”

为了我你就设计你的父亲？我不置可否地撇撇嘴。

第十五章 世界上最遥远的距离

第二天，唐弈就安排了出差。我知道他是怕顾德明或者顾德明的家人求情，躲清净去了。

本来刚揭露此事时，顾德明第一个找的就是唐文涛，一次都没有找过唐弈。但是事已至此，他很清楚唐弈才是决策人。其实事情发展到这个地步，已经不可能再有回旋的余地，只是做最后的挣扎是人固有的本性吧。

果不其然，顾德明还是打算再做最后的一搏。

“林小姐，以前的销售总监来找总裁。”保安在内线里说，“是否让他上来呢？”

我简短地说：“请他上来。”

“林云，总裁在吗？”顾德明讪讪地问，估计他也清楚整个集团目前没有人不知道他的事情。

“总裁他出差了。”我笑着说。

人生真是无常。半个月前，顾德明还是意气风发的销售总监，半个月后却险些沦为阶下囚。

“那他……什么时候回来？”顾德明讷讷地问。

我看了他一眼，为了避免他继续纠缠，决定快刀斩乱麻，“顾总监，有些话我不知道当讲不当讲。”

顾德明疑惑地看了我一眼，点了点头说：“我现在这个地步还有什么不能说的呢。”

“顾总监，其实我觉得您大可不必再找总裁，总裁的脾气您不是不知道，他做了决定就不可能再更改，他没有追究法律责任，已经是网开一面了，徒劳无功的事情其实做了也没意义，我觉得您应该多考虑一下将来。总裁选择这个时候出差，其实也说明了他的态度。”我平静地说。

顾德明颓废地叹了口气，不得不认同我的话。

“林云，我知道你说的有道理，其实我也清楚总裁不可能改变决定，我今天来主要是想跟他忏悔。”

我定定地看着顾德明，分析着他话里有多少可信度。他真的会忏悔吗？那他当初做的时候考虑过他会有今天吗？

“林云，我知道总裁肯定不愿意再见到我，你能帮我把这封信转交给他吗？”顾德明神色凝重地递给我一封信。

“当然可以。”我笑着点点头，目送他出去。

顾德明一走，我就撕开信，看了起来。无非是回顾过去董事长如何提拔他，他如何为公司尽心，如何对公司感情深切，如何忏悔自己一时迷了心窍等等。唐弈不会看，即使看了也不会有任何作用。

通知顾德明来公司收拾东西已经是两天后了，他本人并没有过来，是委托了他夫人过来，他终究是有些心高气傲的吧？我心里想。

肖安妮告诉我这一消息时，我特意找借口去了趟销售部。

“林云，这就是顾德明的老婆。”肖安妮小声告诉我。

“哦。”我淡淡地应了声。

丽娜愣愣地看着顾德明的老婆，我想现在心里最复杂的人应该是她，她应该不会想到她和顾德明的老婆会是在这种情况下见面的吧？

“我帮你吧。”丽娜突然走了过去。

我忍不住继续看着她们，原本她们应该是势不两立的吧？同属于一个男人的两个女人，本该争得头破血流，如今却默默地在替同一个男人收拾东西，真是造化弄人。

“谢谢你了！”顾德明的老婆真诚地向丽娜道了声谢。

如果她知道丽娜曾经是自己老公的情人，还会谢她吗？也许对于她来说，不知要比知道幸福吧？因为即使知道了，也改变不了事实，不如蒙在鼓里一辈子。其实，她远比我们这些什么事情都看清楚的人幸福啊。

“丽娜，我跟你一起送许夫人出去吧。”我静静地说。

丽娜点点头，和我一左一右缓缓送了她出门。

“谢谢你们，你们回去吧。”刚出大门，顾德明的老婆就歉意地跟我们道谢。

我点点头，停下脚步，却没有转身，一直目送她走上车。车子绝尘而去，我依然呆呆地望向远方。

“林云，我们回去吧。”丽娜挽住我。

对于她的亲热，我有些本能地抗拒。毕竟，在这件事上，我利用了她。

“林云，下个月我就要走了。”

我一惊，情不自禁地问道：“因为顾总监走了吗？”我轻声问。

丽娜摇了摇头，“其实我很早就想离开了，这份感情太累太累，耗尽了我所有力气。我希望我能重新开始生活，家里为我介绍了一个男人，对我也很不错，我打算回老家结婚。”

我默默点了点头。终于，丽娜找到了自己的生活，也算是件好事吧。

丽娜走的那天，寒风刺骨，空中飘着淅淅沥沥的小雨，我去送她。

“林云，你不用送我了，他来接我了。”

我转过头去，一个憨厚的男人对着我笑笑。打扮得虽然有些土，可是让人觉得实在，也许……也许这样的人才能给丽娜最真实的幸福。

“希望……希望你好好对她。”一直以来我对丽娜都没什么真心，可是当她要走的时候，我还是有几分不舍，希望她从此以后能够过上全新的生活。

对方慎重地点点头。

“林云，谢谢你了！你好好保重，有机会来看我，我带你吃遍我们那里的小吃。”

我点点头，眼泪却忍不住夺眶而出。在这一刻，我是真心真意地把她当成我的朋友。

愿你能够拥有自己的幸福！我在心里默默说。如果当初我让顾德明与你决裂能够让你拥有下半生的幸福，对我也算是一种安慰吧。

顾德明走后，公司很长一段时间死气沉沉，每个高管做事说话都小心起来。也许他们是见识到唐弈的决绝了吧？又或者真如丽娜说的“没有一个高管是干净的”，生怕下一个轮到自己吧？

“林云，我觉得做总裁助理太委屈你了。”唐弈突然说，“在处理事情上，你有独到的判断力和魄力。”

我笑了起来，“那你是准备让贤，打算让我做总裁喽？”

“总裁你是做不了了，但是还有一个位置空着。”

我故作不懂地问：“看来你厌烦了我在身边，打算把我调到别的部门去喽？”

唐弈笑着说：“傻瓜，我哪里舍得？总裁是不能让给你做的，但是总裁夫人这个位置一直为你留着。”

“我才不稀罕呢，谁喜欢谁去做好了。”我满不在乎地说。

我太了解唐弈了，以唐弈的身份地位主动去勾引他，根本不会起任何效果。这就是为什么之前公司里那么多女孩子对他示好，而他不为所动的原因。在他眼里，任何主动的女孩子或过于开放或抱有某种目的，都不是他心中所求。对他来说，越是具有挑战性，他就越有兴趣。事业如此，老婆亦如是。

“好了，跟你说正事，我打算让你在现在的岗位上再升一升。”

我好奇起来，“升我做副总裁？”说完，我忍不住咯咯笑了起来。

“好了，别开玩笑了，我打算让你做总裁特别助理。”唐弈认真地说。

总裁特别助理？总裁助理和总裁特别助理虽然只相差两个字，可是意义却大不一样。总裁特别助理虽然职位上不如副总裁那么响亮，可是很多隐性权力却是连副总裁都无法比拟的。在我们集团，级别大致相当于总监。如果把这个职位安排到我身上，恐怕我的资历上难以服众。

“恐怕我太年轻了吧？”我犹豫地说，“其他高层怕是会反对。”

“这个我考虑到了，反对的人肯定会有，但是你别忘了我是这个集团的总裁。”唐弈自信地说。

我认真地说：“我知道你是总裁，可是我希望我是凭能力升职，而不是靠你的偏爱，这样我宁愿不升，而且也不光彩。”

唐弈以同样严肃的语气说：“我不可能只凭自己的喜好给你升职，而是我确实认为你绝对有能力担任更高的职位。”

第二天的例会，我借故没有参加，我知道唐弈会在这个会议上提，那我还是不出现为好，反正有君泽这个内线，会议上的事情我依然会知道得清清楚楚。

“林云，恭喜你啊！”君泽微笑着说。

“恭喜我？喜从何来？”

“刚才的会议上总裁询问大家的意见，他有意提你为总裁特别助理。”

“我太年轻了，其他高管不反对吗？”我笑着问。

君泽的脸色暗了下去，我心中了然，“君泽，做不做总裁特别助理我根本无所谓，你不用这样，会上的情况怎么样？”

“那些高管都表示对你的能力还是相信的，可是他们担心你太过年轻。”

果然不出我所料，“全都反对啊？”我嬉笑着问，“那总裁岂不是很没面子啊？”

“也不是全部反对，陆总倒是全力支持你。”

陆涵？他全力支持我？他是想以此来弥补我吗？可是情感的亏欠岂是功名利禄可以弥补的？

“最后的结果呢？”

其实从君泽的表情中我已经知道结果，结果就是没有结果的结果。

“因为大家意见不一致，所以总裁说这个事情再议。”

“反对最强烈的是谁？”我不动声色地问。

“是常总。”

“哦。”常青权一直认为我和陆涵是同一阵营的，他会反对很正常，“还有呢？”

“还有……”君泽迟疑了一下说，“蒋总监也认为你资历尚浅。”

蒋浩？这倒出乎我的意料，印象中蒋浩唯唐弈之命是从。平时对我也多番示好，缘何此次会逆唐弈之意反对呢？或许他真的认为我过于年轻，如果他在重大决策面前保持了一个 HR 人士的专业操守，倒不失为一个君子。如果是这样，我对他只会尊敬。

“我资历的确尚浅。”我笑着说。

“不过总裁有意提拔你就代表他想重用你，就算这次不成功，以后也有的是机会。”君泽安慰我说。

我微微一笑，以唐弈的性格断然没有就此罢手的可能，何况他已将此事告知于我，如若不成，他必然觉得失信于我，无论如何他都会促成此事。但是他身为集团总裁，必然不能过于徇私，这对他以后的管理也会造成影响，唐弈不会不明白这个道理。

“我要的从来就不是这些。”我幽幽地说。

君泽深深地看了我一眼，重重叹了口气。

一星期后的会议上，唐弈做完总结后说："林云在我身边这几年，工作用心努力，我很满意，日前我曾问过大家对于设置总裁特别助理一职的看法，现在我想再次听听大家的意见，以便最后决定。"

唐弈说完，环视了众人一眼，所有人的目光都集中在我身上。我迎接着这些目光，淡定从容。

我明白唐弈的用意，唐弈选择在会议上当着我的面提出来，一来是告诉我他对我的情意，另一方面也是牵制这些高管，毕竟要当着我的面反对我，他们多少会顾及一些情面，更忌讳我记恨此事。而我和唐弈朝夕相对，什么时候抓住把柄报复他们的话，他们也消受不起。

可是我还是失算了，会议上依旧有很多反对的声音。

"林云的能力我倒不怀疑，可是林云毕竟太年轻了。"常青权说。

"总裁，林云聪明认真，能力也不容置疑，将来一定是集团的人才。"蒋浩说。

蒋浩毕竟是蒋浩，一定会顾及唐弈的感受，对我也多有褒奖，但是我知道他肯定还有下文。"可是林云现在虚岁也才二十八岁，我们集团从来没有出过这么年轻的高管啊。"

蒋浩说的没错，我们集团最年轻的高管也已经三十出头。除了这点，还有一个更重要的原因：我是女人，本来就比男人更不容易服众。提拔一个年轻的女人，本就会引来很多猜测和流言蜚语。

唐弈此举冒了很大的险，我心里不禁有一丝感动。

"年龄不是问题。"唐弈缓缓开口，"如果一味考虑年龄的话，那我二十几岁接管集团岂不是最大的问题？大家觉得我管理得如何呢？"

我没料到唐弈会拿自身作比较，这个帽子很大，如果高管再以年纪来反对的话，无疑是暗指唐弈管理集团不力。

沉默。

有些高管偷偷打量我，我依然是淡淡的表情。

“总裁，如果您觉得林云很有能力，是否考虑让她独立去管理一个部门呢？”常青权说。

我年轻又资历尚浅，如果让我去别的部门，当然不可能应付得了这么多老谋深算的高管。到时候如果他们想对付我，我根本防不胜防。即使唐弈再看好我，也有鞭长莫及的时候。很明显，唐弈对我有私心，他是不愿意也不可能把我放到其他部门去的。常青权这个提议不是在唐弈心口上插了一刀吗？果然，唐弈的脸色很难看。

“找一个合适的人协助总裁不容易，既然总裁觉得林云做得很好，我建议还是不要动为好。”蒋浩适时说。

唐弈的脸色微微好看了些。

“总裁，其实我觉得现在就挺好的，加不加那两个字对我来说一点区别都没有，不过我不愿意去其他部门。”虽然我知道唐弈不可能答应我去其他部门，但是如果一个总裁强留自己的助理，多少会引起别人的猜想。如果是我主动提，意义自是不同，唐弈只消说句尊重我的选择即可。

“去不去其他部门肯定是在尊重你自己意愿的基础上。如果你不愿意，没有人会勉强你。”唐弈柔声说。

我回他嫣然一笑，唐弈眼里有淡淡的温柔在闪动。

“总裁，其实林云是为您工作的，林云的能力和表现您最有发言权，只要您认为她工作出色即可，不需要理会我们大家的意见。”陆涵的意思很明白，提不提我只是唐弈一句话，就好比把公事化为了家事，可是我宁愿陆涵支持常青权。

“那怎么可以？我不是一个独断专行的人，所以我会考虑大家的意见。”

“我觉得我们不应该怀疑总裁的眼光。”陆涵率先说。

“既然总裁和陆总都觉得没有问题，那我这边也没有意见，年轻虽然是一方面，但是年轻也意味着可塑性强，假以时日，我相信林云一定会让我们刮目相看。”蒋浩终于亮出支持的一票。

我羞涩地轻笑了一下。其他高管左右看看，明白大局已定，当下也纷纷表示没有意见，只有极个别不赞成的人抿紧嘴一声不吭，但是这已影响不了最后的决定。

唐弈冲我微微笑了一下，眼里是不容置疑的自信和威严。

三天后，关于我的任命就下发了。HR 部门以有史以来最高的效率，办理了一切相应的职位变更事宜，我不觉暗暗好笑。

“林云，恭喜你。”走道上，我与陆涵意外地遇见。

“陆总，没什么值得恭喜的，功名利禄于你重如泰山，于我却只如过眼烟云。”我淡淡地说。

“林云……”陆涵欲言又止。

我轻蔑地看了他一眼，高傲地从他身边走过，不再回头看他。我怕看见他祈求原谅的眼神，我怕自己会心软。

“林云，你说你是不是该请客了？”肖安妮带头起哄，我只笑不语。

“林云，你简直是我们集团的奇迹啊！”李思萌夸张地说。

我看着眼前一张张笑脸，不想扫了她们的兴，可是我的内心真的很不快乐。

“林云，你高升了，可别忘记我们呀！”肖安妮半开玩笑地说。

“怎么会呢，晚上我请大家吃饭吧，地点随你们挑。”

日子就这么静静地流逝，平静到让我以为一切真的已经过去，我甚至动了要嫁给唐弈的念头。然而，这个时候肖安妮却活泛起来，她不断地以行动告诉大家，我是总裁面前最得宠的红人，而她是红人跟前的红人。

我淡然地看着这一切，似乎一切都与我无关。如果她只是为了在公司里获得更多的便利，只要她没辱没了我，我愿意成全她。毕竟，这么久以来，她对我一直关怀备至，我也希望她能有所发展。但是隐隐地，我开始觉察到她的野心慢慢显现出来。也许这也不能怪她，我二十八岁就被提为总裁特别助理，多少也刺激了她的欲望。

天下熙熙，皆为利来；天下攘攘，皆为利往。但凡世间之人都逃不开名利二字，这样想来，陆涵的选择也不难理解了吧。

“林云，下周你要请我们吃饭啊。”去财务部的路上碰见陈思明，他笑着问我。

“哦？”我奇怪地问。

“上次你不是说要请我们吃饭吗？”陈思明笑着提醒道。

“呵呵，看我这记性。不过吃饭可得等大家都有空的时候，人多才好玩。”我微笑着说，隐隐却觉得哪里不对，“陈总监，你怎么知道是下周啊？”

“肖安妮说的啊。”陈思明疑惑地看了我一眼。

“哦，安妮这么心急呢，时间我还没定好。”心里已隐隐有了怒气，肖安妮也太急功近利了。此事我并没打算让她参加，她就这么迫不及待地希望打入高管圈子吗？最重要的原因是，我不喜欢做别人的跳板。

许是肖安妮自己也意识到了不妥，更可能因为她清楚，没有我在场，她没有理由邀请这些高管。所以，她来找我了。

“林云，下个星期你有空吗？”

“什么事？”我故作不解地问。

“上次你不是说你升职了，那些高管开玩笑要你请客吗？”

“是啊，我记得是跟你提过。”我点点头说。

肖安妮忸怩起来，“昨天碰到陈总监，他说起这事，我就说我会提醒你的，你说下个星期怎么样？”

陈思明会跟她提这事？恐怕是她自己凑上去的吧？看来以后很多事情都不能让她知道。

“陈总监可真有意思，他不来问我却来问你？”我笑意盈盈地说。

肖安妮不自在起来，“林云，现在你好歹也是总裁特别助理，安排饭局这种事由你亲自出面，似乎太辱没你了，所以我来帮你安排不是更加体面吗？”

“这个事情只是我随口一提而已，下个星期我没有空，那些高管也忙得很，吃饭这个事情再说吧。”我淡淡地说。

肖安妮脸上是掩盖不住的失落表情。唉，终归还是喜怒形于色了。

我笑了起来，“你很想跟我吃饭吗？要不今天晚上我请你吧？”

“哦，不。”想想可能觉得回答得不对，又急着跟我解释道，“晚上别人约了我，我不好意思爽约。”

“没关系，改日再聚。”我理解地说。

看着肖安妮消失的背影，我在心里说，希望你明白我今天的意思。

成为总裁特别助理的我，与高管和同事相处起来还是起了微妙的变化。高管对我除了亲切还多了恭谨，甚至是一丝防备。难道我让他们觉得有威胁了？其实也不难理解，既然唐弈力排众议将我推上总裁特别助理的位置，可见唐弈对我的中意不只一点点，他们心里很可能已经将我和总裁夫人联系起来。如果真是这样，我便是他们需要尊敬的人，所以他们对我恭敬。但是目前我却仍然留在公司没有离去的迹象，所以他们恭敬之余还有一丝防备。

其他同事也许没有像高管这样千回百转的心思，但是或多或少也会受些影响。巴结我的、嫉妒我的、敌视我的……偌大一个集团，真正对我好的，居然屈指可数。我有些自嘲地笑笑。究竟，我在追求的是什么？我生活的意义又在哪？我……我竟然失去了动力。

“林云，你最近怎么闷闷不乐的啊？要不我们组织几个合得来的人出去玩玩？”肖安妮殷勤地说。

“不了。”我意兴阑珊地说。

“林云，我真想不通你还有什么不高兴的，总裁对你那么信任，高管对你那么宠爱，你才二十八岁就已经是总裁特别助理了，女人想要的东西你都有了，怎么还这么情绪低落呢？”

女人想要的东西我都有了？我真的都有了吗？身外之物我的确已经拥有不少，可是女人最想要的东西——一个温暖的家，一个深爱的丈夫，这些我有吗？我没有。这些东西对我来说可望而不可即，如果我能拿现在拥有的东西去换取这两样，我会毫不犹豫。即使只是片刻，我也愿意。

“我没有情绪低落，最近只是有些累而已。”我缓缓地说。

“那倒是，现在你做了总裁特别助理，要你参与的事情肯定比以前多不少，你要注意休息，别太累了。”肖安妮关心地说。

也许……也许我对肖安妮太苛刻了吧？也许……也许我应该主动为她安排一下。

“安妮，你对未来的职业有什么规划？”我关心地问。

肖安妮愣了一刹那，然后立刻两眼放光地说：“虽然大家都觉得我业务做得不错，可是做业务哪里是一个女孩子的终身追求呢？”我想起以前跟她出差的那一幕，忍不住点点头。

“如果有可能，我想转为行政管理类的岗位，这样安定一些。”

我默默点了点头，表示我已经知道，肖安妮看着我的表情，越发殷勤起来。唉，人与人之间只剩利益交换了吗？可是如今这个局面，何尝不是我自找的？

我慢慢思考起适合肖安妮的岗位来。然而，这个世界就好像跟我开玩笑一样，就在我真心为她谋划未来的时候，偏偏让我知道另一个真相。

周二那天，公司网络突然崩溃，邮箱系统统统瘫痪。桌上的电话简直跟催命一样，一直响个不停。半天后，网络终于恢复。问题解决后，照例开始追究责任。

“林云，刚才谢谢你。”周小瑜追出来说。

“不用谢我，我只是陈述事实而已，这次系统出现问题不是你的责任，你早就反映过这个问题，是你上司玩忽职守，所以现在降职是他应得的处分，公司对新上的系统很重视，我知道你很有能力，不能让公司损失人才。”我笑笑说。

“不，我还是要谢谢你，我知道如果是我解释，领导不会相信，可是你说就不同了，晚上我请你吃饭好吗？”周小瑜坚持认为是我帮了她。

“不用了，只是举手之劳，我不喜欢看人受冤枉，也不喜欢看人推卸责任，性格使然，你不用特意请我吃饭。”我笑着拒绝道。

“我请你吃饭是有事想告诉你。”周小瑜急着说。

“什么事？”我好奇起来，周小瑜会告诉我什么事呢？如果又是些八卦新闻，我还真没有听的心情，一个丽娜已经够了。

“现在说不方便，晚上我请你出去吃。”

“其实我对八卦新闻不怎么感兴趣。”我淡淡地说。

“不，林云，我不是一个八卦的人，我要告诉你的事情和你有关。”

我看着周小瑜严肃认真的脸色，情不自禁地点了点头。

晚上，我准时到了那家特色土菜馆，“小瑜，你请我出来吃饭就是为了告诉我一件事吗？”

“林云，其实我很早就知道了，一直把这个秘密藏在心里，可是之前和你不是很熟，而且这件事如果告诉你的话，是违背我职业道德的，所以我没有告诉你。可是今天你帮了我，所以我终于决定还是告诉你。”

我看着周小瑜严肃的脸色，不禁心情沉重起来，“到底是什么事情？是不是别人在背后说我什么？”

难道是有人知道我和陆涵之间的情感纠缠了吗？难道真的是“若要人不知，除非己莫为”吗？虽然以前我也曾希望我和陆涵的恋情能大白于天下。

“林云，你跟肖安妮关系很好吗？”周小瑜没有直接回答我的问题。

难道跟肖安妮有关？肖安妮最近的确有些变化，让我隐隐觉察到她的野心，从上一次迫不及待要打入领导圈子看，我就知道她在想什么。但是看我脸色不太好，最近已经收敛不少，难道她背着我做了什么？

“还可以吧。”我模棱两可地说。

“林云，有的时候最需要防的就是身边的人啊。”

周小瑜是在提醒我防着肖安妮吗？她平时和我接触不多，应该不了解我的事情，和肖安妮更是没有接触，缘何会做这样的提醒呢？

“小瑜，处处防人不累吗？”我笑着说。我还不够防人吗？我几乎不相信任何人，所以我才活得这么累。

“可是林云，总比被人害了好啊。”周小瑜心急起来，“你觉得肖安妮对你怎么样？”

我已经料定周小瑜今晚的话题必定是肖安妮，肯定是肖安妮背着我做了什么，但是既然周小瑜找了我，那么今晚她肯定会告诉我，我只需要给她一个告诉我的机会而已。

“安妮对我一向不错啊，知冷知热的，对我也多番迁就。”我很清楚，如果周小瑜要告诉我的是肖安妮背着我做了什么，我这样说，她必然心急我的“懵懂无知”。

果然，周小瑜还是忍不住说了起来，“林云，她没有你以为的对你那么好，你被她蒙在鼓里，她只是利用你而已。”

“安妮怎么了？再说，我好像也没什么好让她利用的啊？”我知道肖安妮对我不纯粹，但是她好像也没做过什么对我不利的事情。

“你是总裁特别助理，怎么会没什么让她利用？你只是看不见自己的价值而已。”

“我还真不知道自己的价值在哪里，如果我有那么大的能力，我自己早就步步高升，现在说不定是副总裁了呢。”我笑着说。

“林云，或许你不能让自己步步高升，可是你能影响别人步步高升。”周小瑜认真地说。

我能影响别人步步高升？我咀嚼着这句。的确，原来就是这句话，原来就是这个原因才让我陷入这样一种怪圈，所以这么多人接近我，所以这么多人要讨好我，要打击我。

“原来……原来我竟有这么大的影响力。”我苦笑着说。

“所以你才要更加小心啊，你身边对你好的人未必就是对你好啊。”周小瑜语重心长地说，“如果你只是被蒙蔽了，也许我不会选择告诉你，可是我不希望别人在蒙蔽你的同时还来害你。”

“害我？”我警觉起来。

周小瑜重重地点点头道：“林云，肖安妮她并不是真心对你好的。”

她不是真心对我好，我本来就清楚，我对她又有多少真心？我和她彼此彼此，利同则合而已，“如果她对我不是真心，我也不能说什么，谁又能要求另一个人必须对自己好呢？”

“可是她不该一边利用你，一边还害你。”周小瑜皱眉道。

我笑了起来，“害我？我现在不是好好的吗？她怎么害我啊？”

周小瑜严肃地说：“我告诉你一件事情，但是你保证不能去找她算账，我告诉你只是希望你能防着她而已，她不是善类。还有，如果你去找她算账的话，也许我的工作就要丢了。”

“很严重吗？到底是什么？我保证我不会去找她算账。”我怎么可能去做找人算账的事情？即使真要算账，也不能干直接找人这么蠢的事。

“几个月前，肖安妮的电脑中了毒，本来她一直找我们部门的其他人解决，可是那段时间因为上新系统，我们部门很多人都去实地指导了，所以部门里只剩了我和我们部长。她当然不可能让我们部长替她解决，所以她就找了我，她电脑的问题比较严重，一时半会解决不了，本来她一直在我旁边等着，后来她接了一个电话，可能内容不方便在我面前说，所以她就出去了。在给她清理电脑垃圾的时候，你猜我在她电脑里看见了什么？”周小瑜停下来问我。

我忍不住紧张起来，到底是什么？而且还与我有关？

“是什么？”我忍不住深吸了口气。

“其实她已经删掉了，但是她不明白如果只是采用通常的删除方法，还是会留下痕迹。”

我并不关心这些电脑知识，我只想知道周小瑜到底看到了什么，“她删掉了什么？”

“上面说你和陆总结党营私，请总裁关注，就是这个意思。”

我脑子“嗡”的一声炸开了，不敢相信周小瑜说的是事实。原来……原来……原来那封邮件不是朱莉所发，竟然是肖安妮！我回忆了一下那封邮件的日期，竟是我扶持她的那段时间。在我扶持她的时候，她已经起了歹意，我一直盯着朱莉，居然被肖安妮骗了，而我居然毫无察觉。朱莉是明枪，我易躲。可是肖安妮背地里的冷箭，我中了也不知道是谁，还一直以为是朱莉，费尽心计地除掉朱莉，想不到竟然为肖安妮做嫁衣。而我现在竟然还在这里想着怎么帮她，真是可笑！

“林云，你没事吧？”周小瑜的声音把我拉回现实。

“我没事，只是不敢相信，也难以相信！”我面无表情地说。

“林云，我知道被身边的人陷害滋味很不好受，可是总比一直被蒙蔽好。”

我无言地点点头，心里却在盘算该怎么应对。

这一次，我远比以前更愤怒，肖安妮一边接近我、利用我，一边竟还害我。可是她不比朱莉，她平时为人谦和不嚣张，要对付她可不容易。但是我绝不可能让她得意下去，如果不是她，我和陆涵怎会走到这一步？想起这个男人，我的心忍不住揪了起来，我现在的心有多疼，我就有多恨肖安妮。我一定一定会让你付出代价！我在心里咬牙发誓。

“林云，今天我点的菜全是你爱吃的，最近你忙，我们已经好久没一起吃饭了。”肖安妮殷勤地为我布菜。

我冷冷地看着她忙碌，心里一刻都不能平静。这是个什么样的女人？她心里藏着那么多事，可是面上还能对我如此周到，不能不说掩饰功夫的确到家。我突然想起朱莉来，两个一样恨我的女人，一个对我嗤之以鼻，百般刁难，一个却和我姐妹情深，只等着随时给我致命一击。肖安妮到底是在什么心理下才发了这样一封邮件？她想达到什么样的目的？

对，目的！做任何事情都需要动机，那么肖安妮的动机是什么呢？因为她一个邮件，我和陆涵的感情无疾而终，我付出什么样的代价，我就会让她加倍付出。

“林云，怎么不吃啊？”肖安妮殷勤地夹了个鸡翅给我。

“今天没什么胃口。”我轻轻放下筷子。

“怎么了？是不是哪里不舒服？要不要陪你去医院看看？”肖安妮立刻用手探我额上的温度，我没来由地一阵嫌恶，却硬是忍住了。现在我不能表现出来，我一定要不动声色，弄清楚她的真正目的。

“我没事，可能季节变化吧。”

“林云，我今天约你出来吃饭，其实是有件事想听听你的看法。”

哦？我忍不住去看肖安妮的表情，她到底又想玩什么？

“什么事？”我淡淡地问。

“其实做业务一直不是我的追求，女孩子做业务不能长久。”

我点点头，唐弈和陆涵一直不准我接触这些，我知道他们是出于保护我。

“所以我现在想转岗位……”

我不搭腔，静静等着她说下去。

“现在正好有个合适的岗位，我很希望能转到这个岗位上去。”

“什么岗位？”我面无表情地问。

“陆总的助理。”

陆涵的助理？她发邮件陷害我和陆涵，现在又想做他的助理？她不怕陆涵知道了绝不放过她？还是她自认为自己做得天衣无缝，不可能被别人知道？我突然有点猜不透眼前这个女人了。

“陆总不是有助理吗？怎么？他助理要走吗？”

“是啊，陆总的助理两个月后就走，好像是全家都搬到外地去，你说这个岗位怎么样？其实我一直想转岗位的，女孩子还是安稳一点好。”

你安稳得了吗？我心里冷哼一声。

“不错啊。”嘴上却是淡淡地附和道。

“你也觉得不错？”肖安妮的眼睛亮了起来，“可是不知道有没有机会？”

原来这才是她找我的目的吧？我冷笑一声，最终她还是要求到我头上来，形势比人强，她再怎么不愿意还是得低头。

“有没有机会你争取看看就知道了。”我不痛不痒地说。

“林云，你可不可以帮我？”她终于说出此行的目的。

我轻轻地笑了，“你要我帮你什么呢？我不是HR总监，也不是陆总。”

“其实我很清楚，这个岗位的决定权在陆总，其他人只是走走过场而已。”肖安妮说，其实我又何尝不明白。

“是啊，所以如果你要找人，应该找陆总。”我笑着说。

“可是我和陆总平时不熟，贸然去找他，根本不可能成功。再说了，那么多人盯着这个位置呢。”肖安妮苦恼地说。

“那你要我怎么帮你？”我开门见山地问，不想再绕下去。

“只要你跟陆总说一声，我的机会就大很多。”肖安妮目不转睛地说。

我笑了起来，笑得几乎有点夸张，“我去跟陆总说？你觉得有用吗？”

“有用，当然有用。陆总肯定不会不管你的意见。”肖安妮急切地说。

“为什么？我不是总裁，陆总没那么重视我的意见，何况这又是他自己的事情，根本不需要别人的意见，为什么你认定陆总不会不管我的意见呢？还是你觉得陆总跟我有其他关系？”我差点忍不住质问。

“不是，林云你别误会，我是感觉陆总很在乎你的意见。平时你们就走得近，如果你说我合适，陆总他会听的，至少他会给我机会，你只需要替我跟陆总提一下，剩下的事我自己争取，好吗？”肖安妮的语气中不自觉地带了恳求。

“好，我找机会跟陆总说。”我心里百转千回起来。如果我想知道肖安妮的最终目的，我一定要帮她这个忙，只有这样，我才能在她志得意满的时候探听到她真实的想法。若要取之，必先予之。我暂且让她如意一段时间。

“谢谢你，林云。”肖安妮放下心来。

我却高深莫测地笑了起来。

我没有直接找陆涵，自从他说过那番话后，我就没有再与他私下联系过，调出他的号码，我一时不知道是拨还是不拨。如此熟悉的号码，却遥远如前世。我以为我已经忘了他，我以为我已经将这份感情压在心底，原来……我还是无法云淡风轻。

只是一个号码，竟让我陷入纠结的情绪中不能自拔。我鄙视地看了镜中的自己一眼，镜中人同样鄙视地看了我一眼。

“林云，是你吗？”陆涵的声音传了过来。于我却恍如隔世，仿佛这声音来自另一个世界，我呆呆地不知如何回应。

“林云，我知道是你，为什么不说话？”电话那头陆涵的声音焦急起来。

“是我。”我淡淡地说。

“你好吗？”陆涵的声音无比温柔。

“你还关心我好不好吗？”我幽怨地问。

“我宁愿自己不好也希望你好。”

我的泪终于纷纷落下。努力控制住自己的情绪，不让那头的陆涵觉察，“不用跟我说这些，我找你有别的事。”

“哦。”陆涵的声音里透着浓浓的失落，“什么事？”

“听说你助理要走了？”我直奔主题。

“是，消息传得很快啊。”

“营销系统没有秘密，我今天找你只有一件事。”我冷冷地说。即使求人，我也求得如此颐指气使。

“什么事，只要我能做到，无论多少件，我都会去做。”

陆涵他到底是个什么样的人？一边和我分手，一边却还如此深情款款。

“陆总，你言重了。”

“林云，你一定要对我这么冷淡吗？”我看不见陆涵的表情，无法判断他此刻的心情。

“陆总，这不是你希望的吗？你希望我对你热情吗？你不怕总裁了吗？你不怕毁了你的事业了吗？”我句句犀利，直指他的要害。

“我……”

“陆总，我今天打你电话并非想跟你讨论这些。我只问你，你助理走后，你心里有人选了吗？”

“暂时还没有。”陆涵并没有问我为何这样问，他一直是最沉得住气的人。

“肖安妮想做你助理，你怎么看？”我没对陆涵旁敲侧击，也是为了告诉他，我不想和他多说。

“她想做我的助理？她可以走正常程序啊。”

我烦躁起来，“算了，当我没打过这个电话。”说完，毫不犹豫掐断电话。

“相识是偶然，无奈爱心顷刻变……”熟悉的手机乐曲响了起来。果然，是陆涵，我再度掐断。

“相识是偶然，无奈爱心顷刻变……”陆涵并不死心，再度打了过来。

“你还有什么事？”我冷冷地接起。

“林云，你别这样。”陆涵无奈地说。

“那你要我怎样？”我语气冰冷地问。

“你是想推荐肖安妮吗？”陆涵问。

“我推荐又怎样？不推荐又怎样？”我冷笑了一声。

“如果你希望她做我助理，那我便让她做我助理。”

我嗤之以鼻地一笑，“陆总，这是你的事，与我无关，你让谁做你的助理也是你的自由，你完全不必顾及我。”

“林云，那你到底是希望我用她还是不希望我用她呢？”

“我只是问你一下，至于你怎么做，我不会来干涉你，也没有立场干涉你。”我口是心非地说。

“林云，你有！只要你希望的，我都会去做！”电话那头，陆涵低声说。

“我想你是表错情了，这话你留着跟别人去说吧。”我赶紧挂了电话，我怕再说下去，我的心就会彻底变软。

挂了电话，我就再也伪装不下去了。所有的冷漠、所有的绝情都不复存在，我两眼无神地看着窗外，不知道该如何将自己解救出来。

两个月后，陆涵的助理离职，肖安妮正式接任这一职位。当天晚上，陆涵宴请大家。我本不想去，然而肖安妮拼命游说我。我苦笑，却无法把不去的理由说出口。

“林云，我代表陆总和整个营销系统邀请你，给点面子嘛，反正你今晚也没什么事。”

我并非深不见底的人，自从周小瑜告诉我邮件事件的内幕后，我对肖安妮的态度多少还是起了变化。

“林云，一起去吧。”陆涵低声说。

我一惊，他什么时候过来的？再一看肖安妮，心里有种不好的预感，肖安妮既然看出我和陆涵之间的感情，那她应该也能看出我和陆涵现在的疏离，她是否借我来讨好陆涵？想到这种可能，我倒不能不去了，我倒要看看肖安妮葫芦里到底卖的是什么药。

“安妮，恭喜恭喜！”在肖安妮宴请众人之际，大家都不失时机地向她表示祝贺。而我则独自一人冷眼旁观，表现不出太多的热情。

“林云，我敬你一杯，谢谢你！”肖安妮端着杯子走到我面前，说着只有我们两人才懂的话，“我知道你不喝酒，我先干为敬，你随意。”

“好！”其他人忍不住喝彩起来。

我微笑应对，心里却是冰天雪地。

“安妮的运气真是不错。”沈蔓说。

我突然想知道销售部的其他女孩子是如何看待这一变化的，也想看看肖安妮在她们心目中的形象如何。

“运气是一方面，自己努力也是一方面。”我含笑说。

“安妮也很努力啊，她工作真的很用心。”关婷婷说。关婷婷生性老实，本就不容易嫉妒。

“我记得以前朱莉被提拔的时候，你们可都是愤愤不平的哦。是不是因为安妮跟我关系好，你们就这么说啊？”我半真半假地说。

“安妮跟朱莉不一样，朱莉那么嚣张又势利，安妮还是很顾及别人感受的。”李思萌说，李思萌是四个大区的行政中资历最老，也最难搞定的人。如果她都不嫉妒肖安妮，可见平时肖安妮在与这些人相处中确实下了不少功夫。她能利用我，本就比朱莉高明不少，如今我必须步步为营，慢慢寻找机会。

“其实朱莉虽然嚣张，但是嚣张的人什么都摆在面上，倒不可怕。”我淡淡地说。

众人看了看我，咀嚼起我的话来。

我看到陆涵、肖安妮敬完酒回来，不着痕迹地转移了话题。

“陆总，今天这么高兴，给我们唱首歌助兴吧！”沈蔓提议道。

“是啊，陆总，现在有现成的点歌台呢，陆总声音这么好听，一定要唱一首。”

早就有人直接把话筒塞到陆涵手中。陆涵微微一笑，“你们太抬举我了。”

“陆总，你就别谦虚了，快点来一首。”

“你们这帮人，吃饭还要我卖唱啊？”众人听了大笑起来，更是起哄让陆涵快唱。

陆涵环顾了众人一眼，视线停留在我的身上。我假意去夹菜，不看他。

“每次都是唱歌，今天我换个新鲜的，给你们朗诵一首诗好不好？”

“好！”众人纷纷应和。

陆涵拿起话筒，似有似无地看了我一眼，低声朗诵起来。

“世界上最远的距离，

“不是生与死的距离，

“而是我就站在你面前，

“你却不知道我爱你。

“世界上最远的距离，

“不是我站在你面前，

“你却不知道我爱你，

“而是爱到痴迷，

“却不能说出我爱你。”

我目瞪口呆地看着陆涵，此时他念这首诗的用意何在？为了告诉我他爱我却不能说吗？陆涵，你的心里到底在想什么？唐弈只是总裁，不是君主，你缘何如此忌讳？功名利禄真的那么重要吗？

“陆总，我好喜欢这首诗，你念得好有感情。”沈蔓夸张地说。

“林云，你怎么了？”肖安妮小声问。

我一摸脸，竟然摸到两行清泪。不知不觉间，我竟已泪流满面。因为陆涵，我再一次流泪了。心里有个声音在小声说道，没出息！

“没什么，因为你们陆总念得太有感情了。”我努力笑笑，透过带泪的眼睛，看到的是陆涵复杂的眼神。我怕别人看出什么来，立刻和旁边的人开始说笑。

“林云，我送你回去吧？”陆涵走到我身边说。

我有一刹那的手足无措，看见李思萌过来，立刻像抓住救命稻草似的拉住她，“不用了，你喝了酒就别送我了，思萌，今天就拜托你送我了。”

我的理由冠冕堂皇，陆涵张了张嘴，终是讪讪地点了点头，“思萌，那你送林云回去吧。很晚了，你们小心点！”

“放心吧，陆总。就我长成这样，谁对我有兴趣啊？不过林云倒是危险了哦。”李思萌开玩笑说。

“好了，走吧。”我笑着打了她一下，拉着她走出门口。

不知为何，我突然回了下头，陆涵依然呆呆地站在原地，目光中是无限的忧伤。我的心被刺了一下，眼中又有液体在流动。我狠心别过头去，终是不再看他一眼。

“林云，你真是的，陆总那么名贵的跑车送你，你不要。偏要坐我的破车，不知道你怎么想的。”

“对于我来说，车子能送我到目的地即可，我不在乎什么车子。再说了，我有那么势利，那么虚荣吗？”不想再单独和他相处才是真正的原因，因为我不知道还能跟他说什么，相见不如不见，有情还似无情。

“这个肖安妮啊，估计以后要飞黄腾达了。”

她说的是肖安妮，不是安妮。李思萌心里其实并不乐于看见肖安妮做陆涵的助理？我在心里笑了起来，我竟糊涂了，一个集团里，如果不是捆绑在一个利益团体里，谁又能真心祝福另一个人高升呢？肖安妮再低调，姿态再低，女人的嫉妒还是无处不在的。我竟以为她把这些女人都收服了，面上谁又会说她什么呢？难道真的是因为陆涵，让我连智商都低了起来？

第十六章 最惨痛的代价

顺利成为陆涵助理的肖安妮志得意满，眉宇间是掩盖不住的喜悦之色。我静静地看着这一切，波澜不惊。

“林云，你看这串珍珠手链漂亮吗？”肖安妮手中托着一串手链，拿到我眼前。

“还不错。”我淡淡地说，我本就没受过贫穷，唐弈为了哄我高兴，更是时不时拿钻石、珍珠博我一笑，我眼里早已容不下粗糙之物，只是碍于情面，不得不随口敷衍。

“这是我特地挑来送你的，我记得你有一条淡粉的裙子，配这个刚刚好，你说呢？”肖安妮殷勤地替我戴上。

“嗯。”我简短地回应道。

“我知道我能做陆总的助理，全靠你在陆总面前说了话，我真的很感激你。”肖安妮感激地说。

我很想问问她，如果你真的感激我，你会发那样一封邮件吗？可是面上依然亲热地笑着。

“陆总让你做他助理，必然是看上你的工作能力，和我无关。”我笑着说。

“其实有工作能力的人太多了，还需要机遇，因为你说了陆总才会留意到我，所以还是要谢谢你！”

“下星期我约了几位高层吃饭唱歌，你也一起来吧。”我笑着邀请道。

“真的？”肖安妮的眼睛立刻闪亮起来。

“高层大多是男性，多几个女孩子也热闹一点。”我微微一笑。

“好啊，如果你忙的话，就交给我来安排好了。你身体弱，不要太累了，有什么要做的你就让我做吧。”肖安妮立刻体贴地说。

曾经我觉察到肖安妮的野心，并气她自作主张而不让她参与这样的聚会，而现在我主动让她参与，她必然以为是她的行为感动了我，所以我才替她搭桥铺路。

“只是吃饭唱歌而已，没有那么多的准备工作。”

“那……邀请陆总了吗？”肖安妮迟疑地说。

“那你说要不要邀请陆总呢？”我笑着问。

“我不知道，看你的意思吧。”

我轻笑起来，“如果邀请陆总的话，你就不能去了。”

肖安妮心里很明白，她是陆涵的助理，其他高层至少也是部门负责人以上级别，如果陆涵参加，她去就不合适了，她自己也清楚这中间的玄妙。

“那还是别邀请陆总了吧？不然我怕他不自在。”肖安妮小心地观察我的反应。我岂能那么容易就让她看出内心所想？

怕陆涵不自在？是怕自己不自在吧？我叫上她，自然没打算叫陆涵，即使我和陆涵之间没情感纠葛，我也不会分不清这中间的关系。也许她以为我什么都不知道，所以对我并没有多加防备，也许她最近太如意，让她失去了平时的戒心。

“我本来就没有邀请陆总。”我淡淡地说。

“那我们这样聚会，却没有邀请陆总，你说陆总知道会不会不高兴啊？”

她的担心还真够多的，既想巴结其他高层，又怕陆涵知道了忌讳，所以需要我给她一颗定心丸。如果我再三邀请，她便有了借口推脱，到时陆涵知道了她也可以说是盛情难却。可是这世间哪有这鱼和熊掌兼得的好事呢？

“如果你怕陆总不高兴，你可以不去的。”

“我不是这个意思，算了，我舍命陪君子。”肖安妮权衡了下，豪气地说。

我就知道她绝对经不起这个诱惑，即使她真的担心陆涵忌讳，她一样会去，只是她需要自圆其说而已。

看着肖安妮轻快地离去，我突然伸手扯下腕上的珍珠手链，抛向湖中。

咚的一声，湖面上轻轻泛起一阵涟漪，我的心却平静到不起一丝波澜。

南方的夏天特别漫长，直到十月才开始感觉到凉意。可是秋天却特别短，几场雨后，立刻就觉得遍体生寒。今年的冬天没有了陆涵，对我而言，更是寒意蚀骨。

“林云，其实那天我们邀请陆总也没有关系。”肖安妮说。

“哦？”我好整以暇地看着她，看她接下来想说什么。

“那天晚上陆总约了女孩子吃饭，所以他不会有空参加。”

心似乎被刺了一下，他约了女孩子吃饭？什么女孩子？这场感情游戏中受伤的只有我一个是吗？对他而言，只是蜻蜓点水，风过水无痕是吗？心里顿时觉得堵得慌，急需发泄，却不知道应该怎么发泄。

我定定地看着肖安妮，想从她脸上看出她告诉我这些话的目的，可是不管她是存心的还是无意的，我确实被打击到了。

“他参不参加无所谓，如果你那么在乎陆总是否参加，你可以单独和他去约。”我有点恼怒地说。

肖安妮识相地闭上了嘴，而我心里的怒气却越积越多。原来……原来……我竟怕他遗忘！

“那不是陆总吗？他上班时间要去哪里啊？”肖安妮突然叫道。

我顺着她的视线看去，血一下子冲上脑门。陆涵身边居然跟着一个女孩子，两个人有说有笑，那女孩笑得好开心。我的手脚瞬间冰冷，血液似乎凝固了，思维也凝固了。

“我们走吧。”良久，我才努力说出一句话。

原来我无法去恨陆涵的原因是我可以接受他因为事业舍弃我，因为很早很早以前，我就明白事业对他的重要性，甚至我心里已经做好这种思想准备。但是我永远不能接受他有别的女人！他……他怎么可以有别的女人？那我……那我算什么？是他曾经逢场作戏的一个女子吗？原来……原来即使他告诉我他对我只是逢场作戏，我心里竟是从来没有信过，我心里一直认为他对我是动了真情的，所以我没去恨他，所以我没去报复他。我一直认为他有他的无奈，可是……可是如今我如何自圆其说？

“林云，你认识陆总身边的那个女孩子吗？”肖安妮问，如果是在以前，我肯定认为是她的好奇心在作祟，但是现在我不得不怀疑她的动机。

“你是他的助理，你都不认识，我怎么可能认识？”我面无表情地说。

“那要不要我去查查？”

我转过身，冷冷地看了肖安妮一眼，一字一顿地说：“这个跟我有关系吗？或者你认为你们陆总的事情我有兴趣知道？”

肖安妮立刻说：“不是的，你别生气，是我自己比较八卦，以为你也有兴趣，我忘了你是才高八斗的才女，怎么可能关注这些呢。”

我嫌恶地看了肖安妮一眼，她知不知道她现在的表演就像一个蹩脚的小丑？也许她真该跟她的上司陆涵好好学学如何夸人，如何不动声色。

陆涵和那女孩子没有看见我和肖安妮，我看着陆涵的车子消失在我的视线里，眼里酸涩不已。曾经……曾经他也这样带着我满世界兜风，曾经……曾经他身旁的人是我，曾经……曾经他跟我说我是他唯一心动的女子。可是如今，这一切遥远恍如隔世。陆涵，你真的要我恨你吗？为什么你要这么做？你真的喜欢她吗？你真的这么博爱吗？

“林云，下星期的饭局你想怎么安排啊？”肖安妮征询我的意见。

“你决定吧。”我意兴阑珊地说。自从看见陆涵和别的女孩子那一幕，我心里就堵得慌，我都觉得自己快要抑郁而终了。我已经陷入一种爱恨交织的情绪里，无法自拔。我努力挣扎着希望出来，可是却愈陷愈深。

“那好，到时候你可别不满意哦。”

我敷衍地点点头，根本没理会肖安妮在说什么。我还是吃醋，我还是嫉妒，是我上辈子欠他的吗？这辈子要这样偿还吗？即使这样，我还没还完吗？

之后的日子也是浑浑噩噩地过，饭局完全交给肖安妮，反正她也乐于去联系各位高管。此时，我甚至没有心情再去思索她的真正目的。

肖安妮办事能力的确不错，对于我们去哪吃、吃什么、玩什么全部安排得妥妥当当。我这个组织者变成了来赴宴的，几位高层也交口称赞肖安妮。如若换成平时，我必然对肖安妮如此喧宾夺主的行为不满，可是今天我却无暇理会，她愿意如此便如此吧。

“林云，和我们吃饭不开心？怎么心不在焉的？”陈思明笑着问。

“怎么可能呢？”我强打起精神笑着说，“我这叫吃得专心。”

陈思明笑笑，并不计较。

“大家吃好了的话，我们就去唱歌吧。”肖安妮提议，“包厢我已经定好了。”

当下大家纷纷赞成，我也跟随大家出了包厢。

我看到了什么？我怀疑自己是不是眼花了。这又是肖安妮精心设的局吗？我转身看着跟在我身后的肖安妮，肖安妮茫然地看着我，“怎么了，林云？”

我冷冷地看着肖安妮，她是嫌刺激我不够吗？之前让我看见陆涵和别的女孩在一起，现在又让我看见他和对方吃饭，这世上哪有这么多巧合？不是故意是什么？

“没什么。”我冷冷地说。

“那不是陆总吗？陆总怎么会在这里？好巧啊！”肖安妮也看见陆涵了，当然更看见陆涵身边的女孩子了。

“是很巧。”我淡淡地说。

“那女孩子不是上次和陆总在一起的那个女孩子吗？”肖安妮再次说，“陆总好像跟她很熟的样子。”

肖安妮，果然是你！缘何你要一次次地拿陆涵刺激我？我自问待你不薄，你为什么一次又一次地伤害我？

陆涵也看见了我们，过来打招呼，“真巧啊！”

“陆总，您可真有闲情逸致啊。”陈思明笑着打量陆涵身边的女孩子。

我第一次看清对方的容颜，年纪和我差不多，不同的是她身上有种乖巧甜美的感觉，而这是我身上不具备的，也许陆涵觉得乖巧甜美的女孩才是他想要的吧？我呆呆地想。

“你们好！”不等陆涵介绍，那女孩子先冲我们甜甜一笑。

“好！”我讷讷地说。我……我竟然无法讨厌她，那么陆涵呢？连我都不讨厌，那陆涵应该更是喜欢了吧？

“林云，我介绍一下，这位是我的朋友，徐子颜。子颜，这是我公司的同事，林云。”

朋友？同事？我苦笑一声，原来……原来这就是区别，我在他心里只是他的一个同事而已。他会和她在大庭广众之下吃饭，和我却始终遮遮掩掩。

眼里有雾气渐渐泛起，我深呼吸几次，硬是将这种酸涩的感觉逼退。我不能露出我的软弱，不能让陆涵知道我被打击了，也许他也根本不会在乎我现在的感受，那我又何必流露我的情绪？即使我要流露，我也要在爱我的人面前流露。

“你就是林云啊？我听说你样样精通，是个大才女呢。”徐子颜一脸甜美的笑，只是落进我眼中，变得刺痛无比。

听说？听谁说的？陆涵跟她这么无话不谈吗？连曾经和我的事都可以说？也许，他只是当成一个普通同事提起，自然没什么不方便的。

“过奖了，样样精通也并非好事。”我酸涩地说。

“怎么会呢？我就希望自己样样精通。”徐子颜转过头跟陆涵说，“以后你要多教我哦！”

陆涵看了我一眼，笑着点点头。

“你们慢用，我们先去唱歌了。”我勉强说道。我希望快些离开这个地方，一秒钟也待不下去了。

“唱歌啊？我最喜欢了，我们也去好不好？”徐子颜说。我惊愕地看着她，她也太自来熟了吧。

“那你就问问林云介不介意吧？”陆涵笑着跟她说。

为什么？为什么一定要让我遍体鳞伤才罢休！陆涵，你为什么不拒绝她？你为什么一定要看我伤心？还是你根本拒绝不了她？呵，你能拒绝我，可是你却拒绝不了她，你对待我和她，差别何其大。

“不……介意。”我笑得好勉强。

“那我们走吧。”徐子颜亲热地挽住我的胳膊。

“林云，子颜就是这个样子，你别见笑。”

我摇摇头，不再有一开始的心痛，也许是因为已经痛得麻木。

林云，你的坚强呢？你的理智呢？你这么容易就被打击了吗？你让他看笑话吗？即使输了感情，你还有尊严，难道你连尊严都不要了吗？

你再伤心、再心痛，眼前的男人也不会对你有丝毫的不忍，如果他对你尚有一丝感情，他就不会这么对你。你又何必如此？你应该笑，你应该笑得比平时更美，你应该拿出你的优雅来，拿出你的高贵来！我在心里说。

“不会，我喜欢热情的女孩子。”我终于展开一抹微笑。

徐子颜愣愣地看着我说：“你笑起来好美！”

我抬头看向陆涵，陆涵脸上是复杂的神色，我再度笑了起来，“谢谢！”

陆涵，我爱错了你，我爱错了你！以前我从来不肯承认我爱错了人，可是现在我承认，我承认！

唱歌从来就不是我的强项，倒是肖安妮的歌喉硬是把徐子颜比了下去。这一刻，我竟真心希望肖安妮大出风头。

“林云，你不唱一首？”肖安妮悄声问。

其实肖安妮现在的处境也有些尴尬，她是陆涵的助理，一边是我，一边是陆涵，她两边都不能得罪，两边都想讨好，所以变得小心翼翼。而陆涵的神色看不出任何情绪，为了让自己缓口气，我跑到卫生间里。

我看着镜中的自己，委屈的眼泪终于滚滚而下。我好累！我的心好痛好痛！

门外有敲门声，我迅速擦干眼泪，深呼吸几次，对着镜子笑了笑，确定已经将情绪掩饰好，才过去开了门。

门外赫然站着陆涵，我低下头，急欲擦身离去。

“林云！”陆涵拉住了我。

“什么事，陆总？”我冷冷地问。

“子颜是我一个朋友的妹妹，我和她之间没什么。”

我冷笑一声，甩开他的手，“陆总，这些您不需要告诉我，与我无关。”

不等他说什么，我就快步走回包厢。

陆涵，为什么你又要来跟我说这些？为什么你又要告诉我你跟她之间没什么？你不觉得这是欲盖弥彰吗？如果你们真的没什么，之前你的行为算什么？故意刺激我？你好卑鄙！

肖安妮正亲热地和徐子颜说着话，我心里没来由地一阵厌恶。我知道我的心正变得暴躁阴郁，可是我却没有办法阻止。

那天晚上回来，我就病倒了。唐弈心急火燎，我告诉他是因为吹了风。唐弈也不疑有它，白天在公司里工作，晚上就忙着照顾我。在他的细心照料下，我的病很快好起来，也许本来也没什么病，只是心中郁闷吧。

“林云，你没事了？担心死我了！”我刚到办公室没多久，肖安妮就过来慰问我。

“我没事了。”我平静地说。

“好好的怎么病倒了？身体这么弱，真叫人担心。”

我冷冷一笑，怎么病倒了？还不是拜你所赐啊！从这天起，肖安妮天天往我办公室里跑，一会问我觉得身体如何，一会拿些东西过来给我。我静静地看着这一切，心想，你还真有演戏的天分啊，连我都要输给你了。

“总裁！”肖安妮叫了一声，“我来看看林云。”

唐弈温和地笑笑。我脑中突然灵光一闪，这些天肖安妮天天往我办公室里跑，而且专挑有可能碰上唐弈的时间，难道……

我愣愣地想着，有可能吗？难道说这才是她的真正目的？原来她要的比朱莉多多了。

“安妮，这些天来辛苦你了，晚上我请你吃饭，顺便叫上总裁和其他几个高管。”我笑着说。

“总裁？总裁他会去吗？”肖安妮两眼放光地问。

我嫣然一笑，“如果我请他他当然不去了，如果我让他请，那就不同了。”

“林云，你真聪明，你还想叫谁？我帮你，你身体刚好，千万别再病了。”肖安妮的脸上都是关切之色。

肖安妮一走，我走到唐弈办公室里，把想法告诉了他。

“林云，你去吃，我买单。”唐弈宠溺地刮了一下我的鼻子。

“不。”我抗议道，“就是要你也去嘛，不然，难道你以为我没钱吃饭啊？”

“可是，我这样请你们吃饭，影响不太好嘛。毕竟你要请的人和我级别相差太远了。”唐弈耐心地解释。

“偶尔一次也没关系嘛。”我继续摇晃着唐弈，“你就说请几个普通职员吃饭，了解一下职员的工作生活什么的，然后我去安排，我再带上安妮，我病的这段时间也辛苦她了，好歹感谢人家一下嘛。”

“好。”唐弈妥协地说，“就依你。”

我喜笑颜开地离开唐弈的办公室，开始着手准备。

去哪里吃、吃什么这些都不用我操心，肖安妮很积极地全部安排好了。

“总裁，这是肖安妮，我最要好的朋友，我病的这段时间全靠她照顾，所以我就借花献佛，邀请安妮一起来了。”我笑着对唐弈说。

肖安妮谦虚地笑笑说：“林云平时对我很好，她病了我怎么能不照顾她呢？”

唐弈微微点点头，笑得很是温和。我心里说：唐弈，你能看出我和她之间只是演戏吗？

因为唐弈在场，大家就显得比较拘束，唐弈也有些拘束。其实唐弈不喜欢这样的场合，可是今天为了我还是忍受了这样的场合，我心里微微有些过意不去。

“大家千万别拘束，今天总裁就是为了了解一下平时大家对公司的看法或者潜在的要求，可别错过机会哦。”我开始调节气氛。

我鼓励地看向其中一个女孩，示意她先说。我不明白她们看见唐弈为什么会这么拘束，唐弈在集团是出了名的沉默，但是他待人也很温和。不过回忆起我刚入公司的那一段时间，我便也能理解她们了。

经我这么一调节，大家开始陆续开口，到后来气氛越来越热烈，甚至开起了玩笑。我轻笑，本来都是些年轻的女孩和男孩，当然是受不了沉默的。我微笑地看着这一幕，没有忘记自己如此安排的目的。

在唐弈耳边轻声说了几句，我就退了出来。可是我没有走远，在一个角落里默默注视着。

“哎呀，总裁，真是对不起！”肖安妮手忙脚乱地拿起毛巾替唐弈擦着，所有人都认为这是一个意外。只有远处的我，看得清清楚楚，肖安妮是故意的。她是故意将饮料倒到唐弈身上的。原来，我的第六感没有错，肖安妮的目标果然是唐弈，我还真小瞧了她。以前零碎的片段开始在我脑海里回放，到底肖安妮是什么时候对唐弈起意的？她在我身边这么久，我竟然没有看出来？也许是我自己蒙蔽了自己吧，天天都陷在情伤中，还能看见什么呢？我真的应该振作了，我……我不想一无所有。

“没关系，我自己来。”唐弈制止了肖安妮。我松了口气，唐弈毕竟不是那么容易就能搞定的人，也许我对自己对唐弈都太没有信心了。

“怎么了？”我走了回去，不动声色地问。

“是我不好，我不小心把饮料洒到总裁身上了。”肖安妮一脸歉意。

我心中冷哼一声，她是想以这种小手段引起唐弈的注意，让他记住吗？

“林云，你帮我处理一下。”我笑着点点头，接过唐弈脱下来的衣服。

其他几位也没有在意，我是唐弈的助理，这些事情理当我来处理，肖安妮讪讪地坐了回去。

回去的路上，我第一次主动偎到唐弈怀里，“我好累，抱抱我。”

唐弈诧异地看了我一眼，但是很快，就被一种欣喜的表情所代替，“终于发现自己离不开我了？”唐弈伸出手来，摩挲着我的脸。

我无言贴紧了他，我真的需要一个怀抱让我暂时放松一下。

此后，肖安妮来我办公室越发频繁了。我静静地看着她，心中不起一丝波澜，我知道肖安妮不会成功。如果说之前我还不是那么确定，那么唐弈的话促使我的决心更加坚定。

“林云。”唐弈喊我。

“嗯？”我应了一声。

“你跟肖安妮关系很好吗？”唐弈不着边际地问。

我奇怪地看了唐弈一眼，唐弈从来不会关心我身边的女孩子，他怎么会突然问我这样的问题呢？

“还可以吧。”我随意回答道。

“你觉得她对你好吗？”唐弈再问。

“怎么了？为什么突然这样问我？”我笑着看他，掩饰着心里的疑惑。

“没什么，随便问问，你身边交往的人，我当然也要了解了解。”

我笑笑，不去揭穿他，“她对我很好啊，你也看见了，我一病她多紧张啊！”

唐弈叹了口气说：“人是很复杂的动物，一个人对你好不好可不能光看表面。”

我笑了起来，原来连唐弈都看出肖安妮动机不纯了，看来她的功力着实太浅。

机会终于来了。

“思萌，中午可否陪我去趟银行？”

“是，您老的吩咐小的哪敢不听，不过可要快去快回哦，我这边有些急事要处理。”李思萌半开玩笑地说。

我笑笑表示同意。

“林云，怎么不派总裁的专职司机载你过去？”李思萌问。

“我这是去办私事，怎么可以派总裁的司机带我去呢？”我笑笑说。虽然唐弈对我极是器重，可是我很清楚，没有无缘无故的器重。如果我真的恃宠而骄，藐视公司的规章制度，他必会对我不满。而我也不必去给自己找不自在，他越是器重我，我越需要摆正自己的位置，不替他惹麻烦，只有这样，他才会给予我更多的信任。而世间女子都逃不开一个习惯，即用为难男人来印证自己在男人心目中的位置。殊不知，在印证的同时，男人的爱也会悄悄消退。可是女人却乐此不疲，花样百出！

我忍不住自嘲地笑笑，以前我对陆涵不也如此吗？我明明知道他担心事业，我却偏不配合，一定要他对我特殊才肯放过他，也许……也许当初我肯稍稍让步，便不会让他这么累，不会让他狠下心斩断情丝吧？我摇摇头，努力把这些念头甩出脑外，我和他已到了如此地步，为何我心里还会抱有这样的念头？难道忘记一个人真的如此困难吗？

“你不说又没人知道，真是的，你有的时候就是太苛求自己了。”李思萌不以为然地说。

我无言一笑，我的确是苛求了自己，可是我却只能如此。古语有云：若要取之，必先予之。没有付出，哪有回报？

“我没有苛求自己，只是做好自己的本分而已。”我谦虚地说。

李思萌叹口气说：“林云，其实你到了现在这个位置还肯把我当作朋友，我很感动，所以我再忙也肯陪你出来。”

以礼待人是陆涵最初教我的处世之道，我刚入公司时他对我的教导还历历在目，只是物是人已非。而我，也只能黯然神伤罢了。

“你这段时间真的很忙吗？”我关心地问，“那我还真不该再让你陪我出来哦。”

“我都说了，再忙也是肯陪你的。”李思萌笑着白了我一眼，“其实也没忙什么，天诚你还记得吗？就是他们的曹总被抓了，而我们之后一直和他们有合作，就忙这些事儿。”

天诚？曹总？一些久远的记忆慢慢浮现在我眼前。记得那次是我第一次出差，是我主动要求跟单，记得那次出差前唐弈和陆涵一个深深凝视，一个殷殷嘱托，千般不舍，万种担忧。到如今，这些都只是一抹带泪的回忆而已。往事不堪回首，思及此，我的心又开始隐隐作痛。究竟……究竟何时我才能解脱？我多么多么希望时光能够倒流，让我慢慢仔细回味那一刻，当时匆匆……太匆匆，只要一刻就好！

“林云，在想什么呢？”李思萌的话将我拉回现实。

“曹总为什么被抓了？”我漫不经心地问。

“经济问题还有作风问题喽。”李思萌不屑地说。

直觉告诉我，我觉得这里面有我需要的内容。天诚宾馆里的一幕蓦地闯进我的脑海，也许这就是机会。

“反正现在无聊，你就当给我讲故事吧。”我笑笑说。

“上次天诚的单子可让你和安妮风光了一阵呢，这么难的单子你们都能拿下。”李思萌回忆着说。

我谦虚地笑笑，“那都是安妮的功劳，其实我根本没起什么作用，我又不懂销售，而且单子还没完，总裁给我的时间期限就到了，所以都是安妮一个人谈成的啦。”

“是啊，安妮也因为那次成功完成了单子被提为销售经理，好像还是你提议的，你对安妮真是不错。”李思萌微微吃醋地说。

“论功行赏是陆总一贯的风格，我只是那么一提而已，再说安妮的确做得很出色嘛。”我笑着为肖安妮说话。

“知道你这个人公平。”李思萌笑着打了我一下。

“好了，继续说吧。”我回归正题。

“我听对方公司的人说那个曹总利用职务之便收取贿赂，而且还会借单子为名，让跟他谈的人献身于他。”李思萌神秘地说。

原来那次不是唯一一次，我还以为肖安妮打动了他呢，原来肖安妮也只是其中一个而已。难怪唐弈和陆涵会强烈反对我接触销售，好在我志不在此，稍作了解之后也便不再涉足。事实上我对销售毫无兴趣，但是我知道唐弈和陆涵非常不赞成女孩子做销售。我一提去做销售，必然遭到他们的强烈反对，他们势必给我更多的关注以打消我的念头。我自嘲地笑笑，我做那么多事情，原来……原来只是为了吸引他们的注意而已，我竟然从来没有活在自己的世界里。

“曹总真是这种人吗？真的看不出来哦，可是我们的单子他也没刁难啊？”我故作不解地说。

“林云，我们的单子你有全程参与吗？”李思萌问。

“没有啊，总裁只给了我一个月的时间而已，时间到了我就回来了，后面是安妮负责的。”

“哦，这样啊。”李思萌暧昧地笑了起来。

我看着她，也笑了起来，只是我知道她在笑什么，而她却不知道我在笑什么。

肖安妮！从你进公司到现在我对你多有扶持，可是你不但不感激，却挖空心思破坏我与陆涵之间的感情，也许我与陆涵之间本身就存在问题，可是那是我跟他之间的事情，不劳你来插手。现在，破坏我的感情还不够，又想从我身边夺走唐弈，我竟然到现在才知道你真正想要的是总裁夫人这个位置。的确，总裁夫人这个位置是无数女人梦寐以求的，可是那是你的吗？即使我不爱唐弈，也轮不到你！属于我的东西谁也别想抢走，一旦你触犯了我的底线，你最好已经做好承受的准备！因为——我绝对不会对敌人心慈手软。

“君泽，最近财务部是不是在准备天诚的账目啊？”我不着痕迹地问。

“是啊，你怎么知道？”君泽奇怪地看着我说。

“呵呵，我们公司哪有什么秘密啊？再说这也不是秘密。我随便问问而已，你记得不记得以前跟这个单子的时候，还是我和安妮一起出差的呢。那个曹总我也见过，真的看不出来哦。”我笑笑说，“这次对我们公司有影响吗？”

“具体我也不太清楚，我们是协助调查，应该不会有太大的影响，何况我们公司向来循规蹈矩。”君泽解释说。

“我听说除了账目上的问题，那个曹总还有生活作风上的问题？”

“是在这样传。哎，林云，你怎么突然关心起这个了？是不是那个曹总曾经对你也有过想法？”君泽紧张地问。

我忍不住敲了一下君泽的头，“乱想什么呢？你要知道要人献身得有利益交易，我又不做销售，单子成不成和我又没有关系。再说你也知道以前我要去跟这个单子的时候总裁根本不情愿，所以陆总也叮嘱肖安妮必须好好照顾我，你说在这样的情况下，我还有可能出事吗？”

君泽忍不住笑了起来，“也是，我是关心则乱嘛。谁叫你长得这么漂亮呢？”

君泽是个极为内敛庄重的人，从来不会这么直白地夸我，我竟没来由地脸红了。抬头看他，他更是浑身不自在。也许是意识到了自己的唐突，君泽有些手足无措。我哑然失笑，现今社会，居然还有如此腼腆的男人。如果有这样的男人相伴，也许会得到一世的疼爱吧？可是这样的男人却不是我想要的男人，今生也只能辜负了，我忍不住伤感起来。今生我被所爱的男人辜负，也辜负了爱我的男人。

“不闹了，那个曹总，我一共也没见几次，都是安妮在跟他联系。而且我偷偷告诉你哦，”我故作神秘地说，“那次出差，我每次故意化很难看的妆，人家看见我就倒胃口，根本不会对我产生兴趣的啦！”

“你啊！”君泽笑了起来，“就是鬼点子多，哪学来的？”

哪学来的？是陆涵叮嘱我这样做。我忍不住又想起了以前的甜蜜时光，为什么我分分秒秒都在回忆过去？与陆涵的这场情感中，伤心多于甜蜜，忧伤多于快乐，为什么我还是如此念念不忘？难道说人的真爱只有一次，而我这次已经给了陆涵？可是他却是我对的时间里遇上的错的人，所以只剩一场心伤。

“那对方只让我们协助账目上的事宜吗？其他的没要我们协助？”我不死心地问。

“林云，你今天有点奇怪啊，这种事情不是离得越远越好吗？难道你希望我们一直跟他们牵扯吗？”君泽不解地问。

“哪有啊？毕竟这是我曾经熟悉的事嘛，你想啊，你身边要是有个人突然坐牢了，你是不是也会感慨一番？”我掩饰道。

“那倒也是。”君泽点点头，不疑有他。

为怕君泽起疑心，我只好打消继续探听的念头，反正愿意告诉我的人有的是，我嘴角扬起一抹冷冷的笑。

果然，之后几天李思萌不断跟我说这件事的最新进展。我不知道此时的我看起来是不是有些面目狰狞，可是想到肖安妮的出卖，我便不让自己心软。怎可只挨打，不还手？是她逼我的。

我悄悄来到南京，甚至连唐弈都没有告诉，只说我有同学结婚。唐弈要陪我同往，我随便找了个借口拒绝了他。

我心里既有担忧，又有忐忑，但是更多的是兴奋。

到了天诚，我谎称自己是曹总远房亲戚，想去探望他。对方一听是姓曹的亲戚，眼里立刻毫不掩饰地表现出不屑，我淡淡忍受着这种轻视。对方虽然对我很是冷漠，却依然告诉我曹总被关押的地点，如果我找肖奇肯定更容易得到我想要的信息，但是这样一来，我来过天诚的消息难保不被其他人知道，而我绝对不允许这中间有一丝差错。

我依言来到曹总被关押的地方，几番周折，终于见到了曾经意气风发的曹总，只是此时的他与之前已经有了天壤之别。我呆呆地看着他，心里感慨万千。

“曹总，还记得我吗？”我面无表情地问。

对方抬起头，眼里一片浑浊，喃喃地问：“你是谁？”

“你不记得了？”我冷冷笑着。

对方茫然地摇摇头。

“你被押到现在可有同事来看过你？”

对方苦笑一声，“树倒猢狲散，他们跟我划清界限还来不及，怎么可能来看我？人情冷暖啊！你是不会明白的。”

我心里冷笑一声，我当然不会明白，我也不想明白，更不会让自己有机会明白。

“你到底是谁？”对方再度问。

“曹总真是贵人多忘事，曾经我们还一桌吃过饭呢！”我笑着说，眼里却是一片肃杀之色。

“你很漂亮，如果我见过你，应该会有印象啊！”对方喃喃自语道。

“你还记得肖安妮吗？”我慢慢提醒道。

“肖安妮？天诚项目的肖安妮？”

我点点头，嘴角慢慢扬起阴冷的浅笑，“曹总，那你是否还记得天诚宾馆里的事情？”

对方的脸色迅速惨白起来，“你……你怎么知道的？”

我轻蔑地一笑，“曹总，若要人不知，除非己莫为！您以为您闭口不提就没人知道吗？你知道你把安妮害得多惨吗？”

“警方已经掌握了？”对方惨白着脸，继续问。

我轻轻点了点头，“既然我会出现在你面前，那你也应该猜到已经调查到肖安妮头上了，你是打算坦白从宽，还是负隅顽抗到底呢？”

“我……我坦白！”对方惨白着脸，喃喃重复着。

我满意地笑笑，带着一丝冷酷，优雅地离去。

归程的车里，我的心绪久久不能平静，警方必然会找肖安妮协助调查，而肖安妮明白这是既定的事实，必然不会再去找姓曹的对质，在这整件事中我只是起了推波助澜的作用，甚至去探曹总口风的时候我都没有告知对方我的真实身份。我学会了陆涵的谨慎，不允许哪怕万分之一的不测出现。

果然，周一美嘉就告诉我今天有两个穿着警服的人来我们公司，找肖安妮。

我心里非常平静，终于来了！

几天之后，公司开始悄悄出现一种传言，天诚那么困难的单子都被肖安妮拿下，原来是出卖了自己的身体。小道消息的传播速度向来比新闻还快，从我听到的情况分析，我估计已经到了公司无人不知无人不晓的地步了。

“林云，你当初跟肖安妮一起出差，你真的什么都不知道？”李思萌神秘地拉住我。

“知道什么啊？”我一脸迷茫地问，心中为自己的演技暗暗喝彩。

“肖安妮和曹总的事情啊？”李思萌心急地提示道。

“这种事情你可别乱说，关系到一个人的名誉，没有证据的事情，不足为信。”我带着警告意味地说。

“警方都来找过肖安妮了，当然是有事了，你是不是因为跟她关系好，所以就替她隐瞒？”李思萌不高兴地说。

“思萌！”我正色道，“我是真的不知道，打个比方，假如真有这样的事，假如那人是你，你会告诉别人吗？所以我不可能知道。”

李思萌赞同地点点头，越发相信自己的判断。

“林云，肖安妮的事情是真的吗？”君泽也来问我。

君泽不是个好事的人，如果连他都知道，那恐怕真的已经到了满城风雨的程度了。莫名地，我竟担心起来。

“君泽，你要听真话吗？”我直视着他说。

君泽被动地点点头。

“千真万确，我亲眼所见。”我缓缓地说。

“公司里的人差不多全知道了，是你说的？”君泽不敢相信地问。

“不是我，如果我要说，很早之前就已经说了。”

君泽如释重负地叹了口气，看着君泽的表情，我有一丝难过，他竟然这么无条件地相信我。

“肖安妮已经两天没来上班了，这种事对一个女孩子打击太大了。林云，如果你能找到她，多开导开导她。”君泽认真地说。

我微笑着摇了摇头，君泽永远都是这么为他人着想，永远不希望看见任何一个人受伤，永远都是这么善良。而我呢？自从我和陆涵决裂以后，我就变得阴暗。事实上，我很讨厌现在的自己。

成为执行总裁后的陆涵比以前更忙了，长时间出差成了家常便饭。似乎很长一段时间，我都没在公司里见过他。从李思萌口中陆续得知，陆涵去实地考察指导，鲜少留在公司。陆涵的措施确实很有成效，公司的业绩蒸蒸日上，原来反对的声音渐渐听不到了，都夸他是个有魄力的领导。经历过那么多事后，常青权终于认识到自身的不足，唐弈是决心壮大公司的，不可能任他为执行总裁。后来招的销售总监和两位副总裁都是具有大公司管理经验的职业经理人。

成为总裁特别助理后的我，协助唐弈管理整个公司的事务。他赋予我很多权力，在很多事情上都尊重我的意见，无论是任命还是战略决策，基本上都愿意参考我的意见。在外有陆涵，内有我协助的情况下，唐弈轻松不少。开始隐约提醒我，应该考虑结婚一事。而我只想回避，在无法给予他同等的感情的情况下，我只好更加努力地为他工作，以减轻自己心里的内疚。

唐弈在办公桌前处理邮件，我默默替他整理出差的东西。手机突兀地响了起来，怕影响他工作，我正欲出去接，唐弈抬起头笑着说：“怕我听见吗？”

他如此一说，我倒不好意思出去了，是李思萌打来的。

肖安妮自杀了！

我握着手机，思维顿时凝固了，双目无神地看着唐弈，不敢相信我刚才听到的消息。

“林云，你怎么了？什么事情？谁打给你的？”唐弈扶住我摇摇欲坠的身子。

“肖安妮自杀了！”我喃喃地说。

“肖安妮？”唐弈皱着眉头想了一会儿，“是和你走得很近的那个肖安妮吗？”

我木然地点点头。我是想给她惩罚，可是……可是我从来也没有想过要她付出生命啊！也许……也许只是因为和陆涵的这段感情伤我太深，深到我无法承受，而我依然舍不得报复陆涵，所以……所以我才将所有怨恨都转移到了她的身上。也许……也许我真的错了，我真的错了！眼泪止不住地往下流，我不知道是害怕还是愧疚，只是我却控制不住。

“别哭，别哭！”唐弈心疼地抱紧了我，“没事的！她现在什么情况？”

“我不知道，思萌告诉我现在在医院里抢救，我要去医院。”我迷乱地说，以往的冷静全部不见。

“那我送你去医院？”唐弈问我。

“不，你别误了航班。”我的理智渐渐回来。

“那我让司机送你？”唐弈再问。

我木然地点点头。唐弈深深地看了我一眼，感觉到我情绪已经比较稳定，才放心地点点头。

医院里并没有多少人，只有李思萌和沈蔓。

“她……她怎么样了？”我讷讷地问。

“现在还不知道，进去很长时间了，还在抢救。”李思萌皱着眉头说，“她是一个那么坚强的人，我怎么也没想到她会自杀。”李思萌眼里有深深的自责，也许她在为她曾经也是传播是非的一员而心怀愧疚。那么我呢？安妮，如果时间能够倒流，我会放弃报复，我不会这么做，我宁愿一个人独自舔舐伤口，不会要你为我的感情付出代价。不管你对我做过什么，我都会选择宽恕。

“医生，她怎么样了？”看见有医生出来，李思萌立刻上前问道。我的心里燃起一丝希望。

“还在抢救。”医生面无表情地扔下一句，匆匆离开。

我颓然地跌倒在椅子上，喃喃道：“安妮，你不要有事，不要！”

李思萌过来握住我的手，“林云，别担心，她会没事的。”

李思萌眼里是真诚的安慰。我一惊，为她此时的眼神感到无地自容。

时间一分一秒地过去，一切对我来说都是那么漫长，我希望医生能出来告诉我病人抢救回来了，但是我更怕医生出来告诉我他们已经尽力了。

急救室里的灯终于暗了，我的心提到了嗓子眼。

“医生，怎么样？怎么样了？”沈蔓和李思萌冲上前去，而我却呆呆地站了起来，挪不开步子。

“还好，总算抢救回来了，只是病人现在非常虚弱，等下你们再去看她。”

听见这个消息，我整个人虚脱了一般，眼泪夺眶而出。再深的感情，再深的怨恨，在生命面前，终究渺小许多。

病房里。

“安妮，你总算醒了，你吓死我们了。”李思萌忍不住哭出了声音。

肖安妮却看着李思萌身后的我，“林云……你的脸色好苍白。”

我的眼泪终于夺眶而出，“因为……因为你真的吓坏我了，我好怕，好怕你会死。”我的眼泪纷纷滚落，我多害怕自己真的铸成大错！

“对不起，林云，对不起，我不值得你这么对我。”

不！我在心里狂喊，该说对不起的人是我，是我把你害成这样的。

“我求求你，不要死，不要死！”我抓紧她的手，哭着恳求。

她虚弱地笑笑。这一刻，她竟如此美丽，带着淡淡的安详，沉静而凄美。

“不会的，我答应你，我连死都不怕，还怕活吗？不会了，再也不会了。”

我点点头，眼泪愈加汹涌，我后悔因为怨恨陆涵而忘记了他最初的教导，与人为善。

“陆总。”肖安妮轻轻叫道。我转过头去，透过泪眼，看见陆涵走进病房。

李思萌和沈蔓叫了一声，而我呆呆地看着他，却什么话都说不出来。

“安妮，有什么想不开的，要走这一步呢？”陆涵沉痛地说。

“对不起！陆总，让您担心了。”肖安妮虚弱地说。

陆涵轻轻地摇了摇头，“什么都别想，先把身体养好。”

肖安妮轻轻点了点头。

“思萌，沈蔓，你们两个在医院照顾安妮，今天不用去公司。林云，我送你回公司。”

若是从前，我必然拒绝陆涵，可是今天我遭受的打击太大，思维一直处于游离状态。在那次之后，破天荒地第一次听从陆涵的安排。

“林云，你的手怎么这么冰？我先带你去喝杯热饮。”我愣愣地任由陆涵牵我的手，没有拒绝，接触到他的手后，我才惊觉自己的手竟比冰还冷。

陆涵叫了一杯热饮，推到我眼前，“即使不喝，也暖暖手。”

我凝视着眼前缓缓上升的热气，眼泪渐渐蓄起。垂下眼帘，咚的一声，一颗眼泪掉进杯中，迅速与杯中的液体混为一体。

陆涵凝视着我，长长叹了口气，眼里是无限沉痛。

肖安妮走的那天，我和君泽去送她，我和她并排走着，君泽默默在后面提着行李。三人，很长时间都没有说话。

空中，突然有雪花飘落。我疑是眼花，一片、两片……越来越多的雪花飘了下来，纷纷扬扬。南方甚少下雪，如此景色，只能追忆到儿时了。

“林云，好几年不下雪了，今天居然下雪了，天气预报里也没报道。”君泽说。

我看着漫天飞舞的雪花，心里顿时沉静起来。伸出手，去接那一片片雪花，可是雪花到了我的手里，便化为一颗水珠，片刻不肯停留。我不肯放弃，继续伸手去接。

“林云，你留不住的。”肖安妮笑笑说。

我颓然地缩回手，望向天空，心里默念道，愿岁月静好，愿一切都已过去，愿我身边的人幸福健康。

“林云，就送到这里吧，雪越来越大了，你早点回去吧。”肖安妮停了下来。

“好，到了那边，记得报平安。那里的老总是我干爹的朋友，他会照顾你的。好好生活，忘记这里的一切，重新开始。”我平静地说。

肖安妮点点头，握住我的手，“林云，珍惜你拥有的一切。”

我茫然地点点头，看着肖安妮离去，渐行渐远。

三天后，我收到一封邮件，是肖安妮发来的，所有的一切终于有了答案。

林云：

想了很久，还是决定给你写这封邮件，记得我刚来公司的时候，听得最多的三个人就是总裁、陆总还有你。大家对你又羡慕又嫉妒，所以我一直想认识你。后来，我们真的走得很近，其实我本来很想和你成为一对好朋友，从来也没有想过出卖你，尤其是我们一起出差的那些日子，你真心为我争取，我真的很感激。看到总裁和陆总那么爱护你，我也很羡慕你。

其实，在南京出差的时候，我发现了你和陆总的秘密。陆总离去的那天，我去天诚忘了带信用卡，回来取时正好看见陆总抱着你依依惜别。那时候，我是真心祝福你和陆总的。公司有规定，我决定为你们保守秘密。后来，我和曹总的事碰巧被你看到了，这也是一个保险吧，我们互知对方的秘密。我知道你可能看不起我的行为，可是你不知道我在销售部被朱莉压得有多惨，我不想认输，所以我要让自己比她更厉害。

可是你不知道，有一次，我抱了很多东西去地下车库，恰巧撞到总裁。

这也是我第一次和总裁接触，他不但不怪我鲁莽，还帮我一起捡东西，我真的很感动。我是做销售的，见到的男人大多恶心，可是一个堂堂的总裁竟然那么细心体贴，我真的对他一见钟情。

因我和你关系亲切，我出入你的办公室经常可以见到总裁。我不是一个被动的人，我喜欢一个人，肯定会主动争取。

可是越和你接触，我越清楚总裁他喜欢你，我知道你已经有了陆总，所以我想自私一次。如果你和陆总恋爱，你们两个必须走一个，陆总是副总裁，肯定是你走，那么你走了，总裁就会断了念想，而且我和你关系亲近，由你推荐我接任你的位置，那么我就有机会接触总裁了。可是人算不如天算，最终的事情由不得我控制。后来，我感觉你和陆总似乎出了问题，我更加后悔，我等于间接促成了你和总裁，我懊恼得要死。从你口中，我知道总裁不喜欢女孩子做销售，所以我转做行政。

可是老天始终不肯眷顾我，天诚的事情还是闹了出来。现在，我也想通了，是自己的怎么也跑不掉，不是自己的强求也没用。其实我知道你真正喜欢的人是陆总，我很后悔破坏了你们。真的，我希望你能幸福！

安妮

看着这封信，我的心情极其复杂，她逃不开内心的纠结，选择了跟我坦白，也许经历过生死，她已经看淡很多。我也想过将一切坦白，终究还是缺乏勇气，也不想影响她此刻平静的生活。

尾声

三个月后，陆涵突然提交了辞职报告，没有与任何人告别。我的心突然仿佛被人掏空。望着楼下的车水马龙，入职后的所有事情一幕幕在脑海中回放。第一次他请我吃饭，第一次教我职场规则，第一次跟我表白，第一次伤害我，还有分手后的相互折磨，和他最后祈求的眼神……全部交叠在我脑海中。可是如今，他走了，在我毫无心理准备的情况下走了。

曾经，他为了事业狠心与我分手，我以为他如此在意事业，必然会倍加爱惜，从来都不曾想过有一天他会选择离开。我是那么笃定地相信他会一直都在，可是我又一次失算了。他走了，真的走了！

李思萌过来找我，交给我一封信，说是陆涵托她给我的。待她一离开，我就迫不及待地看了起来。

林云：

当你看见这封信的时候，我已经辞职了，我知道我伤害了你，让你一直不快乐。好几次我都想找你，想请你原谅，告诉你我错了，可是看到你冷漠的眼神，我就退缩了。

我知道你对我的疏离和冷漠是我咎由自取。一直以来，我没有告诉过你我内心真实的想法，更怕你觉得我虚伪。你入职后的日子，是我最开心的日子，和你相交的日子，更是我最幸福的日子，可惜我没有好好把握这种幸福。其实我好多次都想过我们的未来，想过放弃现有的事业，重新换一种环境。可是重新换的环境必然离你很远，而我现在的年纪已经开始向往安稳，不如第一次打拼的时候那么冲劲十足。我怕到最后，我失去了事业，也失去了你。我不敢承受这样一无所有的结局。而你的事业一直在上升阶段，总裁特别器重你，你也喜欢这份工作，喜欢公司，所以我也不能自私地要你辞职。

偏偏在此时，总裁又找了我。一直以来，凭男人的直觉我觉得他对你不单纯，当我知道他真的喜欢你的时候，我的自卑突然发作了。他身价过亿，而我再怎么厉害，也只是一个高级打工仔。他比我年轻，而我却离过一次婚。他比我更有能力给你更好的生活，我更不想看到你以后后悔，所以选择跟你分手。

可是分手后，我就知道我错了，我不该放开你的手。真的失去你后，我才知道什么事业，什么财富，都没有一份真情来得重要。事业可以再创，财富可以积累，只有感情放弃了就是一生错过。我知道在事业和感情中我选择了事业一直使你耿耿于怀，现在我放弃事业，重新追求感情。如果你愿意和我重新开始，就按照下面这个地址来找我，我等你！一生一世！

陆涵 即日

眼泪模糊了双眼，一滴滴滴落在信上，我终于听到他的心声了。这一刻，我心里所有的恨都不存在了。

窗外，突然下起了倾盆大雨，雨滴密密集集地敲打在窗檐上，仿佛打在我的心上。我呆呆地望着混沌的天空。蓦地，脑海中突然闪现出曾经给陆涵念过的一首诗，“涉江采芙蓉，兰泽多芳草。采之欲遗谁？所思在远道。还顾望旧乡，长路漫浩浩。同心而离居，忧伤以终老。”

三天后，我向唐弈提交了辞呈……

全书完

谨以此书献给我最爱的人